역도(逆徒)
—고려의 얼

장편소설

역도(逆徒)
―고려의 얼

최 순 조 지음

비운(飛雲)처럼 사라진 삼별초 유민,
이상향을 찾아 오키나와로 가다.

지성의샘

왕이여, 그대의 하늘은 백성이다.

일러두기

몽골과 몽고

현재 '몽골(mongolia)'로 불리는 '몽고(蒙古)'는 중국 남북조(南北朝) 시대인 6세기 중엽에 등장한 '실위(室韋)' 부족 중 하나이다. 또한 칭기즈칸을 배출한 몽고 부족 조상이 사서에 처음 등장한 시기는 당나라 시대로, 이들은 싱안링(興安嶺)산맥 서쪽 지역에 머물던 실위의 후예 '몽올(蒙兀)'이다. 몽올은 북송 시절에 이르러 점점 세력이 강해지면서 몽고라는 국호가 붙여졌고, 이는 칭기즈칸의 손자 쿠빌라이가 '대원제국(大元帝國)'을 세우고 난 뒤로도 변하지 않는다. 원나라(대원제국) 문서에도 몽고로 표기했을 뿐만 아니라 원나라 사람 예사의(倪士毅)가 쓴 사서집석(四書輯釋)에도 몽골로 표기된 기록이 없고, 원나라가 멸망한 이후로도 몽골이라는 국호를 사용한 흔적은 보이지 않는다. 이런 점을 미루어 볼 때 쿠빌라이가 몽고의 국호를 대원제국으로 바꾸었으나 몽고는 고국(古國)으로 남겨둔 것으로 짐작된다.

그러나 '몽(蒙)'이 어리석다는 뜻으로 자주 쓰이고 '고(古)'도 낡

앉다는 의미로도 쓰이는 탓에, 얕잡아 부르는 것이라 하여 근간에 이르러 몽골로 사용하기 시작했다. 이는 과거 중국이 우리나라를 얕잡아서 동이(東夷)라고 불렀던 것과 같은 이치로 봐야 할 것이다.

  우리나라에서 몽고를 몽골로 변경한 게 1991년 외래어 심의를 통해서였고, 15년 뒤인 2007년 고등학교 국사 교과서에도 몽골로 개편했다.

  소설 [역도]에 담긴 시대적 배경이 '몽고'인 점을 참작하여 본문에 '몽고'로 표기하였다.

1.

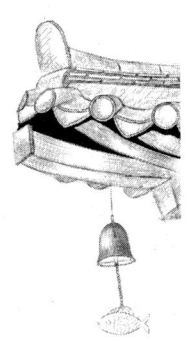

　잘금거리던 가을비가 그치자 개경 북동쪽에 자리 잡은 오관산이 아득히 모습을 드러냈다. 멧부리에 울먹줄먹 솟은 산봉우리 다섯 개가 하늘을 떠받쳤고, 무심한 하늘에 눌어붙은 햇살은 단풍이 곱게 물든 산 구석구석으로 쏟아져 산기슭으로 파고들었다. 계곡물 마주치는 소리가 시원스레 일어나는 산 초입을 지나 잡목이 울창한 숲속으로 한참 들어가자, 자빠질 듯 비스듬한 소나무들로 둘러싸인 영통사가 나타났다.
　마당 한가운데 버티고 선 5층 석탑은 족히 장정 네다섯 키와 맞먹는 높이로 우뚝 솟았고, 석탑 각층을 덮은 옥개석 귀퉁이에 매달린 풍경은 파란 녹만큼이나 창연하다. 그러나 바로 그 석탑 꼭대기를 덮은 노반 위에 올라앉은 복발과 보륜의 꾸밈새는, 고드름처럼 차갑게 경직되어 마치 폭풍 전야처럼 고요하다.
　법당 안에는 눈을 감은 채 가부좌를 튼 각훈 앞에 머리를 조아린 이문경이 하명만 내리기를 기다리는 중이었다.
　각훈은 이윽고 그윽한 눈으로 바라보며 '그 몸으로…, 꼭 떠나야겠느냐?'라고 물었다. 이문경은 머리를 조금 더 떨어트리며 신음인지 침음인지 알쏭달쏭한 소리로 '네.'라고 대답했다.

"정녕, 생각을 바꿀 요량이 없단 말이더냐?"

각훈은 성치 않은 몸도 몸이지만, 불행한 일이 일어나고야 말 것 같다는 좋지 않은 육감을 지울 수 없어 마음을 돌리고자 했다.

"사람에게 있어서 부모와 식구는 가장 귀한 것이 아니오니까? 그 귀중한 것을 앗아간 오랑캐 놈에 대한 골수에 사무친 원한 때문이온데…, 어찌 그런 말씀만 하오십니까?"

이문경은 불구대천의 원수 몽고군을 생각하니 돌연 온몸의 피가 욱하고 한쪽으로 쏠린 탓에 말투가 냉랭했다.

"……."

기실 각훈은 몽고군에게 가족을 잃고 버려진 어린 이문경을 이천이 데려다가 보살필 때부터 아는 처지였다. 뿐만이 아니라 그런 이문경이 성장하는 내내 원한을 갚겠다는 일념만으로 무술을 연마한 사정도 훤히 알고 있었다. 그러기에 대꾸하기가 번거로워 잠자코 있을 요량으로 이마를 잔뜩 누비다가 고개를 돌려 건너편 대웅전을 응시했다. 처마 끝에 매달려 달라당거리는 풍경을 보다가, 옅은 한숨을 내쉬고서 잔뜩 뒤둥그러진 목소리로 김방경을 입에 올렸다.

"상장군께서 네놈을 맡겼을 때는 네놈 숨줄만 잡아달라고 했던 것이 아니었거늘…, 모래 알갱이 같은 네놈 마음속에 부처님을 사모하는 심보가 싹트기를 바랐던 것이야. 그걸 잊었단 말이더냐?"

이문경은 김방경에 대한 언뜻거리는 양심의 느낌을 받았는지 앉은 자세를 바로잡았다. 하지만 부모의 원한은 차치하고라도 어린 곽연희가 몽고군에게 능욕당한 모멸을 생각할 때마다, 가슴 한 귀퉁이에서 뜨끔뜨끔 아리는 통증을 씻어내기 위해서는 몽고군과 맞서는 길밖에 없었다. 그 같은 의지가 강해질수록 백성의 고통은 안중에 없는 원종과 대신들의 행태가 눈엣가시였고, 마침내 김방경과는 적이 되더라도 별초군에 합류하고자 마음을 굳힌 것이다.
　차제에 각오를 단단히 하겠다는 듯이 당찬 얼굴로 목소리까지 가다듬어 입을 뗐다.
　"잊은 것이 아니오라…. 흉년은 끝도 보이지 않고 전염병도 창궐한 판국에, 오랑캐 놈들은 그렇다 하더라도 관군까지 노략질을 일삼는데…. 황제라는 자는 곤궁에 처한 백성이 산속으로 들어가 도적질로 연명하는 작금의 사정을 알면서도, 오랑캐 놈들에게 날 잡아 잡수라고 엎드리고만 있는 그 꼴을 보고만 있을 수 없는 까닭도 있사옵니다."
　"네놈 눈에는 지금 황제에게 그런 힘이 있어 보이더냐?"
　각훈은 힘없는 나라의 군주가 백성이 수탈당하는 것을 막고자 고육지책을 쓴 것이니 어쩌겠느냐고 했다.
　"하오나…, 마음가짐이 문제 아니옵니까?"
　이문경은 원종과 대신들의 허물을 싸잡아 비난하면서 가만 보고 있을 수 없는 노릇이라고 했다.
　"어허, 네놈이 황제를 꾸짖겠다는 것이더냐?"
　각훈은 속내를 산적 꿰듯 소상하게 짐작한다는 듯이 격앙된 어조로 소리쳤다.
　"그런 것이 아니오라…."
　이문경은 꿈꾸다가 깨어나 정신이 빠진 것처럼 어눌한 말투로 대꾸하다가, 작심 먹은 듯 담담하게 말을 이어나갔다.
　"황제와 대신이라면 마땅히 앞장서서 오랑캐와 맞서 싸워야 하지 않사옵니까? 하온데 그들은 백성을 팽개치고 강화도로 도망가 거기에 틀어박혀 호의호식만 누렸사옵니다. 그러는 동안에도 오랑캐 놈 말발굽에 짓밟혀 신음하던 백성과 노비들은 되레 오랑캐와 맞서 싸웠습니다. 그런데, 백성을 내팽개쳤던 자들이 이제 오랑캐 놈들 앞에 무릎을 꿇고서 백성을 죽이든 살리든 마음대로 하라고 합니다. 이처럼 비열한 황제와 대신들 행태가 노비보다 나을 것이 무엇이옵니까?"

"네놈 말을 듣자 하니 점점 점입가경이로세."

"그렇지 않사옵니까? 지금 황제와 대신들 작태가 선황제께서 살아계실 때, 오랑캐 놈들에게 붙어먹은 조휘와 탁청 같은 역도 패거리와 다를 것이 무엇이옵니까?"

"네놈이 황제를 일컬어 역도라고 했느냐?"

"왕후장상의 씨가 따로 없듯이, 역도의 종자라는 것도 별것이겠사옵니까? 백성이 수탈당할 때는 수수방관만 하다가, 급기야 나라를 통째로 오랑캐 놈들에게 갖다 바친…, 반역이나 다를 것이 없사온데, 그런 자가 비록 황제라 할지라도 역도가 아니면 무엇이옵니까?"

"나라를 지키고자, 어쩔 수 없는 고육지책이라고 말했거늘…, 역도라니?"

"오랑캐에게 자비를 구하다니요? 칼만 휘두를 줄 아는 오랑캐 놈들이 자비를 베풀었다는 소리를 정녕 들어보셨사옵니까?"

"네놈이 한동안 상장군 휘하 장수로 지내더니…. 어허, 이제는 간이 부은 것이더냐?"

"응양군대장군께서 남송으로 떠나실 때, 상장군께서 소인을 거두신 것도 오랑캐를 물리치라고 그러한 것이 아니옵니까?"

"언제부터 잔셈에 그리 밝았더란 말이냐?"

"부모님 원한도 원한이지만, 오랑캐에게 신음하는 백성이 마음 편히 살 수 있다면 보잘것없는 목숨이나마 보태고 싶을 뿐이옵니다."

"그래서…? 쓸데없이 혈기를 부리는 것이 나라를 구하는 길이라고 보았더냐?"

 "항복하여 구차하게 목숨을 구걸하는 것보다 수백 번을 죽어도 맞서 싸우는 것이 장부답게 사는 것이라고 배웠사옵니다."

 "상장군이 그리 가르치셨다 이말 이더냐?"

 "소인을 키워주셨던 응양군대장군의 가르침이옵니다."

 "이천 장군…? 그렇군. 허나…, 네놈은 응양군대장군의 가르침을 곡해해서 멋대로 추정하여 떠들 뿐이야. 장마가 지면 무모하게 강물에 뛰어들 것이 아니라 언덕 위로 피해야 하는 것을…, 목숨을 초개와 같이 버리는 것보다 잠시 물러나 후일을 도모하는 것이 어찌 부끄러운 것이더냐?"

 "황제와 대신들은 후일을 도모함이 아니라, 자신들 안위를 보장받는 대가로 백성의 목숨을 내준 것 아니옵니까? 이제는 오랑캐들이 백성을 살육할 일만 남았을 뿐인데, 어찌 가만히 보고만 있단 말이옵니까?"

 "생각이 아무리 그렇기로서니…, 네놈이 가고자 하는 그 길이 정녕코 옳다고 보느냐?"

 "황제가 틀린 길로 가는데 나 몰라라 할 수 없다는 것이옵니다."

 "황제는 틀렸고 네놈은 옳다…?"

 "오랑캐에게 항복한 대가로 받아들고 온 육사(六事)가 무엇이옵니까? 오랑캐 놈들에게 인질과 군사와 군량을 내주는 것도 모자라, 이 나라에 오랑캐 역참을 두어 호구조사를 하게 하고 다루가치를 두어 나라의 모든 일을 일일이 간섭받겠다는데, 이 모든 고통을 감내하는 것은 백성 아니옵니까? 황제나 호족, 문벌귀족, 권문세족들이 자신들의 안위를 보장받지 못했다면 그리했겠사옵니까?"

 "네놈은 정녕, 민심을 현혹하는 얕은 속임수로 나라에 재앙을 불러왔던 묘청의 흉내라도 내겠다는 것이더냐?"

"그리할 수만 있다면, 못할 것도 없질 않사옵니까?"

"뭣이라?"

"면류관의 무게를 감당할 각오가 되어 있어야 곤복(袞服) 입을 자격이 있지 않사옵니까? 오랑캐 앞에 고개 숙인 것이 백성을 위한 게 아니라, 단지 황위를 보존하고자 하는 사심이었고, 대신들 또한 자신들의 권력 기반이 와해 될까 두려워 이에 동조한 자들이니, 살 수만 있다면 오랑캐의 종이 되는 것조차 부끄러워하지 않는 작자들의 파렴치한 행태가 꼴사나워 드리는 말씀이옵니다."

"어~ 허. 네놈의 생각이 이처럼 비뚤어져 있다니…, 나무관세음보살…. 김방경 장군이 죽어가던 네놈을 맡기면서 살려낼 수 있다면 절밥을 먹이라고 했을 때, 나도 네놈이 부처님 깨달음으로 인도되기를 바랐었다. 하지만 그 기대가 공염불이 되고 보니 네놈이 칼을 잡지 못할 만큼만 고쳐놓았어야 했거늘…."

"소인은 대사님께서 흥왕사에 계실 때 가지셨던 그 마음이…, 이 사찰로 오신 후로 이처럼 변한 까닭을 잘 모르겠사옵니다."

"살리타이 목을 벤 김윤후처럼 백성을 이끌고 싸우기를 바라는 네놈 마음을 모르는 것은 아니지만…. 태조께서 창건하신 여러 사찰 중에 황실과 깊은 인연을 이어온 이 영통사를 지키는 것 또한 고려의 얼과 기를 세우는 일이니라. 부처님 법력으로 나라를 구하기 위해 만든 대장경도 다 같은 뜻을 담지 않았더냐?"

"하오나…."

"아서라, 고려의 얼을 지키는 일도 중요한 것이니 더는 말을 말 거라."

각훈은 좀처럼 끝나지 않는 긴 이야기의 끝을 짓겠다는 듯 손짓으로 말문을 틀어막았다. 이문경은 그만 입을 꼭 다물고서 고개를 까딱하며 목례했다. 절 마당을 다소곳이 돌던 가을바람 한 자락이 법당으로 들어와 건들거리며 두 사람 어깨를 감아 돌아섰다.

"어찌하랴, 남실거리는 이 바람이 곧 싹쓸바람으로 돌아설 것을…."

각훈은 생각할수록 가슴이 답답하여 마음이 다잡아지지 않았다. 그동안 위태롭게 묻어두었던 불안감이 스멀스멀 피어올라 자신도 모르게 '휘~.'하고 휘파람 같은 한숨을 뿜고는 '네놈의 그 고집을 내가 어찌 막을 수가 있을꼬?'라는 넋두리 같은 말을 뱉었다.

"하찮은 소인 목숨을 이어주신 은혜는 실로 각골난망이옵니다."
이문경은 평생을 갚아도 다 못 갚을 은혜를 입었다고 했다.

"어찌 내게 은혜를 입었다는 것이더냐?"
각훈은 당치 않는 말을 볼쏙거리지 말라는 언외의 꾸지람이 깃든 말을 뱉고서, 올곧잖은 눈으로 쳐다보며 말을 이어나갔다.

"네놈을 내게 맡긴 이는 상장군이고, 네놈 몸에 퍼진 독을 빼낼 수 있었던 것은 곽연수가 구해온 약초 때문이었고, 네놈을 지극정성으로 돌본 이는 곽연수 누이가 아니더냐?"

"하오나 대사님이 아니었다면 소인은 살아나지 못했사옵니다."
이문경은 각훈의 의술 덕에 가까스로 살아났다며 머리를 조아렸다.

"이놈 말하는 본새 보소, 부처님의 자비를 어찌 내 덕이라 한단 말이더냐…? 네놈은 어디를 가더라도 부처님 은덕을 잊지 말고 불쌍한 중생들을 위해 매향하면 될 것이니라."

각훈은 부처가 건져 준 목숨이니, 미륵을 기원하여 은혜를 갚으라고 했다. 이문경은 입술을 지그시 깨물고 앉은자리에서 허리 숙여 절을 했다.

"나무관세음보살…."

역도 15

각훈은 걱정스러운 기색으로 합장하다가, 미세한 인기척이 들려오는 마당을 향해 시선을 돌렸다. 잘그랑대는 해맑은 풍경 소리가 사뿐 내려앉는 절 마당에 우두커니 선 곽연희가 보였다. 곽연희는 각훈과 시선이 마주치자 얌전하게 합장하며 허리를 숙였다.

"됨됨이가 그만인 사내는 마다하고, 어쩌자고 돌부처 같은 네놈만 저리도 기다리지 원…."

각훈은 이문경을 힐끗 쳐다보며 혀끝소리로 중얼거리듯 말했다. 이문경은 별안간 한 번도 본 적 없는 김찬이 떠올라 마음이 상했다. 조정에서 내린 시어사 벼슬자리를 얻어 몽케(蒙哥)가 흑적(黑的)을 왜(倭)에 사신으로 보낼 때 안내했다는 이유로, 오랑캐 앞잡이 노릇 했다며 비난해 왔던 자였다. 그런 그가 곽연희에게 연정을 느낀다는 걸 알게 된 것은 김통정이 인편으로 보내온 서찰 때문이었다.

기실 이문경은 김통정이 배중손의 뜻을 수행하여 진도로 내려간다는 소식을 들었을 때 따라나서고자 하는 마음을 담은 서찰을 보냈었다. 김통정은 답서를 통해 이문경이 합류한다면 큰 힘이 될 것이라면서도, 그 전에 몸부터 싱싱히 회복되어야 한다며 말렸다. 그러면서 자신의 조카인 김찬이 곽연희를 좋아하다 보니 별초군에 대한 뒷정이 있을 수 있다면서, 별초군에 합류하도록 회유해달라고 부탁했다. 서찰을 받은 뒤로 김통정을 생각하면 만나고 싶으나, 한편으로는 오랑캐 앞잡이를 만나고 싶지 않은 심적 모순으로 마음이 복잡다단하여 차일피일 미루어왔다.

그런데 지금 각훈이 김찬을 입에 담은 것으로 보아, 필경 곽연희와 연관이 있을 것이라는 생각이 한쪽으로 미치자 입이 근질거렸다.

"그자가 한 번 다녀가기라도 하였사옵니까?"

"어디 한 번뿐이더냐?"

각훈은 시큰둥하게 응대하고는, 칼집을 둘러맨 곽연희의 등이 앞으로 스르르 기울었다가 일어나는 것을 바라보며 말을 이어나갔다.

"저 처자가 칼을 잡은 것도 따지고 보면 다 네놈 때문이 아니더냐? 쯧."

이문경은 김찬이 여러 차례 다녀간 사실을 몰랐다는 게 언짢았는지 어깃장을 부리듯 불퉁스러운 목소리로 입을 뗐다.

"고려 사내라는 것들이 여인네를 지켜주지 못하는데, 스스로 지키려면 어쩌겠사옵니까? 지금 생각해 보면 응양군대장군께서 소인들을 보살펴 주실 때 곽연희에게 무술을 연마시킨 것이 얼마나 다행한 일이었는지 모르옵니다."

"네놈 말속에 칼끝보다 뾰쪽한 가시가 박혔구나."

"그런 것이 아니오라…."

"됐다, 딴은 네놈 말이 틀리지 않았으니…."

각훈은 퉁명스레 쏘는 말로 입을 틀어막고는 '다 죽어가는 네놈을 지극정성으로 보살핀 처자이니라, 다정하게 대해주거라.'라고 했다. 이문경은 갑자기 어두운 그림자가 깃든 얼굴이 되어 입술을 꾹 눌렀다.

"못난 놈. 쯧쯧…, 서로 목숨을 빚진 사이니 의지하며 살면 좋으련만…, 돌처럼 딱딱한 네놈만 바라보는 저 처자가 불쌍하구나."

각훈은 벌써 여러 차례 해본 말인 듯 별다른 반응을 기대하지 않고는, 말머리를 바꾸어 진도로 내려간 별초군을 입에 올렸다.

"네놈에게는 좋은 소식인지 모르나…, 장월(壯月)에 별초군을 토벌하러 내려갔던 고여림이 도리어 크게 패하였다더구나."

이문경은 저절로 떠오르는 기대감을 가라앉히고서 무덤덤한 어조로 '소인도 알고 있사옵니다.'라고 대꾸했으나, 흥분으로 떨리는 목소리만은 감출 수 없었다. 각훈은 냉랭한 목소리로 '그렇단 말이지…? 안다고 하니 더는 말하지 않으마…'라고는 얼굴을 손금 보듯 살피더니 이윽고 말을 이어나갔다.

"진도로 내려갈 것이 아니라…, 응양군대장군을 찾아서 남송으로 가는 것이 어떠하겠느냐?"

"이미 결심을 굳혔사옵니다."

이문경은 각훈이 하는 말을 모르는 게 아니라며 별초군에 합류할 것이라고 했다.

"다시 생각해 보지 않겠느냐?"

각훈은 숯덩이 같은 눈썹을 추켜세우며 재차 이천을 찾아가라고 했다. 이문경은 머리를 조아린 채 입술을 깨물기만 할 뿐 대꾸하지 않았다. 각훈은 꼭 다문 입가에 무언의 맹세가 감도는 것을 느꼈는지, '허어…, 이 일을 어찌하면 좋단 말인가? 나무관세음보살.'이라고는 염주 알을 굴렸다. 이문경은 머리를 조아리며 '용서하시옵소서.'라고 했다.

"어찌하겠는가? 물가로 끌고 간 말이 물을 마시고 안 마시는 것은 말 몫인 것을…."

각훈은 강요한다고 될 일이 아니라고 말하고는 굳이 진도로 가겠다면 배중손에게 전해줄 말이 있다고 했다. 이문경은 슬그머니 고개를 들며 공손한 어조로 '무엇이옵니까?'라고 물었다.

"너도 재조대장경판을 진주로 내려보냈음을 알 것이다."

"그렇사옵니다만…."

"배중손 장군께 일러 재조대장경판이 상하지 않도록 지켜달라고 부탁하여라. 불심이 남다른 분이니 내 말을 들어 줄 것이다."

"그 말씀은…?"

"그렇다. 몽고군이 팔공산 부인사에 있던 초조대장경을 태워버렸을 때는 나라의 앞날이 두려웠었다. 그런데 요즘은 백성이 16년이나 피땀 어린 노력으로 만든 재조대장경이 또다시 잘 못 될까 하여 마음을 놓을 수가 없구나."

"개경의 관리들에게 부탁하는 것이 낫지 않겠사옵니까?"

"쿠빌라이 귀에 들어간다면 불 보듯 빤한 터…, 믿을 곳은 거기 뿐이구나."

이문경은 알았다는 듯 고개를 끄떡이며 '하오면 배중손 장군께 그리 말씀드리겠사옵니다.'라고 대답했다. 각훈은 '오냐.'라고는 진도까지 어떻게 갈 것인지 물었다. 이문경은 곽연수를 만나 함께 석모도로 들어갈 것이라고 대답했다.

"온 산을 뒤져 약초를 구해왔던 자가 아니더냐? 쯧쯧…."

각훈은 눈살을 찌그려 혀를 차고는 세상 돌아가는 일이 못마땅한 듯이 이맛살을 찌푸리며 말을 이어나갔다.

"임연이 김준을 제거할 때 함께 힘을 모아 나라의 위란을 극복하자고 의기투합할 때가 언젠데, 이제는 칼끝을 서로를 향해 겨누다니…, 나무아미타불."

이문경은 염주 알을 돌려가며 나무아미타불을 중얼거리는 각훈에게 경건하게 머리를 조아리며 '소인, 그만 일어날까 하옵니다.'라고 했다. 각훈은 헤아리던 염주를 엄지로 꾹 누르며 '강화도는 물론 석모도 뱃길까지 몽고군이 다 막았는데 어찌 간단 말이더냐?'라고 물었다.

"염려 마시옵소서."

이문경은 만반의 준비를 하고 움직이는 일이라고 대답했다.

"무사히 석모도 들어갔다 하여도 진도로 갈 성한 배가 남았을 리가 있겠느냐?"

각훈은 멀고 험한 바닷길을 헤치기에 알맞은 배가 있는지 물었다.

"대대로 강화도에서 살아온 자가 있사온데, 그자가 배를 마련해 두었을 뿐 아니라 뱃길도 훤히 꿰뚫고 있어 문제없사옵니다."

이문경은 석모도에 가기만 하면 진도로 내려가는 일은 어렵지 않다고 했다.

"어찌 배를 구했단 말이더냐?"

각훈은 관군과 몽고군의 삼엄한 감시를 피해 배를 구했다는 사실을 곧이 여기지 않았다.

"배를 구한 자 아비가 조선공인데, 대사님께서도 아실만한 자입니다."

"내가 아는 자라니?"

"대장도감에서 판각한 재조대장경판을 남해도로 실어나른 배를 지었고, 또 뱃길을 잘 알아 여러 차례 남해도 연안의 분사도감으로 오갔던 자입니다."

"응양군대장군께서 몽고군을 물리치실 때 이끌고 간 잠우선(潛牛船)을 만들었던 양기출이라는 자를 말하는 것이더냐?"

"맞사옵니다, 바로 그자의 아들 양석도이옵니다."

"양기출이 그자는 배중손 장군이 떠난 뒤로 몽고군에게 죽임을 당했다고 들었는데…."

"양석도는 아비가 완성 목전에 둔 병선 한 척을 오랑캐들이 불을 지르지 못하도록 석모도로 옮겨 숨겨두었다고 하옵니다."

"그런 일이 있었더란 말이지…? 고여림이 진도에서 패한 사실도 알고…, 네놈의 몸은 생사기로에 헤매었어도 귀는 세상 밖으로 훨훨 날아다녔구나."

각훈은 금시초문의 말이 못마땅하다는 듯 야발스럽게 어깃장을 놓고는 곧 철전(鐵錢)을 내놓았다. 이문경은 눈앞에 놓인 건원중

보(乾元重寶) 한 꾸러미를 힐끗 쳐다보며 '대사님…?'하고는 고개를 들어 빤히 쳐다보았다.
"은병이라도 주고 싶다만…, 중이 무슨 재물이 있겠느냐?"
각훈은 곤궁한 절간 살림 실정을 에둘러 말했다.
"사찰에 먹을 것이 고갈 난 지 오래인데, 어쩌자고 주시옵니까?"
이문경은 말하기가 난처하다는 듯 얼굴에 막막한 빛이 감돌았다.
"이놈아. 네놈에게 보시하는 것은…, 네놈에게 부처님 가르침을 설법하기 위함이요. 보시받은 네놈은 수희하는 마음을 일으켜야 함을 정녕 모르겠단 말이더냐?"
각훈은 딴말이 나오지 않도록 호되게 집어세었다. 이문경은 잠시 머뭇거리는 눈치더니 이내 '그럼….'이라며 자리에서 일어나 몸가짐을 갖추고서 큰절을 올렸다. 각훈은 올올한 자세로 지그시 눈을 감은 채 입술을 꾹 눌렀다.
"만수무강하시옵소서."
이문경은 일어나 허리를 반쯤 굽혀 절을 하고 돌아섰다. 그러나 각훈은 여전히 눈을 감은 채 아무 말이 없었다.
이문경은 마당으로 내려서서 저만치 떨어져 서 있는 곽연희를 향해 다가갔다. 머리카락을 뒤로 단출하게 묶어서 반듯하고 깨끗한 이마가 두드러진 곽연희는, 광채 있는 눈길에 어딘가 범할 수 없는 위엄이 서린 검객 행색이었다.
이문경은 곽연희 옆을 스치며 '가지.'라고는 그냥 지나쳤다. 곽연희는 꼭 다문 입으로 고개를 까딱하며 목례를 하고는 이문경 뒤를 따라붙었다.
"쯧쯧…. 몹쓸 놈, 구해줄 땐 언제고…."
각훈은 절 마당을 빠져나가는 두 사람을 바라보며 입에서 절로 탄식을 흘려내고는, '업보야, 업보…. 시어사의 청을 뿌리치지 않았다면 좋았을 것을.'이라고는 두 손을 모아 합장했다.
  하늘에서 절 마당을 내려다보는 구름은 움직이지 않았고, 법당 처마 끝에 걸린 바람은 곧 온 나라를 휩쓸 회오리바람이 불어닥칠 것도 모른 채 끄덕끄덕 졸았다.

2.

　한껏 풀죽은 저녁 해가 허름한 관설주점 지붕 너머로 가라앉을 무렵이었다. 장터거리 어귀에 나타난 곽연희는 요러요러한 골목길을 돌아 움막이나 다름없는 초가집으로 향했다. 유달리 낡삭은 초가집은 금세라도 쓰러질 것처럼 위태로웠다. 군데군데 맥질한 흙이 떨어져 내려 싸리와 잡목 가지 외얽이가 앙상하게 드러난 토벽이, 마치 피폐와 몰락을 거듭하는 고려에서 태어난 죄로 신음하는 백성처럼 보기가 흉했다.
　곽연희는 낮고 버드러진 울타리에 겨우 붙은 싸리문을 살며시 밀치고 들어섰다. 뒤틀린 문살에 검누르게 얼룩진 대호지가 발린 방문 밑의 툇돌 앞으로 다가서서 인기척을 냈다. 허리 굽은 노파처럼 비뚜름한 방문이 삐꺼덕 열리며 불쑥 얼굴을 내민 자는 곽연수였다.
　곽연희는 고개를 까딱 숙여 보이며 '오라버니, 모셔왔습니다.'라고 했다. 곽연수는 곽연희 뒤에 선 이문경을 발견하고는 냉큼 밖으로 나서며 나직한 목소리로 '기다리고 있었소.'라고는 재촉하듯 안으로 들라고 했다. 이문경은 툇돌을 밟고 올라서서 방문턱을 넘어 안으로 들어섰다. 아직 어둠이 두껍지 않으나 방안에는 흐릿한 호롱불이 켜져 있었다. 곽연수는 곽연희를 향해 무언의 눈빛과 함께 고개를 까딱이고는 이내 방문을 닫았다. 곽연희는 닫힌 방문을 향해 머리를 나붓이 숙이고 허리를 세웠다. 방안의 두 사람이 자리에 앉을 때 살랑거린 옷자락 바람에 호롱불이 흔들리며 두 그림자가 유령처럼 일렁일렁했다. 곽연희는 찢어진 대호지 구멍 사이로 설핏 나타난 이문경을 눈에 담고 아쉬운 듯이 천천히 자리를 떴다.

"여기가 어딘가?"

이문경은 비좁은 윗목에 조여 앉아 방구석을 찬찬히 살피며 물었다.

"걱정하지 마시오. 이 집은 김윤서 노모께서 지내시는 곳이오, 형님이 온다고 해서 일부러 먹을 거라도 구하러 나가신다고 했는데…."

곽연수는 노파가 음식을 동냥하러 가는 것을 막을 수 없었다고 했다.

"김윤서 모친이시라고…?"

이문경은 음식 동냥이라는 말에 기분이 찜찜했지만, 그보다 김윤서의 어머니라는 말이 더 마음을 아프게 후비는 통에 미간이 씰그러졌다.

"아직도 아프시오?"

곽연수는 고개를 앞으로 숙여 이문경을 살펴보며 물었다. 이문경은 천연한 표정으로 '아프긴? 이제 이렇게 움직이잖아.'라고 했다.

"대사님 침술은 참으로 용하시오."

곽연수는 그만하기가 천만다행이라며 각훈의 의술을 칭송했다.

"네 덕에 몸에 퍼졌던 독을 빼낼 수 있었기에 살아난 것이야."

이문경은 곽연수가 황해도 일대 산을 뒤져 어렵게 구한 약초 때문에 살아났다며 목숨을 빚졌다고 했다.
"당치도 않는 말 하지 마시오. 형님이 누이를 구해주다가 그리 되었는데 그게 무슨 말이란 말이오?"
곽연수는 천부당만부당한 말이라며 펄쩍 뛰고는, 내친김에 잇대어 곽연희를 입에 올렸다.
"한데…, 누이 마음을 언제까지 보고만 있을 것이오?"
"또 그 소리?"
이문경은 난감한 상황에 직면한 것처럼 얼굴색이 달라졌다.
"형님을 사모하는 정이 저리도 깊은데…."
"그만하래도…."
이문경은 어렵사리 끄집어낸 말문을 꽉 틀어막고는 고개를 외틀어 침음했다. 곽연수는 말문이 트이지 못한 어린아이 옹알이처럼 입술을 종그리며 서늘한 눈으로 쳐다보았다. 좁은 방안은 졸지에 어색한 침묵이 끈끈한 거미줄처럼 드리웠다.
이문경은 단단한 침묵을 바스러뜨릴 작정으로 못내 궁금했던 이야기를 끄집어냈다.
"별초군이 고여림을 물리쳤다는 소리는 들었다만…, 대체 어떻게 물리쳤다는 것이냐?"
"말 마시오, 속이 다 후련합디다."
곽연수는 답답하고 우울하던 가슴속에 술 한 모금 들어간 것처럼 입아귀를 샐쭉 올리면서 개운한 심사를 털어놓았다. 이문경은 동이 닿지 않는 엉뚱한 소리를 들었다는 듯이 까끄름한 어투로 '뭐가 말이야?'라고 물었다.
"그뿐이 아니란 말이오."
곽연수는 무슨 신나는 자랑거리라도 생긴 양 떠들고는, 흠흠 하며 헛기침을 하고서 창을 한 곡조 뽑듯이 걸걸한 목소리로 말을 이어나갔다.

"고여림이 양동무와 함께 수군을 거느리고 벽파정을 공격하다가 많은 군사를 잃고 군량미까지 빼앗기고 도주했소. 그러자 황제가 김방경 장군 그 어른과 아카이가 이끄는 몽고군과 연합하여 공격하도록 했는데, 꼴좋게 노영희 장군에게 패하고 말았지 뭐요? 그런데 아카이 그 작자가 패전의 모든 책임을 김방경 장군에게 뒤집어씌웠답디다. 어쨌든 일이 그렇게 되자 남쪽 일대의 초적, 서적, 남적, 토적 가릴 것 없이 별초군이 되기 위해 진도로, 완도로, 남해도로 모여들고 있다 하오. 그리하여 남쪽 해안 30여 개의 크고 작은 섬이 별초군 손아귀에 들어왔고, 개경으로 상납하는 공물선까지 나포하여 군량미 걱정은 없다고 합디다. 또 별초군 군사를 나주와 전주까지 진출시켜 확보한 군량미와 재물로 용장산 기슭에 성을 쌓고 궁궐과 관아까지 지었다지 뭐요."

흥미진진한 무용담을 늘어놓듯 자랑삼아 떠들어 대던 이야기가 끝나자, 이문경은 한 가지 걱정을 떠안듯이 나직하고 느린 어조로 '김방경 장군은 어찌 되었다더냐?'라고 물었다. 곽연수는 조금 갈라진 음성으로 '그 어른이 쉽게 죽을 팔자는 아니지 않소?'라고는 심통이 가시지 않았다는 듯 불퉁하게 '나는 정말 이래도 되는지 모르겠소.'라고 했다. 이문경은 어리뜩한 표정으로 눈을 끔벅거리며 '무엇을 말인가?'라고 물었다.

"뭐긴 뭐겠소?"

곽연수는 헐렁헐렁한 말투로 '김방경 장군 말이오.'라고 했다. 이문경은 생각이 곁질린 듯이 낯빛이 한데로 몰린 벙벙한 표정으로 쳐다보았다. 곽연수는 입을 꾸물꾸물 이죽거리다가 '우리가 별초군과 합류하면 김방경 장군과 칼을 겨눌 수밖에 없지 않겠소?'

라는 말을 시큰둥하게 뱉었다. 이문경은 그 말에 문득 정신이 맑게 깨어나면서, 마음 한구석이 허하게 비어오는 공허함을 지울 수 없었다.

"그 어른이 형님 검술에 반해서 형님을 수하에 두지 않았소, 그런 뒤 한때는 형님과 내가 그 어른 밑에서 오랑캐 놈들을 물리치느라 얼마나 많은 전투를 치렀소? 그러다가 그 어른을 구하려고 군사 몇 명으로 오랑캐 놈들을 유인하다가 포로가 되어 겨우 탈출하지 않았소? 그런데 이제 이런 꼴이 다 뭐요?"

곽연수는 김방경과 얽히고설킨 인연을 들먹이고는 심경이 복잡하고 참담하다는 듯이 폭 한숨을 내쉬었다.

"그만하자."

이문경은 김방경과 함께 힘을 합해 싸웠던 지난날 일들이 불편하고 맞갖잖아서 입꼬리를 실쭉거렸다.

"낸들 좋아서 이러겠소? 이제는 서로 칼을 겨누어야 한다고 생각하니 가슴이 미어터져서 이러는 것 아니오, 형님도 그 어른과 칼을 겨누는 것을 원치 않을 것 아니오?"

곽연수는 심사가 틀렸는지 볼멘소리로 대거리하듯 들썩들썩 요란하게 말했다.

"또 그 소리…? 정녕 칼을 겨눌 것이라 보느냐?"

이문경은 심상치 않은 조짐을 감지한 듯 썰렁한 얼굴에 눈알을 크게 하고서 물었다.

"안 그럴 것 같소?"

곽연수는 갑자기 불뚝하는 심사가 일어났는지 말투가 거칠고 짜증스러웠다.

"김방경 장군은 노영희 장군에게 패하여 철수했다고 하지 않았느냐?"

이문경은 뭔가 곤혹스러운 일과 마주칠 것 같은 불길한 예감에 이끌리는 통에 험하게 얼굴을 구겼다.
"그게 그리 간단한 일이 아니오. 김방경 장군을 모함했던 아카이를 몽고로 송환시킨 탈타아가 흔도라는 놈을 불러들여서 또 진도를 칠 준비를 하는데, 관군에는 쓸 만한 장수가 없는지 환갑을 눈앞에 둔 그 어른을 오랑캐 군사들과 함께 다시 내려보냈답디다. 그러니 우리가 내려가면 칼을 겨누지 않고 배길 수 있겠소?"
곽연수는 김방경이 진도로 떠난 지 오래되었다고 했다. 이문경은 낙심에 찬 표정으로 고개를 들어 올리며 힘없는 목소리로 '그 말을 왜 이제 해?'라고 했다. 곽연수는 말밑천이 다 된 것처럼 잠시 머뭇거리다가 천천히 입을 뗐다.
"나도 시어사가 알려 주기 전에는 몰랐소."
"시어사…? 김찬 그자를 말함이더냐?"
이문경은 몹시 귀에 거슬리는 말을 들었다는 듯이 이맛살을 찌푸렸다. 곽연수는 고개를 끄떡이며 그렇다고 했다.
"그런 자를 왜 만나?"
이문경은 자신도 모르게 그만 볼멘소리가 흘러나왔다.
"만날 만하여 만난 것이니 그런 눈으로 쳐다보지 마시오."
곽연수는 되레 불만에 찬 목소리로 퉁바리를 놨다. 이문경은 심사가 뒤틀렸음을 말하듯 찜부럭한 얼굴로 곱지 않게 눈을 흘겼다.
"아무려면 중랑장 조카인데…, 해코지하겠소?"
곽연수는 김통정 조카를 만난 게 뭐가 문제냐고 따져 물었다. 이문경은 탐탁하지 않아 확 구겨진 낯빛이 되어 입을 뗐다.
"그자가 아무리 중랑장 조카이기는 하나, 엄연히 우리와 갈 길을 달리한 자이거늘…, 그런 자를 만난다는 것은 자칫…."
"무슨 걱정을 하는지 아오."

곽연수는 말의 중턱을 툭 잘라 막고는 '석모도 가는 배와 용총줄을 구해주겠다는데 어찌 안 만난단 말이오?'라고서 이문경의 추궁에 아퀴를 맞추고서 쳐다보았다.

"그자가 배를 구해줘…? 왜?"

이문경은 되레 책잡혔다는 듯이 조심성스러운 말투로 대꾸했으나 우렁잇속 같은 꼬부장한 생각은 떨치지 못했다. 곽연수는 까끄름한 어투로 '누이를 통해 들은 소리라 잘 모르오.'라고 대꾸했다. 이문경은 대뜸 흐려진 낯빛으로 '연희가?'라고 물었다. 곽연수는 답변하기가 곤란하다는 듯 '아…!'라는 외마디 소리를 치더니, 본연의 자세를 되찾겠다는 듯 짐짓 의뭉을 떨며 말을 이어나갔다.

"아무렴, 시어사가 좋아서 만났겠소?"

"김찬 그자가 연희에게 연정을 품었다는 것은…."

이문경은 그만 속 깊이 묻어두었던 말을 털어놓고는 말문을 잇지 못하다가, 시선을 엇비끼면서 '그런 자에게 눈길을 준다는 게 말이 된다더냐?'라고 하던 말을 갈무리했다. 의중을 간파한 곽연수는 냉수를 한 바가지 들이마신 것처럼 가분한 마음으로 입을 뗐다.

"그런 소리 하지도 마시오, 누이에게는 형님뿐이라는 걸 잘 알지 않소?"

순간 이문경은 무심결에 뱉은 말이 잘못되었음을 알고 어깨를 움츠릴 뿐 입을 열지 못했다.

"후일 만나게 된다면 시어사의 본마음을 너무 모르고 오해하고 있다는 걸 알게 될 것이오."

곽연수가 작정하고 김찬을 두둔하여도 이문경은 어쩐 일인지 가만히 있었다. 곽연수는 마음이 좀 놓이는지 아예 심중에 묻어두었던 말을 들고나왔다.

"나는 말이오, 형님이 누이 마음속에 자리 잡은 연모의 정을 외면하는가 싶어 두렵소."

이문경은 호소하는 듯한 말이 가슴을 찌르는 통에 자그시 눈을 감고 말았다. 딴은 곽연희를 맘에 두지 않은 것은 아니었다. 하지만 언제 죽을지 모르는 처지로 순정을 받아들인다는 것은 차마 못 할 짓이었다. 그러기에 마음에 없는 냉담한 태도로 일관했으나 마음은 늘 불편했다.

"가만있지 말고 속 시원하게 뭐라고 말 좀 해보시오."

이어지는 곽연수 목소리는 한결 가라앉은 소리만큼 애절한 심정이 스며들어 있었다.

"나라고 해서 왜 마음이 편하겠어? 하지만…, 아니다."

이문경은 속내를 내비치려다 그만 말꼬리를 둘둘 말고는 '그보다…, 강화도 사정은 어떤가?'라고 물었다. 곽연수는 불쑥 말머리를 돌리는 이문경이 야속하여 잠시 몸을 비틀었다가 이내 거친 소리로 '말도 마시오, 아주 쑥대밭이 되었소.'라고 했다.

"짐작은 하고 있었다만, 대체 어찌 되었다는 것이야?"

이문경은 자세한 내막을 알겠다는 듯이 앉음새를 고쳤다. 곽연수는 애써 마른침을 꿀꺽 넘기고서 입을 뗐다.

"형님이 사경을 헤맬 때 많은 일이 있었소만, 다행히 극적으로 회복되고 있을 무렵 별초군이 진도로 내려가게 되지 않았소? 그때 중랑장 말씀대로 따라가지 않고 영통사에서 몸을 추스르고 있었던 것이 다행이었소…. 아무튼 별초군이 진도로 떠나고 난 뒤 두련가가 오랑캐 군사를 이끌고 강화도로 들어가 성을 통째로 불질렀소. 그뿐만 아니오, 나중에는 도라다이가 또 오랑캐 군사 2천을 거느리고 들어가 백성을 눈에 띄는 대로 마구 죽였소. 운 좋게 살아남은 백성이라고 해도 굶주림 때문에 죽어 나간 자가 부지기

수고, 도리 없이 뭍으로 나가기 위해 염하를 건너다가 죽은 자들도 수를 헤아릴 수 없소. 오랑캐 놈들이 얼마나 악랄하게 굴었으면 강화도에는 성한 백성, 성한 집 하나 남아 있지 않소. 오죽했으면 길거리에 개새끼 한 마리도 보이지 않겠소?"

이야기를 다 듣고 난 이문경은 분을 못 삭인 듯 노여움에 얼굴이 붉으락푸르락하면서 '그 지경인데도 황제는 가만있다니…?'라고 했다.

"황제? 그런 자가 무슨 황제란 말이오? 차라리 형님이 황제 자리를 꿰차고 앉는 게 훨씬 나을 것이오."

곽연수는 목청을 있는 대로 다 내어 소리쳤다. 그때 밖에서 '있는가?'라는 노파 목소리가 들렸다. 곽연수는 냉큼 일어나 얼른 방문을 열었다. 그사이 사방에는 어둠이 짙게 깔렸고, 오므라진 두 볼 사이로 흘러내린 머리칼 몇 올이 눈에 띄는 노파만 검은 음영으로 어렴풋이 드러났다. 이문경은 급히 일어나 곽연수와 함께 노파를 향해 허리를 숙였다. 노파는 핏기없는 얼굴로 이문경을 쳐다보며 '온다던 사람이 이 사람이었구먼.'이라고 하더니 몸을 돌려 툇돌 옆에 놓인 낡은 밥상을 들어서 '시장들 하지? 어서들 먹어.'라며 내밀었다.

"아이고 어머님, 이 귀한 것을…."

곽연수는 보리죽 두 그릇과 간장 한 종지만 놓인 쥐코밥상을 받아들고는 노파의 배려가 황송하여 어쩔 줄 몰라 했다.

"밥상이 조악해서 어쩐데…."

노파는 오글쪼글한 두 손바닥을 오그려 모으며 말했다.

"들어오시지 않고…? 같이 드셔야죠."

곽연수는 노파 어깨에 도도록하게 앉아 방 안을 기웃거리는 어둠이, 마치 백성을 짓누르는 오랑캐무리 같아 마음이 무거웠다.

"나는 그 집에서 얻어먹고 왔으니 괜찮아, 어서 먹어."

노파는 누렇게 부황이 난 얼굴만 보더라도 굶주림에 지친 모습이 역력했음에도 불구하고 배가 부르다고 했다.

"어머님…."

곽연수는 감정이 세차게 엇갈리는 통에 그만 말을 잇지 못했다.

"내 아들을 만나거든 나는 잘 있으니 걱정하지 말고…, 오랑캐 놈들과 싸우더라도 다치지 말고 몸 성히 돌아오기를 천지신명님께 지성으로 빈다고 전해주어."

노파는 힘없고 떨리는 목소리로 주야장천 김윤서가 걱정돼서 안존할 수 없음을 내비쳤다.

"너무 걱정하지 마십시오. 윤서는 어엿한 교위가 되어 부하 50명을 거느릴 뿐 아니라, 밥도 잘 먹고 씩씩하게 잘 있으니 꼭 살아서 돌아올 겁니다."

곽연수는 어떻게 하든지 아들 걱정으로 어지러운 노파의 마음을 달래 주고 싶었다.

"그려, 그려. 윤서는 꼭 살아서 돌아올 거야."

노파는 자신이 믿는 대로 될 것이라고는, 바람에 건듯건듯 나부끼는 머리칼을 쓸어 넘기며 '시장하겠어, 어서 먹어.'라고서 돌아섰다. 이문경은 뭔가 허전하고 슬픈 생각이 들어 쉬이 앉지 못하고 물끄러미 쳐다보았다. 곽연수는 느슨한 목소리로 '앉으시지요.' 하고는 가만히 방문을 닫았다. 이문경은 젖버듬히 돌아서서 밥상 앞에 철퍼덕 주저앉았다.

"뭐하요, 어서 드시오."

곽연수는 끝이 뭉툭하게 닳은 나무 숟가락을 집어 들며, 정성을 생각해서라도 먹어야 한다고 했다.

"그렇지, 맛있게 먹어야겠지."

이문경은 몽고군을 만나면 죽음을 무릅쓰고 용감하게 싸우던 김윤서 얼굴을 떠올리며 죽사발을 쳐다보았다.

"그렇소, 이 귀한 것을 먹으면 저절로 힘이 날 것이오."

곽연수는 나무 숟가락을 집어 보리 심쌀에 비해 물이 많아 멀뚱멀뚱 묽은 보리죽을 퍽퍽 떠먹었다. 이문경은 덩달아 보리죽을 한술 뜨고는, 파뜩 무슨 생각이 났다는 듯 고개를 들어 '누이는 어디 간 것이야?'라고 물었다.

"왜요? 마음이 쓰여요?"

곽연수는 짐짓 화난 소리로 퉁바리를 주고는, 한 손으로 질그릇을 들어 입으로 가져가 보리죽을 둘러 마셨다. 이문경은 그 마음을 알기에 대꾸하지 못하고, 죽 한 숟갈을 입에 넣더니 오물거리며 '언제 떠나?'라고 했다.

"잠시 후 떠나면 만조에 맞추어 도착할 수 있을 거요."

곽연수는 본래 자세로 돌아가 예성강 하구에 숨겨둔 거룻배를 띄우려면 물때를 기다려야 한다고 했다.

"배 때문에 갔단 말이야?"

이문경은 그제야 곽연희가 안 보이는 까닭을 알 것 같았다. 곽연수는 가볍게 고개를 끄떡해 보이고는 그렇다고 했다.

"배는 양석도가 준비한다고 하지 않았나?"

이문경은 곽연희에게서 들은 이야기를 상기하며 무슨 문제가 있는지 물었다.

"무슨 말이오? 양석도는 송가도에서 기다린다고 했잖소."

곽연수는 송가도까지 들어가야 양석도가 석모도로 안내할 것이라고 했다.

"그렇다면 배 때문에 갔다는 것은 무슨 말이냐?"

이문경은 곽연희가 걱정되는 듯 안색이 일변했다. 곽연수는 은근한 진정이 품기는 그 말이 듣기 좋으면서도, 슬그머니 외면하듯 방문을 향해 시선을 옮기면서 입을 뗐다.
"사공을 찾아서 예성강 하구로 갔소, 미리 확인해야 할 것 아니오."
"그럼, 사공이 송가도까지 데려준단 말이야?"
이문경은 곽연희 혼자 보낸 것이 기어이 마음 놓이지 않았다.
"그렇소, 말했다시피 그 사공과 배, 거기다가 용총줄까지 모두 시어사가 구해준 것이란 말이오."
곽연수는 보란 듯이 의기양양한 말투로 김찬을 두둔했다. 이문경은 마음에 거리낄 것이 있는지 이렇다 저렇다 가부간에 말이 없었다. 곽연수는 하릴없이 가벼운 헛기침을 하고는 무릎걸음으로 방문 곁에 바짝 다가갔다. 방문을 더뻑 열어젖히고는 삐죽 고개를 내밀어 하늘을 올려다보았다. 밤하늘에 송송하게 맺힌 별을 살피더니 '이제 가야겠소.'라고는 방문을 닫았다.
"이거라도 놓고 가야겠어."
이문경은 품 안에서 철전을 끄집어내어 밥상 위에 얹어놓았다.
"이것이 뭐요?"
곽연수는 이문경과 철전을 번갈아 쳐다보며 물었다. 이문경은 본시부터 자신의 것이 아니라는 듯 태연하게 입을 열어 각훈이 준 노잣돈이라고 했다. 곽연수는 미간을 모으면서 '그렇소…?'라고는 번쩍 어떤 생각이 머리를 스친 듯이 나직한 어조로 몰래 빠져나가자고 했다.
"인사도 없이 그냥 가잔 말이야?"
이문경은 노파에게 신세 진 도리를 하고 떠나야 하지 않느냐고 했다.
"어허…, 모친 성격을 모르는 소리 하지 마시오. 인사를 하면

이 철전을 받을 것 같소?"

　곽연수는 이문경이 온다고 음식을 동냥하러 가는 것만 봐도 알지 않겠느냐 말하고는, 살그머니 방문을 열어 바깥 동정을 살피더니 '됐소, 어서 갑시다.'라고는 문턱을 껑정 넘었다. 이문경은 이겨진 찰흙처럼 어정쩡하고 엉거주춤하는 꼴로 곽연수 뒤를 따라 붙었다. 두 사람은 몰래 싸리문 밖으로 나서서 어둠 속으로 잽싸게 사라졌다.

3.

　곽연수는 하늘에 깨알같이 총총 박힌 별에서 흘러내리는 빛을 길잡이로 삼아 그믐칠야 캄캄한 밤길을 살펴 가며 예성강 하구로 향했다. 이따금 예상치 못하게 부딪히는 관군이나 몽고군 눈을 피하느라 돌아가는 것 말고는, 무난하게 목적지에 당도했다.
　어둠 한끝에 괴기스러운 몸뚱이로 벌떡 서 있는 버드나무 뒤쪽에서 시커먼 그림자가 불쑥 나타나, 나지막한 목소리로 '여깁니다.'라고 했다. 곽연수는 곧 안도하는 기색이 되어 고개를 뒤로 돌려 '저쪽이요.'라고는 잡초가 우거진 풀숲을 헤쳐나갔다.
　바람에 이파리가 다팔다팔 날리는 버드나무 곁으로 다가서자 곽연희가 엄밀한 목소리로 '다 준비되었소.'라고 했다. 곽연수는 수고했다는 짧은 말로 곽연희를 격려했다. 이문경은 별다른 내색은 없었으나 유화한 웃음으로 반겼다. 곽연희는 부끄러운 듯 고개를 돌리더니 곽연수를 향해 완약한 어조로 '오라버니, 서검도로 가야 한답니다.'라고 입을 뗐다.
　"서검도라니…, 무슨 소리야?"
　곽연수는 굳은 표정으로 다그쳐 물었다.
　"근거지를 옮긴 지 며칠 된답니다."

곽연희는 사공으로부터 받은 양석도의 전갈이라고 했다.
"무엇 때문이라더냐?"
곽연수는 송가도에 무슨 변고가 생긴 탓이라 짐작하고 걱정스러운 낯빛을 지었다.
"사공도 거기까지는 모른답니다."
곽연희는 양석도의 전갈은 그뿐이라며 사공이 서검도로 안내할 것이라고 했다.
"아무래도 무슨 난리가 터진 게 분명하오."
곽연수는 이문경을 향해 일이 돌아가는 낌새가 심상치 않다고 말하고는, 곽연희에게 지체할 수 없다며 앞서라고 했다. 곽연희는 꼭 다문 입으로 목례 하고는 빠른 몸놀림으로 돌아서서 길을 잡았다. 두 사람은 곽연희를 따라 물결이 잘싹거리는 하구 가장자리로 옮겨 갔다.
간수가 밴 강물이 핥아대는 개펄에 작고 낡은 거룻배 한 척이 닿아 있고, 늙은 사공은 펄 바닥에 찔러 놓은 기다란 삿대를 붙잡은 채 서 있었다. 곽연희는 지질편편한 개펄에 진득진득 빠지는 발로 걸어서 거룻배로 올라가 이문경을 향해 올라오라며 손을 내밀었다. 이문경은 곽연희가 그랬던 것처럼 다가가 손을 붙잡고 올라탔다.
"갑시다."
곽연수는 사공에게 출발하라는 손짓을 하고는 배의 고물머리를 힘껏 밀었다. 사공은 펄 바닥에 박았던 삿대를 뽑아 물속에 쑤셔 박아 밀었다. 배꼬리가 개펄 위로 잘팍 미끄러지더니 가볍게 앞으로 나아갔다. 곽연수는 배의 고물을 툭툭 두들겨 대고는, 전신의 힘을 양팔에 모아 뱃전 위에 둘둘 말린 삼줄 더미를 힘껏 잡아당기며 올라탔다. 사공은 서너 차례 삿대를 휘젓다가 밑바닥이 닿지 않을 만큼 되자 삿대를 놓고 노를 잡았다.

  조류를 따라 뱃머리를 남쪽으로 향하다가, 다시 서쪽으로 방향을 잡아 석주와 교동도 사이의 물길을 따라잡았다. 능란한 솜씨로 노를 젓는 유연한 손놀림 따라 삐거덕삐거덕 노 젓는 소리가 물 위로 미끄러졌다. 다행스럽게 밤바다는 잔풍했고, 밤하늘에 떠 있는 별들은 바다 위로 내려앉아 둥둥 떠서 이리저리 흔들리며 단춤을 추었다. 세 사람은 뱃전에 걸터앉아 바람결을 따라 찰싹이는 물결 소리를 귀에 담지만, 머릿속에는 저마다 딴생각으로 그득했다.

  "별초군이 진도로 내려간 것이 영 잘한 것 같지 않소."

  가슴을 떡 벌리고 크게 숨을 들이쉬고서 입을 뗀 곽연수는 도대체 왜 강화도를 버려야 했는지, 생각이 엇갈려 옳고 그름을 잘 모르겠다고 했다.

  "잘못했다니…?"

  이문경은 높낮이가 없는 목소리로 대수롭지 않게 물었다.

  "강화도를 지키면 될 것을, 뭣 하러 배라는 배는 모두 끌어모아 별초군 군사와 식솔들까지 다 이끌고 그 먼 진도까지 내려갔느냐 이 말이오. 거기도 섬이기는 마찬가지 아니오? 내 생각에는 배중손 장군이 김방경 장군을 피해서 내려간 것 같은데…, 아니오?"

  곽연수는 별초군이 진도에 진을 치게 된 것이 못마땅하다면서 의중을 떠보았다. 이문경은 좀 뜻밖이라는 듯 심술이 담긴 소리로 '왜 그런 생각을 한 것이야?'라고 되물었다.

  "그렇지 않고서야 어찌 판태사국사 그 작자 말만 믿고 그리 급하게 움직인단 말이오?"

  곽연수는 배중손이 봉은사 태조 어진 앞에서 길흉을 점친 안방열의 점괘를 빌미 삼아 급히 강화도를 떠난 것은, 진즉부터 강화도를 벗어날 궁리를 했기 때문이라고 했다.

"강화도는 개경과는 지척이 아니냐?"

이문경은 배중손의 결정에 따르는 것이 옳다고 말하고는 곽연희를 쳐다보았다. 아름다움과 우아함은 해무처럼 들솟은 검은 어둠이 싸안아도 눈에 띄게 빛났다. 그야말로 미운 구석이라고는 하나 없이 수려한 이목구비와 뚜렷한 얼굴 윤곽의 균형이 조화로운 미인이었다. 그런 곽연희 가슴속에 슬픔이 먹물처럼 까맣게 돌고 있음을 생각할 때마다 마음이 아팠다.

"형님을 따라나서기는 했지만…, 솔직히 말하자면 아직도 뭐가 옳은지 잘 모르겠소. 황제가 항복한 마당에 꼭 이래야 하는지 모르겠다, 이 말이오."

곽연수는 마음이 오락가락 흔들리는지 이번에는 황제 뜻을 따라야 백성 된 도리가 아니냐고 했다.

"언제는 그런 자가 무슨 황제냐고 목청을 높이더니…?"

이문경은 못마땅한 얼굴로 하얗게 눈을 흘겼다.

"물론 그야…."

"그만."

이문경은 단박에 말을 뚝 잘라먹고서 몽고군과 어떻게 싸워왔는지 잊었냐고 물었다. 곽연수는 떫은 표정이 되더니 곧 '그동안 당했던 온갖 굴욕을 갚기 위해서라도 싸워야 한다는 것쯤은 나도 아오.'라고 거칠게 응수했다.

"우리처럼 오랑캐 놈들에게 잡혀갔다가 탈출한 신의군도 다 진도로 떠난 마당에 다른 도리가 있더냐?"

이문경은 별초군에 합류하지 않고서는 몽고군과 맞서 싸울 수 없는 노릇이라고 했다.

"아, 말이 나온 김에 한 번 따져봅시다."

곽연수는 진중하고 간결한 어조로 입을 떼고는, 마침 가려운 데를 긁었다는 듯이 그동안 목구멍 밑에 괴어 놓았던 말을 끄집어냈다.

"신의군은 중앙군의 이군 육위 어디에도 끼이지도 못했소. 그런데다가 앞장서서 죽기로 싸우면서도 천대만 받아오지 않았소? 하긴 배중손 장군이나 노영희 장군의 야별초군이 전권을 장악하고 있으니 말해 뭐하오. 유존혁 장군까지 좌승선이 된 건 그렇다고 칩시다. 하지만 이신손처럼 간에 붙었다 쓸개에 붙었다 하는 간사한 자는 우승선 자리를 주면서, 김통정 장군은 기껏 중랑장이라니…. 이게 말이 되는 소리요?"

"별초군이 일어선 것은 오랑캐 놈들과 맞서 싸우겠다는 뜻임을 망각한 것이야? 나라가 망해가는 판국에 자리싸움이 무엇이란 말이냐?"

이문경은 힘을 모아도 부족한 마당에 스스로 무너질 수 있는 내부 분란만이 있어서는 안 된다고 했다.

"고려가 오랑캐 놈들보다 힘이 약해서 이런 치욕을 당하는 것이랍니까? 그건 아니지요. 황제와 황족, 귀족과 대신들은 자신들 살 길만 찾느라 혈안이 되었지, 백성은 뒷전이니 민심이 산산조각 나서 이 꼴 난 것 아니요?"

곽연수는 황제와 대신들에게 불평스럽던 속마음을 노골적으로 드러냈다.

"그러니까 지금이라도 힘을 모아야 하늘도 도와줄 것 아닌가?"

이문경은 하나 되는 것이야말로 당장 해야 할 일이라고 했다.

"참내, 형님은…. 어린애 같은 소리 하지 마시오, 그딴 하늘이 뭘 도와준다고 그런 소리를 다 하요?"

곽연수는 듣기가 객쩍은지 싫은 소리를 톡 쏘아붙이고는, 고개를 홱 돌려 곽연희를 향해 공연히 '내 말이 틀렸어?'라고 물었다. 곽연희는 백옥같이 희고 붓끝같이 고운 손으로 뱃전을 짚은 채 고개만 잠깐 돌이켜 쳐다볼 뿐 가타부타 대답이 없었다. 이문경은 심상치 않은 시선으로 곽연희를 바라보다가 긴 한숨을 뽑아 밤공기에 흘려보내고는, 곽연수에게 '그 일을 벌써 잊은 것이야?'라고 일침을 놓았다.

"그 소리는 왜 또 꺼내는 거요?"

곽연수는 지난날 아픔이 머리를 치며 토막토막 끊어져 떠오르는 통에 그만 불퉁스러운 말로 쏘아붙였다.

어렸을 때 부모와 함께 몽고군에게 끌려가다가 눈길에 발을 헛디뎌 산 아래로 굴러서 죽는 사람, 굶주림을 견디지 못하고 죽는 사람, 도망가다가 처참하게 도륙당하는 사람, 추위를 견디지 못해 죽어서 꽁꽁 언 시체, 틈만 나면 아녀자 강간을 일삼는 짐승 같은 몽고군을 지켜보아야 했다. 그렇게 끌려가던 어느 날 몽고군 한 놈이 어머니를 겁탈하려고 하자 아버지가 본능적으로 몸으로 막아섰다. 몽고군이 닥치는 대로 발길질을 했고, 아버지는 온몸이 피투성이가 되어서도 악착같이 달려들었다. 그러자 몽고군은 서슴없이 칼을 뽑아 아버지를 죽였다. 이를 본 어머니는 얼굴이 핏기가 없이 노랗게 되더니 곧 남편을 살려내라며 악다구니를 퍼부었다. 몽고군은 귀찮다는 듯이 고개를 흔들고는 조금도 거리낌 없이 칼을 휘둘렀다. 어머니는 그 자리에서 폭 쓰러져 아버지 가슴에 안겨 숨졌다. 어린 곽연수와 곽연희는 두려움에 휩싸여 얼굴이 파랗게 질린 채 바들바들 떨었다. 그런데 몽고군 한 놈이 곽연희를 흘깃 쳐다보다가, 이내 다가가 겨드랑이를 단단히 끼고 들어 올렸다. 곽연희는 비명을 지르면서 발버둥을 쳤다. 곽연수는 몽고군 종아리를 힘껏 움켜잡고 '안 돼!'라며 울부짖었다. 그러다가 배를 걸어차여 푹 고꾸라진 채 일어나지 못했다. 고꾸라진 곽연수와 겁탈당한 곽연희는 실신한 채 눈길 위에 버려졌다. 그러다가 몽고군을 추격하던 이천 장군에게 발견되어 구사일생으로 살아나 보살핌을 받았다. 이천은 몽고군과 싸우려고 집을 비운 사이 아내와 자식 모두가 몽고군에게 죽임을 당한 아픔을 가진 장수였다. 그런 까닭에 곽연수와 곽연희를 자식처럼 돌봤다. 그때 곽연수와 곽연희가 만난 사람은, 비슷한 처지로 이천의 보살핌을 받고 있던 어린 이문경이었다. 이문경은 부모에 대한 원한을 갚기 위해 무술을 연마하던 중이었고, 곽연수는 그런 이문경과 함께 무술을 익혔다. 이천은 틈나는 대로 둘에게 무술을 가르치기 시작했고, 이를 지켜보던 곽연희도 덩달아 무술과 말 타는 법을 배우게 되었다. 이천은 세 사람의 무술 실력이 일취월장하자 가르쳐주는 재미가 붙었다. 세 사람이 장성했을 때는 뛰어난 무사로 다듬어졌고, 이천을 따라나서서 몽고군과 전투를 치를 때마다 큰 전공을 세웠다. 특히 이천이 온수현(溫水縣)에서 200명의 수군으로 몽고군을 크게 물리쳤을 때 이문경은 홀로 적진을 돌파하여 힘없고 버림받은 추비한 백성 수백 명을 구출하기도 했다. 그 일로 고종은 이천을 응양군 대장군에 임명하고서 강화도로 들어오라고 했다. 하지만 이천은 3만이 넘는 군사를 거느렸음에도 불구하고, 몽고군과 싸우지 않고 자신들의 안위만 지키기 급급한 최항과 마찰 빚는 것이 싫었다. 황명을 어기고 육지에 남아 계속 몽고군과 싸우다가 2년 뒤, 김준이 유경과 함께 반란을 일으켜 최의와 최양백을 죽이고 고종을 감금했다. 그리고 1년 뒤 고종은 유경의 집에 감금된 채 숨을 거두었다. 그로부터 얼마 뒤 강화도의 내성과 외성이 다 허물어지고 고려 수군도 도망치고 병선까지 팔아먹는 등, 수군이 해체되었다는 가슴 아픈 소식이 전해졌다. 이 일로 나랏일에 염증을 느낀 이천은 벼슬을 던지고 초야에 은일 할 생각을 하게 되었다. 그러던 어느 날 김방경이 찾아와 이문경과 곽연수를 자신의 수하 장수로 달라고 부탁하여 그러라고 했다. 그런 일이 있은 지 얼마 지나지 않아 금나라를 무너트린 몽케가 남송을 침략했고, 다급해진 남송 황제 도종이 이천에게 사람을 보내 도움을 요청했다. 이천은 생각 끝에 남송 군사를 지휘하여 몽고군을 대적하는 것도 고려를 돕는 방편이라고 여기게 되었다. 떠나기에 앞서 이문경과 곽연수를 불러 앞으로 무슨 일이 생기더라도 나라를 등지는 일에는 가담하지 말라는 부탁을 남겼다. 곽연수는 나중에서야 고려 황제가 몽고군에게 항복할 것이며, 항복을 반대하는 군사가 반기를 들고 일어날 것을 안 이천의 밝은 선견을 알게 되었다. 그러나 이천의 그 같은 부탁에도 불구하고 별초군에 가담한 이문경을 따르지 않을 수 없었다. 그것은 사모하는 이문경을 따라나선 곽연희의 마음을 돌릴 수 없기 때문이었다.

"여하튼 나는 결코 오랑캐 놈들에게 굴복할 마음이 없다."

이문경은 부모 형제를 처참하게 죽인 몽고군을 절대 용서할 수 없다고 잘라 말했다.

"그 마음을 왜 모르겠소? 하지만 우리를 길러주신 응양군대장군님 말씀까지 거역해야 하는 것이오?"

곽연수는 부모나 다름없는 이천의 말을 따르지 않고도 마음이 편하냐고 따졌다.

"나도 응양군대장군께서 하신 말씀을 모르는 것이 아니다. 하지만 자식으로서 마땅히 해야 할 가장 중요한 것이 무엇이란 말이냐?"

이문경은 부모의 사무친 원한을 풀어주는 것이야말로 자식 된 도리로 극히 자연스러운 천륜의 소치라고 했다.

"하지만…."

곽연수는 무엇이 이치에 맞는지 따지리라 마음먹고 입을 뗐지만, 막상 생각나지 않아 고개를 돌려 곽연희를 향해 공연히 '너도 형님과 같은 생각이….'라고 말꼬리를 흐렸다. 곽연희는 엄적한 말이 아님을 알기에 이상야릇이 웃고는 돌연히 입을 열어 화제를 돌렸다.

"고여림이 탐라로 내려간 것은 진도 남쪽 바다를 겨냥한 것이 아닐까요?"

"그것이 무슨 말이지?"

이문경은 알아듣지 못하고 멀뚱히 쳐다보았다.

"진도에서 그만큼 당한 자를 탐라로 내려보낸 것이라면, 단순한 것 같지 않습니다만."

곽연희는 완약한 어조로 단지 자신 생각이라고 했다.

"에이, 탐라에서 진도까지 그 먼 뱃길을 어찌 감당한단 말이야? 후풍도라면 또 모를까?"

곽연수는 어림없는 소리 말라며 타박을 놓고는, 미안했던지 천천히 몸을 뒤로 젖히며 헛기침으로 목청을 가다듬고는 '누구한테 그 소리를 들었어?'라고 물었다. 곽연희는 이문경을 향해 수줍은 눈길로 주다가 이어 사공을 가리켜 '말씀해보시지요.'라고 했다. 두 팔뚝의 힘살에 줄기가 생기도록 노를 젓던 사공은 꽉 다물었던 입술을 실기죽 움직이며 '기출이 아들이 그랬지.'라고 했다.

"어르신께서 양기출을 아십니까?"

이문경은 좀 뜻밖이라는 듯 고개를 갸웃거렸다. 사공은 그답지 않게 올진 목소리로 '알다 말다.'라며 삐꺽삐꺽 소리가 나도록 노를 저으며 말문을 열었다.

"어릴 때부터 한동네에서 자란 동무야. 나야 사공 노릇밖에 못하지만 그 동무는 배를 잘 지었어. 특히 병선 짓는 솜씨가 좋아 응양군대장군께서 많이 아끼셨지. 그런데 응양군대장군께서 떠나고 난 뒤 마음이 허전한지 맨 날 거지꼴로 지내다가…, 배중손 장군이 별초군을 이끌고 떠날 때도 응양군대장군께서 돌아오시면 병선을 만들어야 한다고 남았는데, 얼마 뒤 오랑캐 놈들이 와서 조선장을 불사를 때 죽었어."

"저런…, 그런 일이 있었군요."

곽연수는 금시초문이면서도 말할 맛이 나도록 해줄 요량으로 사공의 반응을 살피며 '그러면 양석도는 아들 같겠네요?'라고 물었다.

"아무렴, 동무 아들이면 내 아들 같지. 그러니까 내가 이런 일을 하지."

사공은 힘들고 위험한 일을 하는 연유를 털어놓았다. 곽연수는 단박에 난처한 기색이 되었다가 이내 '시어사가 철전을 주어서 이 일을 한다고 들었소만.'이라고 했다.

"철전…? 받긴 받았지. 받아 쥐고 가만 생각해 보니, 칼 들고 오랑캐 놈들과 싸우지는 못할망정 그 철전을 군량으로 쓰는 것이 좋겠다 싶어 돌려주었지."

사공은 들뜬 목소리로 멋없이 자기 자랑을 하다가 곽연희를 쳐다보며 말을 이었다.

"아까 처자가 말했던 고여림이 탐라로 내려가는 것도 시어사 나리가 석도 그 아이에게 알려준 것일세."

"아! 그리되었군요?"

곽연수는 내막을 대략 알았다는 듯이 말하고는 고맙다고 했다.

"시어사 나리는 고마운 사람이야, 별초군을 도와준 것이 어디 하나, 둘이라야지…."

사공은 김찬 자랑을 늘어놓다가 목을 갸쯔막하게 빼고는 우쭐한 목소리로 '이제 다 왔어.'라고 했다. 과연 그 말대로 눈앞에 우뚝이 소스라진 섬이 어둠 속에 희미하게 드러났다. 곽연수는 엉거주춤 일어나 '그 사이 교동도를 지났단 말인가?'라고는, 사공을 향해 배 댈 곳을 잘 찾아갈 수 있는지 물었다.
　"걱정말게, 내가 오랑캐 놈들이 쳐들어오기 전까지는 석모도 어류정도에서 소금을 싣고 예성강으로 드나들었던 그 세월이 자그마치 30년이 넘어."
　사공은 지난날의 경험을 자랑삼아 뽐내면서도 노 젓기를 멈추지 않았다. 거룻배는 사공이 노를 부리는 대로 어둠을 보드랍게 쳐내며 섬을 향해 미끄러져 나아갔다.
　한참 삐거걱 소리를 내며 노를 저은 끝에, 바닷물이 잘싸닥잘싸닥 핥아대는 바위 기슭을 찾아 뱃머리를 붙였다.
　"여기야."
　사공은 노를 걷어 뱃전 한쪽으로 올려놓고서 내리라고 했다. 세 사람은 차례차례 뱃머리에서 따개비들이 다닥다닥 붙은 갯바위로 훌쩍훌쩍 뛰어내렸다. 사공은 뒤따라 내려 뱃줄을 바위틈에 늦추 매고는 따라오라며 앞장섰다. 세 사람은 사공을 따라 반허리 정도 되는 어린 소나무가 빈틈없이 꽉 들어찬 기슭으로 올라갔다.
　해안으로 가파르게 내리뻗은 비탈을 치켜 올라서니, 잡나무와 잡초만 우거진 볼록한 등성이 나타났다. 잡나무 덤불 사이를 헤치고 빠져나가자 다시 나타난 가르맛길이 구불구불 아래로 흘러내렸다.
　세 사람이 사공을 따라 외줄기 길이 난 등성이를 내려섰을 무렵 짚으로 섬거적을 친 움막이 나타났다. 마당으로 들어섰을 때는 한 줄기 미명을 가르는 아침 기운이 엉성하게 동바로 졸라맨 움막 지붕 위로 서부렁섭적 올라섰다. 사공은 헛기침을 두어 번 하고는 '이보게, 모셔 왔구먼.'이라고 소리쳤다. 그러자 거적문이 젖혀지면서 기움질로 여러 차례 고친 낡은 옷을 입은 양석도가 얼굴을 내밀었다.

"그간 잘 있었나?"

곽연수는 양석도를 향해 반갑게 소리쳤다.

"오셨군요, 애타게 기다렸습니다."

양석도는 곽연수와 곽연희를 두루두루 챙겨 살피며 반갑게 맞이했다. 이문경을 향해서는 일면여구라는 듯이 '듣던 대로 기개가 걸걸하시군요.'라고는 너부죽이 고개를 숙였다. 이문경은 걸쭉한 목소리로 '말 많이 들었네.'라고 되받아 말했다. 양석도는 엉거주춤 허리를 펴면서 세 사람을 향해 안으로 들어가자고 했다.

"나는 이만 가보겠네."

눈을 멀뚱거리며 지켜보고 있던 사공은 갯바위에 매어둔 거룻배를 간수해야 한다고 했다.

"참, 용총줄은 어찌 되었습니까?"

양석도는 뒤늦게 파뜩 생각났다는 듯 공연히 겁먹은 눈으로 뚜렷거리며 물었다.

"배에 실려 있어."

사공을 대신하여 대꾼한 곽연수는 배의 고물을 툭툭 두들겨 댈 때 뱃전 위에 둘둘 말아둔 삼줄 더미를 떠올렸다.

"아! 그렇군요. 두어 식경 지나 주문도로 가야 하니, 준비해 놓으셔야 합니다."

양석도는 썰물 때를 맞추어 개펄과 백사장이 굵은 띠처럼 드러나는 서쪽 해안에서 기다려달라고 했다.

"여부가 있나? 시어사 나리께서 각별하게 부탁하신 일이기도 하

역도 47

지만, 나도 오랑캐 놈들에게 원한이 깊은 거 알지 않는가?"

사공은 과도히 염려하지 말라고는 물때를 맞추어 약속한 장소로 나오라고는 곧 돌아섰다.

"자 어서 들어갑시다."

양석도는 바짝 조였던 감정이 느슨해졌는지 다정한 목소리로 말하고는 거적문을 들어 올렸다. 세 사람은 뒤따라 어두컴컴한 움막 안으로 들어섰다. 겉보기에는 얼기설기한 움막이었지만 속은 포근한 기운이 감돌았다.

"배고플 텐데 이거라도…."

양석도는 허기진 배를 채우라며 쑥떡을 내놓았다.

"이 귀한 것들이 어디서 났나?"

곽연수는 눈앞에 펼쳐놓은 것에 시선을 빼앗기고도, 티를 내지 않으려 길게 빼는 어투로 물었다.

"어디서 났겠습니까? 배곯지 말라고 찐쌀에다가, 군량미로 쓰라고 쌀 다섯 섬을 준비해주셨습니다."

양석도는 김찬이 이것저것 준비해 준 덕에 진도로 내려갈 수 있게 되었다고 했다.

"거기까지 신경을 써 주다니…."

곽연수는 두 팔을 짚어 상반신을 가누고서 짐짓 감격스러운 표정을 띠면서 이문경을 쳐다보았다. 이문경은 졸지에 김찬에 대한 미움과 고마움이 뒤엉킨 묘한 기분에 휩싸여 위아래 입술을 꾹 겹치고 말았다.

"자, 연희부터 먼저 먹어봐."

곽연수는 이문경의 마음이 편치 않을 것을 생각해서 쑥떡 하나를 집어 곽연희를 향해 쑥 내밀었다. 곽연희는 엉겁결에 손을 뻗어 쑥떡을 받아 쥐었다. 곽연수는 하나를 집어 이문경을 향해 들어 보이며 '먹읍시다.'라고는 한입 베어 물었다. 이문경은 '진도로 갈 배는 어찌 되었나?'라며 천천히 손을 뻗쳐 쑥떡을 집었다.

"보음도(甫音島)로 옮겨서 요옥산 아래 죽바위 근처에 숨겨두었습니다."

양석도는 서검도에서 다시 옮길 수밖에 없었다고 했다.

"그런 이야기는 없지 않았나?"

곽연수는 내심 불안한지 어두운 표정으로 어째서 그리로 옮겨야 했는지 물었다.

"오랑캐 놈들이 강화도에 있는 배들을 다 불태워 버린 지 얼마 지나지 않아, 관군까지 합세하여 송가도와 미법도, 서검도까지 뒤지고 다니기에 어쩔 수가 없었소."

양석도는 김찬 도움으로 배를 보음도로 옮겨 안전하게 보존할 수 있었다고 했다. 이문경은 선입견으로 관찰했던 자신의 판단이 피상적이었음을 깨달았다는 듯이, 눈을 내리뜬 채 '시어사가 큰일을 해주었구나.'라고는 눈꺼풀을 사르르 걷어 올렸다.

"그 보시오? 형님이 괜한 곡해를 한 것이란 말이오."

곽연수는 은근히 뽐내는 듯 말하고는, 마음을 두툼히 덮고 있는 김찬에 대한 오해를 풀어버리라고 했다. 이문경은 대꾸하기가 겸연쩍은지 어색한 표정으로 고개를 끄떡이고는 양석도를 향해 천천히 입을 뗐다.

"오다가 들었네만, 시어사가 고여림이 탐라에 간 걸 왜 알려주었다고 생각하나?"

"심상치 않으니 배중손 장군께 알리는 것이 좋겠다고 했는데…, 그 연유를 모르겠습니다."

양석도는 도시 집히는 것이 없다고 했다. 이문경은 입술을 쫑긋거리고 고개를 끄떡끄떡하다가, 이내 진도까지 뱃길이 얼마나 걸리겠는지 물었다. 양석도는 자신감이 넘치는 표정으로 파도가 잔잔하고 바람이 도와준다면 이틀이면 된다고 말하고는, 이내 좋은 것인지 난처한 것인지 모를 모호한 표정으로 '화약이 있는데 어찌하면 좋겠습니까?'라고 물었다.

"화약이라 했는가…?"

이문경은 흠칫 놀라서 눈이 둥그레지고는 어디서 났는지 물었다.

"오랑캐 놈들이 강화도를 약탈할 때 시어사 나리께서 미리 금강고(金剛庫) 간수군(看守軍)을 회유한 덕에 빼낸 것인데, 군량과 함께 배로 옮겨 실어 둔 것입니다."

양석도는 마치 장수라도 된 듯 의젓하게 말했다. 이문경은 김찬에 대한 반감이 사라진 가슴 한쪽에 고마움이 뭉쳐지면서, 불현듯 만나고 싶은 마음이 일어났다. 곽연수는 기쁜 기색이 내발린 표정으로 거위같이 목을 쭉 뽑아 단침을 꿀떡 삼키고서 '얼마나 되는가?'라고 물었다. 양석도는 일곱 말은 된다며 눈을 반뜩거렸다.

"군량에다가 화약까지…, 그것들을 어떻게 다 옮겼단 말이야?"

이문경은 양석도가 혼자 힘으로 그런 일을 했다는 것이 믿기지 않았다.

"그런 엄청난 일을 어찌 혼자 할 수 있었겠소? 형님을 따르던 장졸들이 있지 않소. 그들이 나서서 한 것이오."

곽연수는 김방경 장군 휘하에 있을 때 이문경을 따르던 부하 군사 중 40여 명이 기다리고 있다고 했다.

"뭐라…?"

이문경은 반가움과 기쁨이 몰려오는 통에 자기도 모르게 소리를 쳐대고는 잠시 할 말을 잊었다.

"그뿐이 아니라, 배중손 장군을 따라가지 못한 것을 후회하는 사람이 한둘이 아닙니다. 거기다가 난폭한 상전의 매질을 견디다 못해 상전을 죽이고 도망쳐 나온 노비들도 있습니다. 그들은 모두는 황제나 상전은 자신들을 지켜주지도 못하면서도 피만 빨아 먹는 거머리라며 스스로 자신들을 지키겠다고 나선 것입니다."

양석도는 별초군이 떠난 뒤 몽고군이 강화도로 들어가 성을 불사르고 백성을 살육할 때, 가족을 잃고 살아난 사람 중 별초군에 합류하기 위해 모인 장정도 50여 명이나 된다고 했다.

"그렇단 말이야…?"

이문경은 가슴속에 자못 감개가 끓어오르는지 형형한 눈빛으로 쳐다보다가 그들이 어디에 있는지 물었다. 양석도는 보음도에 가는 이유가 바로 그들과 합류하기 위해서라고 했다.

"그래…?"

이문경은 도저히 믿기지 않는다는 듯 대꾸하고는 큰 신세를 끼쳤다고 했다.

"신세라니요? 저도 아버지가 오랑캐 놈들에게 죽임을 당한 뒤로, 배중손 장군을 따라나서지 못한 것을 후회하고 있었던 차에 함께 가게 되어 다행인 것을요."

양석도는 뜻을 같이하는 사람을 만나 든든하고 마음이 놓인다고 했다.

"자, 그러면…."

이문경은 말꼬리를 길게 늘어뜨리며 고개를 돌렸다가, 거적문 틈으로 들이비친 아침 해와 마주치자 눈이 부셨다. 손으로 햇살을 가리며 언제 떠날 것인지 물었다. 양석도는 목을 길쭉이 빼고 해맑은 아침 햇살을 쳐다보다가 이맛살을 접으며 '이제, 떠날 때가 되었습니다.'라고는 천천히 다음 말을 이어나갔다.

"보음도로 가서 시어사 나리께서 구해주신 용총줄을 돛폭에 매달아야 합니다. 그러고 나면 해가 넘어갈 것이고 그때 배를 띄울 것입니다."

"그래서 용총줄을 준비한 게로군,

이문경은 둘둘 말린 삼줄 더미를 떠올리다가, 마음속 어딘가에서 연기처럼 피어오르는 불안을 떨어내려는지 안전하게 갈 수 있겠는지 물었다.

"그런 걱정은 하지 마시오, 바다로 나갔다 하면 제아무리 용빼는 재주를 가진 놈이라고 해도 양석도를 따라잡을 수 없소. 더욱이 밤바다가 아니오?"

곽연수는 양석도는 어릴 때부터 양기출을 따라다니며 뱃길을 익힌 탓에 바닷길은 훤히 꿰뚫고도 남는다고 했다.

"아따, 낯간지럽게 그런 말을 대놓고 하요?"

양석도는 듣기가 면구스러운지 뒤통수를 긁죽긁죽하다가, 벌떡 일어나 나가자며 거적문을 홱 젖혔다. 이문경과 곽연수는 덩달아 자리를 털고 일어나 뒤따라 나갔다.

곽연희는 찬찬히 일어나 매무새를 매만지고는 느린 걸음으로 밖으로 나섰다. 하지만 구부러진 나무들과 야트막하고 선이 순한 산뿐만 아니라, 구름 한 장 없이 카랑하게 맑은 하늘도, 찬란하게 빛나는 아침 햇살도 아닌, 단지 이문경의 뒷모습만 눈에 쏙 들어왔다. 잠시 선 채 머릿속으로 짓쳐들어오는 이문경 뒷모습을 물끄러미 바라보다가, 이윽고 발을 떼고서 뒤를 따라붙었다.

4.

 이즈음 삼견원으로 다시 내려간 김방경은 흔도와 연합하여 진도에 진을 친 별초군을 한차례 공격했다. 하지만 세부득이하여 후퇴하고서는 낙심이 이만저만한 게 아니었다. 그렇다고 무력하게 물러설 수는 없는지라 군사와 병장기의 재정비를 서둘렀다. 하지만 삼견원에서 바라보이는 별초군 위세는 등등했고 불붙는 투지마저도 하늘을 찌를 듯했다. 해안가에 쭉 늘어선 별초군 병선에는 각양각색 짐승을 그려 넣은 깃발이 바람에 찢어질 듯 펄럭거렸다. 그런 모습을 보는 김방경은 아카이가 이끌던 몽고군과 함께 별초군을 치다가 패했던 일이 되살아나 마음이 한량없이 무거웠다.
 "상장군, 그만 안으로 드시지요."
 곁에 서서 함께 같은 곳을 바라보는 나유는 지극히 사무적인 말투로 김방경을 걱정했다. 김방경은 바람에 어지럽게 흩어지는 수염을 쓸어 모아 쥐며 '마음이 무거워 발이 떨어지지 않아.'라고 대꾸했다.
 "어찌 그렇지 않겠사옵니까? 아무리 역도를 토벌한다지만 마음 편할 리가 만무하시지요."
 나유는 자신도 아카이와 함께 연합하여 싸웠던 지난날을 생각

역도 53

하면 악몽 같은 날이었다고 했다. 김방경은 우수가 서린 낯빛으로 파도가 절썩이는 개펄 너머 벽파정을 바라보다가 온공치 않은 어조로 '고려 백성끼리 칼을 겨누어야 하는 이 싸움을 정녕 또 치러야 한단 말인가?'라고는 목구멍을 긁어내듯 긴 한숨을 쏟아냈다.

"듣기에 따라 역도를 역성드시는 것처럼 비칠 수 있사옵니다. 아카이 모함 때문에 곤혹 치르시고도 그런 말씀을 하시옵니까?"

나유는 혹여 흔도 귀에 들어갈까 걱정된다고 했다.

"저들이 비록 역도가 되었다 하나…, 날쌔고 용맹스럽기로 따지자면 몽고군을 능가한 것을…, 저자들만큼 용맹스러운 군사가 고려 천지 어디에 있단 말인가? 너무 아까워."

김방경은 흔도 따위는 안중에 없다는 듯 두 손을 양쪽 허리에 꽉 짚은 의연한 자세로 말했다.

"하지만 어쩌겠습니까? 지난 전투 때 저들 손에 죽어 나간 우리 군사도 생각하셔야지요."

나유는 감상 따위에 젖을 겨를이 있겠느냐고 했다.

"그렇지, 나 때문에 허송연과 허만지가 죽고 수많은 군사를 잃은 생각을 하면 내가 이래서는 안 되지."

김방경은 해안가 개펄을 핥는 시커먼 바닷물을 따라 들어오는 비말처럼, 이리저리 몰리는 여러 가지 궁리를 털어 버리듯 말했다.

"허나, 그게 상장군 잘못이었사옵니까? 아카이가 패배 책임을 모두 상장군께 뒤집어씌우려고 음해하지 않았다면 그런 고초를 겪지 않으셔도 되는 일이었는데, 그때 일만 생각하면 지금도 분격이 가시지 않사옵니다."

나유는 잔뜩 독이 오른 소리로 말했다. 김방경은 마음이 편치 않았던 그 일을 받아들일 수 없다는 듯이 아쉬운 표정을 짓다가,

한편으로는 나유가 아니었다면 이미 불귀객이 되었을 생각에 마음이 눅었다.
"헌데…, 폐하께서 항복을 결정하지 않으셨다면 별초군과 칼을 겨누는 일은 없었을 것 아니옵니까?"
나유는 관군과 별초군이 서로 힘을 모아 몽고군과 대적하기로 했다면 몸은 힘들어도 마음은 덜 무겁지 않겠느냐고 했다.
"차라리 몽고군과 맞서 싸운다면 내 마음도 편하겠어."
김방경은 차마 못 할 짓이라는 것을 알면서도 별초군을 토벌하지 않고는 존망지추에 처한 나라를 구할 길이 없다고 했다. 그러고는 이런 꼴을 보지 않으려고 남송으로 떠난 이천이 부럽다고 했다.
"아무리 남송 황제가 도움을 요청했다지만, 그렇다고 황명도 없이 일천에 가까운 고려 수군과 백 척이나 되는 군선을 이끌고 남송으로 가신 것은 부당한 처사가 아니옵니까?"
나유는 이천의 행태가 나라를 망치는 일과 다를 것이 없다고 분개했다.
"응양군대장군 잘못이라고만 할 수 없는 노릇이야. 강화도도 허물어지고 우리 수군도 와해되니…, 궁여지책이었을 테지."
김방경은 이천은 남송이 무너지면 몽고군이 마음 놓고 고려를 유린할 것을 내다보고서, 그런 일을 막기 위해 남송을 도우러 간 것이라고 했다.
"아무리 그렇다 해도 그것이 온당한 처사가 되겠사옵니까?"
나유는 엄격히 말하자면 이천의 행동은 나라를 배반한 것이니 역적으로 몰아도 당연할 것이라고 했다.
"별초군을 꾀어 나라를 혼란에 빠트린 배중손에 비한다면 현명한 처신이 아니더냐?"

김방경은 최항의 폭정에 불만이 많았던 이천이 그렇게 한 것만으로도 다행스럽게 생각해야 한다고 했다. 나유는 딴은 그럴 법한 소리로 들렸으나, 수긍하기는 어렵다는 듯이 착잡한 표정으로 '그거야…'라고 입을 뗐다.

"그만, 애초 권력을 누리기 위해 나라의 힘을 탕진한 무신들 잘못이 없지 않으니…."

김방경은 말문을 꼭 틀어막고는 나라 힘을 기르는데 소홀했던 것을 자책했다. 나유는 서운한 눈으로 김방경을 바라볼 뿐 말문을 떼지 못하다가, 어딘가 뼈가 들어 있는 어조로 '한데…, 이문경은 괜찮겠사옵니까?'라고 했다.

"대사님께 각별한 부탁을 해놨으니 살긴 하겠지. 허나…, 더는 칼을 잡지 못할 거야."

김방경은 이문경이 절간에서 평생을 보내게 될 것이라고 했다.

"하온데…, 소장 생각으로는 남송으로 갈 것 같사옵니다."

나유는 이문경이 회복하면 이천을 찾아갈 것이라고 했다.

"그런 일은 없을 것일세, 상처가 깊은데다가 독화살까지 맞은 것을 함께 보지 않았던가?"

김방경은 이문경이 완쾌되지 못할 것이라면서도, '칼 잡을 만큼 낫는다면 오죽 좋겠어.'라며 친근한 애정을 드러냈다.

"그렇게 마음이 쓰이시면 지난번에 다녀오시지 않고요?"

나유는 김방경이 개경에서 삼견원으로 떠나기 전에 영통사에 들러 보지 그랬느냐고 했다.

"내게 그만한 여유가 있었단 말이더냐?"

기실 김방경은 별초군과 내통했다는 아카이 모함 때문에 오랫동안 투옥되었다. 그러다가 탈타아에게 조사를 받고 나서야 무고임이 밝혀졌다. 그 일로 아카이는 파직되어 몽고로 송환되었고,

김방경은 다시 군사를 꾸려 아카이를 대신한 흔도와 함께 별초군 토벌을 위해 삼견원으로 내려왔다. 그 같은 일련의 사건들로 눈곱만큼의 짬도 없었다.

"하긴…, 그때는 상장군 목숨이 탈타아에게 달려있어 폐하께서도 손을 쓰지 못하실 때이니 경황이 없긴 없었지요."

나유는 누명 벗는 일이 부득이할 만큼 어려운 시기여서 어쩔 수 없었다는 표정을 지었다.

"그만 끝내."

김방경은 기운이 까라지는 가슴 아픈 이야기는 그만두라며 쓴웃음을 짓고는 불쑥 말머리를 돌려 고여림을 입에 올렸다.

"지금쯤 고 시랑이 탐라에 당도했겠지."

나유는 고개를 끄떡이며 '아마 그럴 것이옵니다.'라고 대답하고는, 어딘가 못마땅한지 고개를 다시 옆으로 조금 기울이며 말을 이어나갔다.

"전라도 안찰사 권단이 영암부사 김수에게 군사 200을 붙여 내려보내지 않았사옵니까? 그랬으면 그만이지, 무엇 때문에 고 시랑에게 군사 700을 붙여서 보낸단 말이옵니까?"

"김 부사는 본디 문신 아닌가? 거기다가 고인단이 알려오기를, 김수가 이끄는 200의 군사로는 양호를 대적할 수 없다는 것이야."

김방경은 검기가 뛰어난 장수와 군사를 보충해달라는 고인단의 요청 때문이었다고 했다.

"하오나…. 고 시랑은 역도를 토벌하려다가 도리어 패퇴하여 병장기와 식량까지 빼앗기지 않사옵니까? 그런 자가 관군을 지휘한다고 나아지겠사옵니까?"

"고 시랑은 지난 패배를 만회하여 장수로서 더럽혀진 명예를 되찾고자 자원 한 것인 만큼 봉사할 각오가 되어 있어. 그리고 또 양호를 따르는 무리는 고 시랑 상대가 못 돼."
 김방경은 고여림이 김수와 합세하여 관군을 지휘하면 양호를 고분고분하게 만들 수 있다고 했다. 나유는 그랬으면 좋겠다고 했지만 마지못한 대답이라는 듯 끈끈히 눌어붙은 말투였다. 그때 병졸 하나가 다가서며 김방경을 향해 '상장군 여기 계셨사옵니까?' 라며 막사에 왕준이 찾아와 기다린다고 했다.
 "영녕공께서…? 무슨 일이라고 하시더냐?"
 김방경은 왕온의 목숨을 지켜달라며 왕준을 딸려 보낸 원종의 부탁을 설핏 떠올리며 물었다. 병졸은 주먹 쥔 오른손을 앞가슴에 척 올려붙이고서 허리를 굽히며 '그냥 모셔 오라고 하셨습니다.'라고 했다.
 "그래…?"
 김방경은 고개를 끄떡이고는 나유를 향해 '그만 들어가지.'라며 몸을 돌렸다. 나유는 같은 방향으로 나란히 몸을 돌려세우며 못다 한 말이 있다는 듯이 '하온데….'라고는 발걸음을 떼어 보조를 맞추어 걸으며 입을 뗐다.
 "흔도도 바다에서 싸워 본 경험이 일천한데…, 아카이와 다를 것이 있겠사옵니까?"
 김방경은 아카이에게 호되게 물렸던 원한이 되살아나는 모양으로 근엄한 표정을 띠며 '그러나….'라고는 낮은 음성으로 말을 이어나갔다.
 "탈타아에게 듣기로는 몽고 지벌답게 뛰어난 무장이라, 몽고 칸이 중군행영병마원수로 임명했다더군."
 "그거야 뭍에서 싸울 때 아니옵니까? 막상 이곳에 와서 보니 바다에서 싸우는 게 만만찮다고 느끼고, 군사를 움직이기 전에 회유책을 써보겠다는 뜻을 몽고 칸께 올려 어렵게 허락받아 놈들에게 사신을 보내기로 한 것 아니옵니까?"
 나유는 흔도가 박천주를 사신으로 진도에 들려 보내기로 한 까닭이 해전을 치른 경험이 없어서라며, 그런 것들이 마음에 걸린다고 했다.
 "그보다 흔도를 따라온 홍다구가 더 걱정이야."
 김방경이 불편하게 생각하는 홍다구는 아버지 홍복원의 관직을 이어받아 몽고군을 거느리고 고려로 들어와, 봉주에 둔전총관부를 세우고 고려 백성 등골을 빨아먹다가 흔도가 고려로 들어올 때 그 휘하에 들어 토벌대 길잡이가 된 자였다. 나유는 이때다 싶었던지 '그건 소장도 마찬가지이옵니다.'라며 가슴속에 묻어두었던 말을 조심스럽게 끄집어냈다.
 "그자가 저지른 해악은 그자 할아비 홍대순과 아비 홍복원이 고려 백성에게 끼친 악행보다 몇십 곱절 더 심하지 않사옵니까? 홍다구의 잔악무도한 만행이 몽고군보다 나을 것이 없으니 앞으로가 걱정이옵니다."
 "그러고 보니…?! 바로 그 일 때문에 나를 보자고 하시는 모양이군."
 김방경은 문득 왕준이 보자고 한 까닭을 알았다는 듯 고개를 끄떡거렸다.
 "그 일이시라면…? 역시 홍다구 때문이라는 말씀이옵니까?"
 나유는 겉짐작으로 넘겨짚으며 김방경 표정을 읽다가 곧 확신이 섰다는 듯 '그렇군요.'라고 했다.
 "영녕공께서 춘추 열여덟이실 때 폐하를 대신하여 요양 땅에 인질로 가 계시는 동안, 홍다구 아비 홍복원에게 온갖 고초와 수모를 당하면서도 빳빳이 견뎌내셨지. 그러자 홍복원은 더욱 음해하며 밤낮으로 모사를 꾸미다가 칸께 발각되어 몰매 맞아 죽었으니…, 홍다구가 영녕공의 형이신 승화후를 죽이려고 야단 아닌가?"

김방경은 왕온과 왕준 두 형제와 홍복원과 홍다구 두 부자 사이에 겹겹으로 얽히고설킨 악연을 입에 담았다.

"그러게나 말이옵니다. 폐하께서는 승화후가 배중손의 협박에 시달리다 마지못해 저리된 것이라시며, 영녕공을 생각해서라도 꼭 살릴 방도를 찾아보라고 하셨지만…. 홍다구가 두 눈에 불을 켜고 설쳐대니 상장군과 상의를 하실 모양이옵니다."

나유는 왕온을 살리고자 하는 왕준의 간절함이 얼마나 큰지 능히 헤아릴 수 있다고 했다. 김방경은 '그 마음이야 오죽하실까?'라며 동정을 보이다가 막사 앞에서 우뚝 걸음을 멈추고는 다음 말을 뱉었다.

"군사와 병장기를 재정비하는 데 소홀함이 없도록 살펴주고, 특히 관군과 몽고군 간에 충돌이 일어나지 않도록 신경 써주게."

나유는 허리 숙여 서슴없는 말투로 '염려 마시옵소서.'라고는 곧 돌아섰다.

막사 안으로 들어선 김방경은 왕준을 향해 '어인 까닭으로 소장을 보자고 하시옵니까?'라며 의례적인 인사말을 던졌다. 왕준은 '아! 이제 오시오?'라며 자리에서 일어나 환한 낯빛으로 반겼다.

"무슨 일이 있사옵니까?"

김방경은 속마음을 감추고 얼굴에 웃음기를 담으며 물었다. 왕준은 얼굴색이 달라지며 나직한 목소리로 부탁이 있다고 했다. 김방경은 짐짓 어리둥절한 얼굴로 '무엇을 말씀이옵니까?'라고 물었으나 속으로는 다음 말이 예상되었다.

"개경을 떠나올 때 폐하께서 하명하신 일로 보자고 했습니다."

왕준은 원종이 왕온을 살릴 방도를 찾도록 하라는 명을 논의하기 위해서라고 했다.

"형님을 살리시고자 영녕공께서 친히 이곳까지 나서신 애타는 그 심정을 어찌 모르겠사옵니까? 허나, 단단히 벼르고 있는 홍다구가 걱정이옵니다."

김방경은 원한을 갚기 위해서 눈이 시뻘건 홍다구를 막을 방도가 없다며, 왕준더러 홍다구를 만나서 사정해보는 것이 어떻겠느냐고 했다.

"형님을 살릴 수만 있다면 어떤 수모도 감내할 수 있지만 홍다구 그자가…."

왕준은 말끝을 모호하게 얼버무리고는, 더욱 우울하게 가라앉은 목소리로 '중군행영병마원수를 움직일 수 없겠소?'라고 했다.

"정 그러시다면 소장이 직접 부탁해보겠사옵니다."

김방경은 흔도에게 한 가닥 희망을 거는 왕준을 외면할 수 없었다. 왕준은 단박에 '그리해주시겠소?'라며 기대에 찬 표정으로 면바로 쳐다보았다.

"하지만 만약 역도들이 사태가 여의치 않아, 승화후를 볼모로 삼을 때는 어찌할 도리가 없사옵니다."

김방경은 별초군이 막판에 몰려 왕온의 목숨을 담보로 협상을 요구한다면 자신도 막을 수 없다고 했다.

"그거라면 염려 마시오, 폐하께서 그런 일을 예측하시고 대비를 하셨소."

왕준은 원종이 왕온에게 몰래 전달하라는 서찰을 써주었다고 했다. 김방경은 새로운 사실을 알았다는 듯 눈을 반짝대며 '그리하옵니까?'라고 묻고는 퍼뜩 박천주를 떠올렸다.

"마침 흔도가 역도들에게 사신을 보내기로 했으니, 그때 승화후께 은밀히 전달하면 되겠사옵니다."

"아! 그래요? 그것 잘 되었소이다."

왕준은 듣던 중 반가운 소리라는 듯 반색하다가 이내 표정이 일변하면서, '하지만 보는 눈이 많은데 무사히 전달되겠소이까?'라고 걱정을 내비쳤다.

"이신손에게 전달하면 될 것이옵니다."

김방경은 그 점이라면 걱정할 것이 없다며 안심시켰다.

"그자는 노영희와 함께 이백기 장군을 죽이고 역도 패거리의 우승선이 된 자가 아니요?"

왕준은 의아스러운 얼굴로 어떻게 믿을 수 있느냐고 했다.

"소장이 개경을 떠나기 전에 어사잡단(御事雜端)을 만나 받아둔 서찰이 있사옵니다."

김방경은 이신손의 마음을 옭아맬 수 있는 복안이 있으니 염려하지 말라고 했다.

"어사잡단이라면…, 그자의 동생 이덕손 아니오? 그자는 임연이 김준을 제거할 때 앞장섰던 자인데…."

왕준은 여전히 미덥지 않아 말투가 필요 이상으로 어눌했다.

"어사잡단의 말을 빌리면 지금 이신손은 별초군에 가담한 것을 후회하고 있다는 전갈을 받았다 하옵니다. 이럴 때…, 귀순한다면 잘못을 묻지 않고 판합문사(判閤門事) 관직을 내린다는 서찰을 받아본다면 어쩌지 못할 것이옵니다."

김방경은 이미 심경의 변화를 일으킨 이신손으로서는 귀여겨들을만한 제안을 물리치지 못할 것이라고 했다.

"듣고 보니 과연 그렇구려, 이런 일이 있을 줄 알고 준비해 두었단 말이오?"

왕준은 짐짓 감동한 눈길로 쳐다보며 반가움에 겨운 목소리로 물었다.

"그런 것이 아니오라…, 그자를 우리 편으로 끌어들여서 역도를 물리칠 계책을 마련할 생각이었사옵니다."

김방경은 미리 생각해 둔 일은 아니었다고 했다. 왕준은 '아, 그렇게 된 것이오?'이라고는 그저 고개를 주억거리다가, 문득 미우에 수심이 스치면서 입술을 옴죽거리다가 차근하게 말문을 열었다.

"그런데…, 내가 알기로는 두원외를 객사로 삼아 딸려 보낼 것이라고 하던데, 괜찮겠소?"

"객사가 따라간다지만…, 박천주가 통어하지 않으면 무슨 말이 오가는지 모르옵니다."

김방경은 고려 말을 알아듣지 못하는 두원외는 한낱 허수아비에 불과하다고 했다.

"알겠소, 상장군이 계시니 한결 마음이 놓이는구려."

왕준의 부드러운 어감에는 한시름 놓았다는 안도감이 묻어났다.

5.

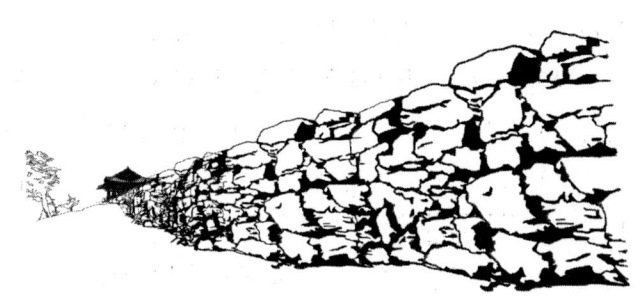

 그 무렵 보음도를 떠난 이문경 일행은 이틀간 항해 끝에 진도에 도착하여 용장성으로 들어갔다.
 "기어코 왔더란 말이냐?"
 김통정은 놀램과 반가움이 뒤섞인 마음을 주체할 수 없어, 눈알을 부리부리한 쇠눈처럼 크게 뜨고서 고함치다시피 말했다.
 "강건하신 모습을 다시 뵙게 되어 반갑습니다."
 이문경은 고개를 가볍게 숙여 인사했다. 곁에 서 있던 세 사람도 덩달아 천천히 머리를 숙이면서 반갑다고 했다. 함께 온 90여 명에 달하는 장정들도 일제히 허리를 수굿수굿 숙였다가 힘주어 몸을 꼿꼿이 세웠다. 김통정은 몹시 감동하는 기색으로 장정들을 휘둘러보며 '모두 다 잘 왔어, 상장군께서 무척 기뻐하실 거야.'라고 했다. 그러고도 재회의 기쁨을 감추지 못하겠다는 듯 이문경 어깨를 덥석 껴안으며 '서찰을 받았을 때만 해도 긴가민가했는데…, 이런 모습으로 나타나다니?'라며 어쩔 줄 몰라 했다.
 "대사님께서 실낱같은 목숨을 붙여 주셨사옵니다."
 이문경은 각훈이 돌봐준 이야기를 골갱이만 말하고는 곽연희를 가리켜 '제 생명의 은인입니다.'라며 꾸밈없이 감정을 드러냈다.

곽연희는 제풀에 얼굴이 석류처럼 발개져 황황히 눈을 돌렸다.

"대체 생명 은인이 몇이란 말인가?"

김통정은 굳이 감정을 숨기고자 말로는 태연한 척했으나, 곽연희를 보자 그만 김찬이 떠오르는 건 어쩔 수 없었다. 이문경은 어딘가 겸연쩍고 서먹한 눈빛으로 김통정과 곽연희를 번갈아 쳐다보다가 다른 때와는 판이하게 부드러운 어조로 입을 뗐다.

"연수가 구해준 약초로 대사님께서 제 숨줄을 붙여 주셨지만, 비영비영하던 제 몸이 회복할 수 있었던 것은 모두 연희의 보살핌 때문이었습니다."

"그러고 보니 자네는 여러 사람에게 빚을 졌네. 김방경 장군도 그렇고…."

김통정은 천천히 고개를 끄떡이며 김방경을 입에 담다가, 문득 치열한 전투를 치렀던 지난날의 일이 떠오르는지 '아~?!'라고는 말머리를 돌려 잡았다.

"그 어른과는 그렇지 않군. 한때 자네와 연수가 오랑캐들을 유인하여 그 어른을 살렸으니 피장파장인 셈이야."

"소장은 그 어른을 생각하면 마음이 아픕니다."

이문경은 가슴속에서 고개 드는 아리고 따가운 것을 누르며 말했다. 김통정은 눈가에 차갑고 쓸쓸한 기운이 한순간 스치고 지나가더니 어려운 말을 꺼내듯 혈색 없는 얼굴로 입을 뗐다.

"하긴…, 나라고 왜 그렇지 않겠어? 한때 나와 자네들은 다 함께 그 어른 휘하에서 오랑캐 놈들을 물리치지 않았던가? 헌데, 이제는 삼견원에 진을 치고 있으니…."

"그 이야기는 그만하시지요. 이제는 우리와 싸움을 피할 수 없는 처지가 된 어른 아니옵니까? 좋을 것이 뭐가 있을라고…?"

곽연수는 듣기가 불편하다는 듯 싸움패처럼 어깨를 으쓱거리며 말을 잘라먹고는, 내심 미안했던지 말끄트머리를 연삽하게 감아 쥐고 말았다. 김통정은 벙싯 웃으며 '그럴까?'라고는 고개를 돌려 옆에 있는 김윤서를 향해 '어서 가서 상장군께 이들이 왔다는 소식을 전해.'라고 했다. 시종일관 곽연수와 말 섞을 기회를 엿보던 김윤서는 알아듣지 못한 채 가만있었다.

"뭐 하는가? 어서 상장군을 모셔 오지 않고…?"

김통정은 벌쭉한 당나귀 귀에 대고 말하듯이 굵은 목소리로 말했다. 뒤늦게 알아들은 김윤서는 퍼뜩 팔을 뻗쳐 올려 구부려 주먹을 가슴에 대면서 알았다고 대답하고는 돌아섰다. 김통정은 이문경에게 '이제 몸은 다 회복된 것인가?'라고 뒤늦은 걱정을 했다.

"네, 몸이야…. 그보다 차일피일 시간만 잡아먹다가…, 시어사를 만나지 못했사옵니다."

이문경은 김찬을 설득시켜 달라던 김통정의 부탁을 가볍게 넘겨 송구하다고 했다.

"되었네. 운신하기도 힘든 사람에게 그런 부탁을 했으니, 나야말로 미안하네."

김통정은 괜한 짓으로 되레 사람만 힘들게 만들었노라고 했다.

"아니옵니다. 소장이 신경을 쓰지 않아서 그리된 일이오니 면목이 서질 않사옵니다."

이문경은 거듭 사과하며 머리를 숙였다.

"이 사람이…? 안 해도 될 소릴…."

김통정은 도리어 미안해지는 기색을 감추겠다는 듯이 꾸중하듯 말하고는, 고개를 돌려 주변의 성벽을 휘둘러보며 다시 입을 뗐다.

"보다시피 성벽도 고쳐야 하고, 둔전도 더 마련해야 하고, 병장기도 갖추어야 하고, 군사 조련도 해야지. 또 방비 태세와 군량미로 쓸 곡식 마련을 위해 황무지도 개간해야지, 그야말로 할 일이 태산이어서 군사들이 눈코 뜰 새 없이 바빠."

"화약을 조금 가져왔는데…, 보탬이 되었으면 좋겠습니다."

고개를 끄떡이며 듣고 있던 곽연수는 자랑삼아 떠벌리고서 허리를 죽 폈다.

"화약을 가져와?"

김통정은 단박에 마음이 사로잡혔다는 듯 눈알을 되록 굴리며 물었다. 곽연수는 옆에 서 있는 양석도를 가리키며 '강화도 금강고에서 빼낸 것이라 하옵니다.'라고 했다. 양석도는 당황한 나머지 두 팔을 설설 흔들며 여짓여짓하다가 입을 뗐다.

"그…, 그게 아니라, 시어사 나리…."

"그 이야기는 이따가…."

마침 저만치 김윤서를 앞세우고 다가오는 배중손을 발견한 김통정은 대뜸 말을 잘라먹고, 앞으로 두어 걸음 나서서 고개를 가볍게 숙였다.

"이들인가?"

배중손은 우뚝 다가서며 생각지도 않게 횡재를 만난 듯 환한 얼굴빛으로 반겼다. 이문경 일행은 일제히 배중손을 향해 굴신하며 인사했다. 배중손은 사뭇 감격한 표정으로 장정들을 휘둘러보다가, 발갛게 상기된 얼굴로 '오랑국(五狼國) 백성이 된 것을 환영한다.'라고 소리쳤다. 장정들은 한꺼번에 두 손을 번쩍 치켜들며 '와아!'하고 환호성을 질렀다. 배중손은 두 눈을 딱 부릅뜨며 주먹을 불끈 쥐어 번쩍 치켜들고서 심엄한 표정으로 입을 뗐다.

"누가…! 우리 부모와 처자식을 내팽개치고 오랑캐에게 목숨을 구걸하는 자를 황제라고 할 것이더냐? 누가…! 우리 집을 불사르고 양식과 재물을 약탈하는 오랑캐를 남의 집 불구경하듯 방관하는 관군을 우리 군사라고 하겠느냐? 누가…! 황막한 무인경을 피땀으로 일군 전답을 빼앗고, 우리를 화적 패당으로 내몬 벼슬아치를 우리 관리라고 하겠느냐? 우리가…! 우리 손으로…! 우리 힘으로…! 우리를 지키지 못한다면 우리는 이 땅을 자손 대대로 물려주지 못할 것이고, 우리 자손들은 오랑캐 말굽에 잡초처럼 잔인하게 짓밟히면서 개돼지나 다름없을 것이다. 바로, 이것이…! 우리가 목숨 걸고 싸워야 하는 까닭이다."

"와~ 아!!"

장정들은 그동안 억눌렸던 울화와 마음속으로 꾹꾹 삭여 왔던 분노에 대한 위로와 격려를 받고 새 희망과 용기를 얻었다는 듯, 우렁찬 함성을 터뜨렸다. 배중손은 꿋꿋하게 서서 한 손을 높이 들어 도도하게 흔들며 장정들의 폭발된 감정을 진정시키고 말을 이었다.

"우리는 진도로 내려온 이후 해남현과 무제, 회령을 공격하여 조운선 수십 척을 빼앗았으며, 또한 목포와 탐진현으로 진출하여 관군을 무찔러 미곡 3,200여 석을 빼앗았다. 뿐만이 아니라…, 송징 대장군은 완도 일대를, 유존혁 대장군은 멀리 남해도와 거제도는 물론 합포, 금주까지 나아가 관군과 오랑캐를 무찔렀다. 삼견원에 관군과 오랑캐가 몰려와 있다지만, 지금까지 그랬듯이 훈련이 잘되어 새처럼 신속하고 사기 또한 높은 무적의 오랑국 군사 앞에서 놈들은 또다시 패퇴할 것이다. 일이 이러할 진데, 우리가 더욱 힘을 모아 죽기를 각오하고 싸워야 옳지 않겠느냐? 싸우자!!"

장정들은 열화 같은 함성을 지르다가 '싸우자! 싸우자!'라며 화답했다. 배중손은 다시 손을 들어 장정들의 마음을 평정시키고는 뒤에 서 있는 김통정을 향해 입을 뗐다.

"저들을 며칠 쉬게 하면서 이곳 사정에 통효할 수 있도록 하게."

김통정은 그렇게 하겠다는 대답을 하고는, 배중손 눈을 꿰뚫듯이 정시하면서 이문경 일행이 화약과 군량미를 가져왔다고 했다. 배중손은 빳빳한 눈빛으로 시선을 마주하며 '얼마나?'라고 물었다. 김통정은 화약 일곱 말과 쌀 다섯 섬이라고 했다.

"흠, 화약이라…. 꽤 요긴하겠어."

배중손은 만족한 듯 빙긋 웃고는 칼집을 둘러맨 곽연희를 예사롭지 않은 눈초리로 쳐다보며 '칼을 잡을 줄 아는가?'라고 물었다. 김통정은 그렇다고 대답하고는 곽연수 누이라고 했다. 배중손은 대강 짐작하는 눈초리로 곽연희를 호시하며 '그런가…?'라고는 고개를 끄떡이다가 '함께 처소로 가지.'라고는 발걸음을 뗐다. 김통정은 배중손 뒤통수를 향해 고개를 까딱하고서 김윤서에게 한 걸음 다가서서 입을 뗐다.

"상장군께서 말씀하신 것처럼 성안의 모든 곳을 잘 보여줘."

"알겠사옵니다."

김윤서는 주먹을 가슴에 대면서 고개 숙여 큰소리로 대답했다.

"우리는 자리를 옮기지."

김통정은 이문경을 비롯한 네 사람을 향해 배중손 처소로 가자고 했다. 네 사람은 똑같은 동작으로 고개를 까딱하고는 뒤에 따라붙었다.

"내려 온 지 얼마나 되었다고…? 그새 이렇게 번듯한 성을 가지다니요."

김통정과 나란히 걷는 이문경은 짧은 시간 안에 새로이 성을 쌓아 올렸을 것이라고는 예상치 못했다며 감탄을 금치 못했다.

"그 옛날 백제가 버려둔 성을 고쳤지. 오랫동안 방치된 것을 급하게 서두르다 보니 황궁만 그런대로 모양새를 갖추었을 뿐이야."

김통정은 성안 여러 곳을 두루두루 가리키며 설명했다.

"성벽이 아주 단단해 보입니다."

곽연수는 성벽이 견고해서 적들이 간단히 넘볼 수 없겠다고 했다.

"문제는 놈들의 병장기지."

김통정은 몽고군이 가진 무기가 걱정이라고 했다. 곽연수는 기대에 어긋났다는 듯이 자못 실망한 얼굴이 되어 '그런가요…?'라며 얼굴에 의기소침한 빛을 띠었다.

"놈들의 사정은 어떻습니까?"

이문경은 걱정기가 다분한 목소리로 관군과 몽고군이 연합한 전력을 상대하기에 벅찬 것이냐고 물었다.

"놈들은 여러 번 패했기 때문인지, 이번 군세는 확연하게 달라."

김통정은 삼견원에 동원된 군사와 물자를 보아서 단단히 작정하고 덤비는 것 같다며 힘든 싸움이 될 것이라고 했다.

"복안이 있을 것 아닙니까?"

곽연수는 점점 수심이 어리는 얼굴로 그에 대한 대책이 있는지 물었다.

"적의 반격에 대비하여 여러 방면으로 대응책을 강구하고 있지만 솔직하게 말하자면 완도의 송징 대장군 군사나 남해도의 유존혁 대장군 군사까지 불러들여야 할지도 몰라."

김통정은 다각적인 방비책을 찾고 있으나 화력과 수적 열세를 극복하기가 쉽지 않을 것이라고 했다.

"최후의 일전을 감수해야 한다는 말씀인가요?"

이문경은 축 처져오는 감정 때문에 심사가 울적했다.

"여기가 상장군 처소야, 나머지 이야기는 들어가서 하지."

김통정은 눈앞에 나타난 건축물을 가리켰다.

"영통사의 사사(寺社)를 많이 닮았습니다."

곽연희는 건축물 이곳저곳을 두리번거리며 차분한 어조로 말했다.

"딱 보면, 금세 승려라도 나올 것 같으니 그럴 만도 하지."

김통정은 승려가 불상을 모시고 불도(佛道)를 닦는 집을 닮았으니 틀린 말이 아니라고 했다.

"상장군께서는 과연 불심이 꽤 깊으신 모양이옵니다."

이문경은 불심이 남다른 배중손이 재조대장경판을 지켜줄 거라 했던 각훈의 말을 떠올리며 말했다.

"그야, 누구나 다 아는 사실인걸…."

김통정은 별초군이라면 모르는 자가 없다고는 안으로 들어가자고 했다. 네 사람은 낯선 곳 대하듯 둘레둘레 훑어보더니 따라 들어섰다. 안으로 들어서자 배중손과 이야기를 나누던 노영희가 고개를 돌려 말끄러미 쳐다보았다. 김통정은 노영희를 향해 '대장군, 오셨사옵니까?'라고 인사를 건넸다. 노영희는 고개를 가볍게 끄덕이며 답인사를 하고는, 곁에 선 네 사람을 쭉 훑어보며 '이들인가?'라고 물었다. 김통정은 그렇다고 대답하고서 네 사람을 향해 인사하라고 했다. 네 사람은 노영희를 향해 일제히 머리를 숙여 인사를 건넸다. 노영희는 걸걸한 음성으로 '잘 왔어.'라는 짤막한 한마디만 뱉었다.

"뻣뻣이 서 있지 말고, 다들 앉지."

배중손은 바윗덩이처럼 묵직한 소리로 말했다. 모두 다 김통정의 손짓에 따라 투박한 나무 의자에 앉았다.

"화약과 군량미를 가져왔다고…? 큰일을 했어."

노영희는 치하 한마디를 뱉어내고는, 궁금증도 풀고 정적인 분위기를 녹일 겸해서 개경과 강화도 소식을 물었다.

"개경에는 고관대작들이 오랑캐 우두머리에게 눈도장 받으려고 줄지어 법석이고, 강화도에는 별초군이 떠난 뒤로 오랑캐 놈들 수탈이 끊이지 않아 백성은 그야말로 죽지 못해 초근목피로 근근이 연명하옵니다."

곽연수는 항복한 관리들은 자기 살길을 찾기 위해 계산속이 빠르고, 강화도 백성은 황량한 들판에서 까마귀밥이 되어가는 병든 들개와 다를 것이 없는 신세라고 했다.

"이런, 쳐 죽일 놈들…!"

노영희는 두 주먹을 불끈 쥐고 우르르 떨며 분개했다.

"관군과 오랑캐 군사는 어떻게 하고 있던가?"

배중손은 개경에서 삼견원에 집결한 군사를 더 지원할 움직임이 있는지 물었다. 곽연수는 신중하게 생각하는 듯 미간을 모으면서 '그런 낌새는 느끼지 못했습니다만….'라고 대답하다가 양석도를 쳐다보고는 '고여림을 탐라로 내려보냈다고 했지?'라고 물었다. 양석도는 어깨를 쌜긋거리고는 그렇다고 대답했다.

"고여림을 탐라로 보냈다고?"

배중손은 눈알을 굴리며 고개를 갸웃 돌려 노영희를 쳐다보았다. 노영희는 눈빛을 반짝이며 양석도를 향해 '군사는 얼마나 딸려 보냈다더냐?'라고 물었다. 양석도는 허리를 말뚝처럼 꼿꼿하게 펴고서 '700 정도라고 들었사옵니다.'라고 했다.

"700…? 그게 사실이라면, 김수가 양호를 제압하지 못한 것이 확실해."

배중손은 뭔가 잡히는 생각이 있다는 듯 말했다.

"그렇다면 고려 조정이 다급하게 된 것 아니겠사옵니까?"

노영희는 가만히 앉아서 반대급부로 득을 보게 된 것이 아니냐고 했다.

"맞아…. 헌데, 양호가 저렇게 나온다면…."

배중손은 머릿속에 떠오르는 생각을 긁어모으듯 눈을 깜박깜박 하다가 그냥 있을 일이 아니라고 했다.

"탐라에 군사라도 보내시겠다는 말씀이옵니까?"

노영희는 반신반의하면서 물었으나 아니기를 바라는 눈치였다. 배중손은 그렇다고 대답하면서 양호를 도울 필요가 있다고 했다.

"쿠빌라이를 등에 업고 고복수를 밀어내어 탐라성주가 된 양호를 돕다니요?"

노영희는 머리를 조금 기웃거리며 그럴 이유가 무엇인지 물었다.

"지금은 사정이 달라지지 않은가?"

배중손은 의견이 상충되면 이해관계가 덧얽히고, 그리되면 동맹관계도 틀어지기 마련이라며 그 까닭을 짐작해나갔다.

"쿠빌라이는 양호에게 탐라성주 자리를 주는 대신 왜와 남송 정벌에 필요한 병선과 탐라에서 나는 귤을 몽땅 거두어서 바치라고 하지 않았는가? 거기다가 탐라의 모든 관직도 쿠빌라이가 임명하거나 허락을 해야 하는데…, 근래에는 개경 관리들까지 나서서 수탈질을 한다 이 말이야. 그러니 양호는 자연 배알이 뒤틀리고 역겨워서 들고 일어났지만, 편들어 줄 줄 알았던 오랑캐 놈들이 불구경하듯 나 몰라라 하니 어쩌겠어?"

"그렇다고 우리가 양호를 도와서 뭘 어쩌자는 것인지…?"

노영희는 선뜻 내키는 일이 아니라는 듯 대꾸가 시원찮았다.

"양호가 우리 쪽으로 돌아서 준다면…, 물길을 잘 아는 탐라 백성으로 군사 2천을 만들 수 있지 않겠어?"

배중손은 별초군 세력을 넓게 뻗칠 기회로 삼아야 한다고 했다.

"그렇다 해도 진도에서 탐라를 통솔하려면 문제가 한둘이 아닐 것이옵니다."

노영희는 지리적으로 멀리 떨어져 있는 탐라를 손에 넣었을 때 득보다 실이 많을 것이라고 했다.

"만약 양호가 고여림에게 무너진다면 탐라는 우리 목을 조이는 올가미가 된단 말이야."

배중손은 먼저 양호를 끌어들여서 탐라를 전략 거점으로 확보해둬야 후환거리를 없앨 수 있다고 했다.

"바다에서 싸워본 적이 많지 않은 오랑캐 놈들이 탐라에 접근하는 것조차 힘든 일인데…, 더구나 우리는 육지와 가까운 완도, 남해도, 거제도를 수중에 넣지 않았습니까?"

노영희는 탐라는 전략적 중요성이 크지 않다며 병력을 보내는 것을 반대했다.

"소장이 한 말씀 드려도 되겠사옵니까?"

가만히 듣고 있던 이문경은 조심스럽게 입을 열어 노영희를 향해 자신의 의견을 개진해도 되겠느냐고 물었다. 노영희는 이문경 얼굴을 곧바로 쳐다보며 '어디 말해보게.'라고 했다. 이문경은 앉은자리에서 노영희를 향해 고개를 까딱 숙였다가 천천히 입을 뗐다.

"응양군대장군께서 썩을 대로 썩은 고려를 등지고 숨어 지내시다가 남송으로 건너가신 것은, 그곳에서나마 몽고군에게 대적하여 고려를 돕기 위한 궁여지책이었음을 다 아실 것입니다. 하지만 남송은 군력도 약한데다가 조정마저 무능하고 부패하여 얼마나 버텨낼지 장담하기 어렵사옵니다. 하온데…, 만약 남송이 무너지는 날에는 탐라가 어찌 되겠사옵니까? 필경 쿠빌라이는 왜로 가는 뱃길을 열기 위해 탐라에 군사를 주둔시키고 조선장을 지을 것이옵니다. 그리되면 우리 오랑국은 배후에 커다란 혹을 짊어지는 꼴이 됩니다. 지금 탐라를 그냥 놔둔다면 세력 확장은커녕 도리어 생존마저도 위협받을지 모르는 일이옵니다."

노영희는 들을수록 어지간히 맞아떨어지는 말인 것 같아 까끄름한 어투로 '그렇긴 하네만…, 그렇다고 양호가 우리 편이 되어 주겠는가?'라고 물었다.

"이간책을 쓰면 넘어올 것입니다."

김통정은 조심스럽게 나서서 배중손을 향해 엄숙한 음성으로 '상장군께서 김방경 장군과 아카이 사이를 멀어지게 하시지 않으셨사옵니까?'라고 했다.

"또 한 사람을 놈들 손에 넘기자는 말인가?"

배중손은 홍찬을 희생시킨 것을 못내 가슴 아프다는 듯이 눈빛이 빤뜩 빛났다.

"아니옵니다. 양호만 잘 구슬리면 될 것이옵니다."

김통정은 누구도 희생시키지 않고 할 수 있는 일이라고 했다. 노영희는 김통정을 말끄러미 쳐다보며 '어떻게?'라고 물었다. 김통정은 전에 없이 칼칼한 목소리로 '그러니까…'라며 혀끝을 톡 쏘는 겨자 향처럼 자극성이 듬뿍 묻은 말끝을 길게 늘였다. 그러다가 마른침으로 목을 다듬고서, 전과는 다르게 가라앉은 목소리로 말을 이어나갔다.

"양 씨 가문은 오래전부터 대대로 성주를 해 먹는 고 씨 집안에 불만을 품었고, 고 씨 가문 역시 사사건건 트집 잡는 양 씨 집안을 못마땅하게 여겨왔습니다. 그러다가 양호가 쿠빌라이를 등에 업고 성주가 되었으니, 고 씨 집안에서 어떻게 했겠습니까? 그러던 차에 관직을 팔아먹는 것마저 못하게 되었고, 개경 관리들까지 내려와 수탈을 일삼으니 양호가 이판사판 결판을 내겠다고 들고 일어난 것 아니옵니까? 그런데 개경에서 보낸 김수가 양호에게 당한 꼴이 되고 보니 고여림을 보냈는데…, 양호는 이것을 양 씨 가문과 고 씨 가문 감정싸움으로 여겨 사생결단을 보고자 할 것입니다. 이런 때에 우리가 군사를 끌고 내려가서 양호를 도와 고여림을 제거한다면 양호는 어찌하겠사옵니까?"

가만히 듣고 난 배중손은 고개를 끄떡이며 '옳은 말이야.'라고는 노영희를 향해 군사를 보내자고 했다.

"하지만, 당장 삼견원에 진을 치고 있는 저놈들을 막아내야 하지 않사옵니까?"

노영희는 군사를 탐라로 빼돌릴 여유가 없다며 난색을 보였다.

"제게 군사 100여 명만 내어주신다면 해보겠습니다."

이문경은 자신과 함께 온 장정들에게 그 일을 맡겨주면 김수와 고여림을 물리치고 양호를 회유하겠다고 했다.

"김수가 이끌고 간 군사가 200, 고여림이 이끌고 간 군사가 700, 탐라에 있던 군사가 100. 도합 1,000명이 넘는 군사를 고작 100명으로 물리친다고…? 거기다가 양호가 어느 쪽으로 붙어먹을지 모르는데?"

노영희는 어디가 불편한 것처럼 엉덩이를 마치 오리처럼 옴직옴직하면서 얕잡는 투로 말했다. 이문경은 앉은 자리에서 허리를 숙이며 까끄름한 노영희의 말투를 선선히 받아 주었다.

"아…, 그 문제는 좀 생각해 보지."

배중손은 약간 거북해지는 분위기를 간과하지 않고는 '어쨌든 병선이 문제야.'라고 했다.

"맞는 말씀이옵니다. 그동안 몇 차례 전투를 치르는 동안 많은 병선을 잃었는데…, 남은 것마저도 완도와 남해도, 거제도로 흩어져 있어서 군사를 탐라로 실어 나를만한 여유가 없지 않습니까?"

노영희는 잘되었다 싶었던지 더욱 분명한 음성으로 탐라에 군사를 보내지 말자고 했다. 배중손은 입을 꾹 다문 채 수염이 더부

룩한 턱을 손바닥으로 쓸어 문지르다가, 이내 약간 쏠린 몸을 바로 하고는 양석도를 향해 입을 뗐다.

"들기로⋯. 배를 잘 만든다고 하니, 몇 가지 묻겠네."

양석도는 옴찔 놀라 냉큼 몸을 곧추더니 굳이 일어나 몹시 갈라진 목소리로 '하문하십시오.'라고 대답했다. 배중손은 '음⋯, 그래?'라고는 배 만드는 기본을 아는 대로 말해보라고 했다. 양석도는 괜스럽게 가슴이 설레는지 마른침으로 목을 다듬고서 입을 열었다.

"병선은⋯, 우선 튼튼해야 하므로 외판은 두껍고 저판은 무거워야 하옵니다. 이렇게 만들면 속도가 느린 것이 단점이긴 하오나, 바람이나 파도에 쉽게 전복되지 않는 강점이 있어 전투하기에는 좋사옵니다. 이런 배를 많이 만들려면⋯, 목질이 강하고 쉽게 구할 수 있는 소나무를 여럿 결합하여 저판을 만들고, 거기에다 선수재와 선미재를 짜서 맞춥니다. 그런 다음 칸막이를 만들 가룡목을 배의 양쪽 외판 바깥으로 빼내는데, 그 이유는 빼낸 곳을 이용하여 칸막이를 만들면 판자나 삿자리를 사용하지 않아도 되기 때문이옵니다. 이렇게 만들면 옆면은 장방형이 되지만 개펄이 많은 고려 해안을 쉽게 이동하기에는 그만이옵니다. 하옵고⋯, 돛은 용총줄, 상활, 활대, 용두줄, 아두줄, 질활로 만든다면 좋은 병선이 되옵니다."

갈대 사이로 쏴 소리와 함께 지나가는 바람처럼 막힘없는 시원스러운 대답을 들은 배중손은, 짐짓 놀라는 표정을 지으며 '과연⋯.'이라고는 마음이 흐뭇한지 눈을 빛내며 양석도를 쳐다보았다.

"이자의 아비가 응양군대장군께서 만드신 조선장에서 병선 만드는 일을 책임졌던 조선공이었사옵니다."

이문경은 이천이 양기출의 조선 기술을 각별하게 아낀 만큼 양석도도 뛰어난 조선 기술자라고 했다. 배중손은 얼굴에 보일 듯 말 듯 번지는 미소를 머금으며 '그런가?'라며 고개를 끄떡이고는 '아비는 살아있는가?'라고 물었다.
"장군께서 강화도로 떠난 뒤로 오랑캐 놈들에게 죽임을 당하셨사옵니다."
슬픔을 억누르는 표정이 역력한 양석도는 목소리가 침통했다.
"저런…."
배중손은 입술을 지그시 깨물었다.
"하지만, 소인도 아비처럼 배짓는 일과 바다의 일이라면 자신 있사옵니다."
양석도는 제법 높은 목소리로 양기출의 손재주를 빼다 박았으니 일을 맡겨달라고 했다.
"그렇겠지, 진작 자네 같은 자를 곁에 두었더라면 오랑캐들이 울돌목을 넘보는 일은 없었을 것이야."
배중손은 제대로 된 병선으로 무장을 했다면 관군과 몽고군이 벽파정을 향해 건너올 꿈도 못 꾸었을 것이라고 했다.
"의루와 같은 천한 소인 놈을 분에 넘치는 칭찬을 해주시니 몸 둘 바를 모르겠사옵니다."
양석도는 진중하게 말하고는 황공한 듯이 허리를 굽혔다. 배중손은 팔을 내밀어 손가락을 구부리며 '아니야, 그렇지 않아.'라고는 김통정을 향해 '그렇지 않은가?'라고 물었다.
"그렇사옵니다. 제대로 된 병선만 갖추어도 마음이 든든하여 힘이 솟구칠 것입니다."
김통정은 병선 수효가 많으면 별초군 사기가 우쩍우쩍해질 것이라고 했다. 배중손은 옳다는 듯 '암, 그렇고말고.'라고는 기대감에 부푼 표정으로 양석도를 쳐다보며 입을 뗐다.

"지금 우리에게 관선이 30척 있네. 그것을 병선으로 변개하려면 어찌해야 하는가?"

"관선 몸체는 판책을 쓰지 않고 통나무를 굽혀 목정을 박았사옵니다. 또 윗면은 띠를 둘러 이었기 때문에 저판보다 넓사옵니다. 해서, 가목을 보강하여 뱃전을 튼튼히 한 다음 거기다가 짧은 창검을 촘촘히 꽂으면 병선으로도 좋지만 과선으로 사용해도 무방하옵니다."

양석도는 배를 눈앞에 두고 살펴 가며 말하듯 착착하게 설명했다. 배중손은 상기된 표정으로 '그렇게 해도 되는군.'이라고는 곧 '당장 그렇게 해줄 수 있겠는가?'라고 물었다. 양석도는 자신감이 차오른 목소리로 '소인에게 맡겨주신다면 광영이옵니다.'라고 대답했다.

"참, 그리고…."

말꼬리를 도사린 배중손은 언뜻 머리에 반짝 떠오르는 게 있다는 듯 어떤 기대감을 풍기는 목소리로 말을 이어났다.

"잠우선에 대해서도 아는 게 있는가?"

"아…!"

양석도는 단박에 밝은 표정을 짓다가 이내 몹시 열정적 어조로 말을 이어나갔다.

"턱을 젖히고 머리만 둥둥 내놓고 헤엄쳐가는 물속에 빠진 소 같은…, 바로 그 배를 말씀하시옵니까?"

"그렇지…! 병진년 유월에 이천 대장군이 온수현에서 고작 수군 200명으로 몇천의 오랑캐를 물리칠 때 사용했던 바로 그 배 말이야, 보았는가?"

"아버지께서 더딜나루 조선장에서 만드실 때 소인도 함께 거들었사옵니다."

"그으래에…?"

배중손은 목을 길쭉이 빼며 놀라움으로 말을 잇지 못하다가, 김통정과 이문경을 차례차례 쳐다보고는 양석도를 향해 차분한 어조로 말을 이어나갔다.

"잠우선을 만드는 일에 아비가 참여했단 말이지?"

"그러하옵니다."

"자네는 아비를 도왔고…?"

"그렇사옵니다."

"여기서도 만들 수 있겠는가?"

"노가 아니라 발로 물을 헤쳐나가게 해야 하는데, 그게 어렵사옵니다."

"발로 헤쳐나가…?"

"말하자면 죽(竹)처럼 둥글고 속이 빈 쇠로 만든 통인데, 그게 수면 아래 외판을 통해 물 밖으로 나가고, 또 그 속으로 쇠막대를 뽑아내어 그 끝에 날개를 달아, 서로 연결된 발판을 눌러 움직이는 것이옵니다."

"그러니까…, 수레바퀴 한가운데에 뚫린 구멍에 끼워진 쇠막대 같은 모양에다가, 안쪽에는 발판을 달고 바깥쪽 물에는 날개가 달렸단 말이지?"

"그러하옵니다, 그것을 만들려면 익안현(翼安縣) 다인철소에서 쇠를 가져와야 하는데, 가져올 길이 없으니…"

"쇳물을 부어 만들어야 한단 말인가?"

"그러하옵니다."

"나무로는 아니 되는 것이더냐?"

"나무로 한다면 공격선으로는 적합하지 않고, 겨우 서넛만 태울 수 있는 잠입선(潛入船)은 만들 수 있으나 오래가지 못할 것이옵니다."

"잠입선이라…?"

배중손은 고개를 기웃하게 하고서 무엇인가를 골똘히 생각했다.

"어디에 쓰시려고 그러시옵니까?"

김통정은 궁금증을 견디다 못하고 물었다. 배중손은 턱을 더부룩하게 덮은 수염을 매만지다가 고개를 들어 김통정을 쳐다보며 천천히 입을 뗐다.

"야밤의 만조를 이용하여 삼견원으로 몰래 군사를 이동시켜 놈들을 기습하기에는 그만한 배가 없기에 그러는 것일세."

"듣고 보니 그렇사옵니다."

김통정은 알았다는 듯 고개를 끄떡거렸다. 배중손은 아쉬운 마음을 가라앉히려는 듯 애써 천연스러운 시선으로 양석도를 바라보며 '허면, 잠입선은 가능하단 말이지?'라고 물었다. 양석도는 결의에 찬 모습으로 그렇다고 했다. 배중손은 좌우를 천천히 둘러보더니 약간 높아진 목소리로 '됐어, 오늘부터 조선장 책임자로 삼을 것이니 잠입선도 만들어 봐.'라고 했다. 양석도는 믿기지 않는다는 듯 정말이냐고 물었다. 배중손은 웃는 얼굴로 그렇다며 고개를 끄떡끄떡했다.

"소인, 정성을 다하겠사옵니다."

양석도는 가슴이 벅차오르는지 흥분한 목소리로 대답하고는 허리를 숙였다. 그때 김윤서가 들어서며 배중손을 향해 '상장군, 삼견원에서 사신이 왔사옵니다.'라고 했다.

"사신을 보내…?"

배중손은 뜻밖이라는 듯 잠시 주춤하다가 어디에 있는지 물었다.

"우승선 처소에서 기다리게 했사옵니다."

김윤서는 이신손이 영접하는 중이라고 했다.
"투항하라고 지껄이려고 온 것이 분명합니다. 당장 목을 쳐서 돌려보내시지요."
노영희는 달갑지 않다는 듯 떡떡거리는 목소리로 만날 필요 없다고 했다.
"이왕, 제 발로 찾아온 자들이 아니옵니까? 차라리 폐하께 하례를 드리도록 하는 것이 더 나을 것 같사옵니다."
김통정은 오랑국 위신을 세울 기회로 삼자고 했다.
"그자들에게 위신을 세워서 뭐 한다는 것인가?"
노영희는 마땅치 않아 볼멘 투로 말했다.
"폐하께 하례를 드리도록 한 다음, 조서를 내리신다면 오랑국으로서의 권위를 세우는 방편이 될 것이옵니다."
김통정은 별초군이 토비 집단이 아니라 어엿한 나라임을 선포하자고 했다.
"일리가 있는 말이야."
배중손은 수긍한다는 뜻을 밝히고는 김윤서를 향해 사신으로 온 자가 누구냐고 물었다. 김윤서는 고개를 숙이며 박천주와 두원외라고 했다. 배중손은 어금니를 앙다물고 슬그머니 손끝으로 눈자위를 누르면서 김통정을 향해 가까이 다가오라고 했다. 김통정은 천천히 일어나 배중손 곁으로 가만히 다가갔다.
"먼저 폐하를 알현할 터이니, 놈들을 만나봐."
배중손은 사신들을 편전으로 부르기 전까지 무슨 일로 왔는지 의중을 떠보라고 했다. 김통정은 알았다는 대답과 함께 고개를 숙여 보이고는 돌아섰다. 배중손은 만족한 듯이 수염을 쓸면서 노영희를 향해 '걱정하지 말게, 여차하면 그때 목을 베어버려도 늦지 않아.'라고 했다. 노영희는 누그러진 목소리로 알았다고 했으나 마음은 그 표정에 반하여 거북했다.
"하옵고…."
이문경은 미처 털어놓지 못한 말이 있다는 듯, 이목을 집중시키고는 각훈이 전해달라는 당부 말이 있다고 했다. 배중손은 얼굴빛을 고치며 '대사께서…?'라며 쳐다보았다.
"재조대장경 판각처가 오랑캐 손에 불타지 않도록 지켜달라고 하였사옵니다."
이문경은 각훈이 말하기를 재조대장경판을 지킨다면 부처가 몽고 군사를 물리치고자 하는 마음을 헤아려 줄 것이라고 했다.
"그런 일을 어찌 내게 부탁을 하셨단 말인가?"
배중손은 심기가 상했는지 가마솥 바닥 누룽지처럼 눌어붙은 말투였다. 순간 이문경은 불심이 깊다던 배중손의 입에서 나온 말인지 혼란스러웠다. 그러자 그만 심사가 뒤틀리는 통에 필요 이상의 완강한 말투로 '고려 황제와 대신들은 이미 항복하지 않았사옵니까?'라고 대꾸했다.
"아, 그렇게 심통 낼 것 없어. 상장군께서 이미 남해도에 계신 대장군께 당부해두셨네."
듣고 있던 노영희는 유존혁이 신경을 쓰고 있으니 걱정하지 않아도 된다고 했다. 이문경은 노영희를 맞바로 쳐다보며 '그러하옵니까?'라고는 곧 배중손을 향해 머리를 푹 숙이며 '그런 줄도 모르고, 죄송하옵니다.'라고 했다.
"상장군께서 어찌 재조대장경판을 잊고 계시겠는가? 지금으로서는 무엇보다 오랑캐 눈에 띄지 않도록 하는 게 좋을 것 같아 조용하게 움직이도록 조치를 해두신 것이야."
노영희는 앞에 했던 말을 부연하여 설명했다.
"자, 이쯤하고…, 그만 일어나세."

배중손은 아무 일도 없다는 듯 태연스럽게 지금까지 나누었던 말을 갈무리하고는, 노영희를 향해 편전으로 가자며 일어났다. 노영희는 뒤따라 일어나 이문경 어깨를 가벼이 두드리며 '너무 걱정하지 말게, 유존혁 대장군께서 잘하실 거야.'라고 했다. 이문경은 벌떡 일어나 말없이 허리를 굽혔다. 곽연수와 곽연희, 양석도 자리에서 일어나 덩달아 머리를 숙였다.

"군영을 잘 안내해줘."

배중손은 김윤서를 향해 네 사람을 데리고 성 구석구석을 순시하라고 했다.

"염려 마십시오."

김윤서는 공연히 마음이 들뜨는지 목소리가 약간 우렁우렁했다. 배중손은 고개를 끄떡이고는, 차례로 네 사람 어깨를 만져주고 노영희와 함께 밖으로 나섰다. 이문경을 비롯한 4명이 밖으로 따라나서서 저만치 멀어진 배중손을 향해 목례를 했다.

"보아하니…, 그동안 잘 지낸 것 같아."

곽연수는 고개를 바로 세우자마자, 비로소 제대로 인사를 나누게 되었다는 듯이 김윤서를 향해 티 없이 반갑고 유쾌한 얼굴로 말했다.

"어머니 소식이 적연하여 궁금하기 그지없었는데, 어떻게 지내시던가?"

김윤서는 곽연수를 보니 반가우면서도 목소리는 글그렁거렸다.

"잘 계시네…, 자네만 살아서 돌아오기만을 빌고 계셔."

곽연수는 노파가 전해달라고 했던 말을 곧이곧대로 털어놓았다.

"우리가 불고염치하고 자네 자당께 신세를 많이 졌어."

이문경은 굶주림에 지쳤음에도 배부르다고 하던 노파를 떠올리며 말했다.

"형님께서 철전을…."

"어허…."

이문경은 단박에 곽연수 말을 뚝 잘라 먹고는, 김윤서를 향해 불쑥 '나유는 왜 안 보이냐?'라고 말머리를 돌렸다. 김윤서는 얼굴 근육이 움찔 움직이더니 딱딱하고 차가운 목소리로 '이 말은 하고 싶지 않은데….'라고 말꼬리를 쭉 끌다가 홧김에 애꿎은 돌멩이를 발로 힘껏 걷어차고는 '말 마십시오, 김방경 장군을 따라갔지 뭡니까?.'라고 했다. 이문경은 한순간 눈빛이 반뜩거리다가 이내 사그라지면서 '그리되었더란 말이지?'라고 중얼거렸다.

"그자는 백성으로부터 착취한 재물로 최항에게 아첨해 장흥부사(長興副使)가 된 아버지 덕으로 경선점녹사(慶仙店錄事) 벼슬을 해 먹었으니, 애당초 백성 편에 설 자가 못 되었습니다. 그런 자에게 낭중(郎中) 벼슬을 제수한다고 하니 호부를 가리지 않았을 것입니다."

김윤서는 불만스러운 말투로 험담을 늘어놓았다.

"윤서 말이 맞소. 기사년(己巳年)에 태자 왕심을 따라 몽고에 입조했다가 돌아오던 길에 압록강 하구 파사부(波娑府)에서 임연이 보낸 야별초 군사들과 싸운 일로 하여 별초군과는 늘 대립했던 자가 아니오?"

곽연수는 나유가 배중손 뜻에 동조할 마음이 본래 없었다고 했다. 이문경은 입술을 꾹 누른 채 '결국 김방경 장군을 따라갔단 말이지….'라고 중얼거렸다.

같은 때 박천주와 두원외를 영접하는 이신손은 박천주로부터 건네받은 이덕손의 서찰을 읽는 중이었다.

[형님 보시오. 자신들의 영달을 꾀하려는 배중손 일당 꾐에 속

은 것을 깨달았다고 하니 제 마음이 한결 가벼우나, 지금은 이러지도 저러지도 못하는 처지를 생각하면 안타깝기 한량이 없소이다. 하지만 폐하께서는 형님처럼 속았거나 억지로이거나 또는 한순간 실수였던 것도 따지지 않으시고, 투항하는 자들은 죄를 묻지 않으신다는 칙명을 내리셨소이다. 허나 폐하께서 은총을 내리셨다지만 형님께서는 한때 서북면병마사를 지낸 몸이니 투항만 한다고 될 것이 아니 될 것이며, 그곳 동정을 잘 살펴 김방경 상장군에게 전해야 할 것이오이다. 그리하면 정3품 관직을 제수받아 다시 관직에 나가게 될 것이니 올바른 판단을 해주기를 바라오이다.]

이신손은 서찰을 읽는 동안 내내 눈빛이 자주 흔들렸다. 다 읽은 뒤에도 마음이 다잡아지지 않는지 벙긋하게 벌어진 입을 다물지 못했다. 그 마음을 간파한 박천주는 유들유들 밉상까지 떨면서 끌어들일 자가 있는지 물었다. 이신손은 머리에 안방열이 파뜩 솟아났지만, 시치미를 떼고 불분명한 목소리로 무슨 말이냐며 의뭉을 떨었다.

"뜻을 함께할 자가 있다면 좋지 않겠소?"

박천주는 여러 말 할 것 없이 직설적으로 물었다. 이신손은 이쯤에서는 숨기고 말고 할 것도 없다는 듯이 안방열을 입에 담았다.

"판태사국사…? 정말로 그자 마음을 돌릴 수 있단 말이오?"

박천주는 안방열에 대한 불신이 씻기지 않았다는 듯 노골적으로 미심쩍어하는 기색을 나타내고는 새삼 지난날을 들추어냈다.

"그자는 개경으로 출륙하는 자는 죽고 별초군 따라 바다로 나가는 자는 산다는 예언과 복술로 백성을 현혹하고 음사를 자행한 요사스러운 자가 아니오. 그런 자를 믿는다는 것이오?"

"지금은 통회의 염을 누를 길이 없어 괴로워하고 있소."

이신손은 안방열은 자신의 잘못된 점괘를 후회하고 있는지라 언제라도 돌아설 수 있다고 했다. 박천주는 조금 꺼림칙하긴 했지만 일단 믿기로 하고는 '좋소, 자리를 마련할 수 있겠소?'라고 물었다.

"폐하를 배알하고 나면 만날 수 있을 것이오."

이신손은 안방열이 부영접사가 될 수밖에 없다고 했다.

"좋소, 그때는 요점만 나눌 수 있도록 해주시오."

박천주는 값없는 딴소리로 시간을 허비하지 않게 사전에 안방열과 말을 맞추어 두라고는, 넌지시 눈짓을 보내며 왕준이 삼견원에서 기다린다고 했다.

"영녕공께서…? 정말이란 말이오?"

이신손은 턱 끝을 치켜들며 풀어졌던 눈동자 초점을 모으며 물었다.

"형님이신 왕온을 살리시고자 이곳으로 친히 나서신 영녕공 마음이나…, 형님이신 우승선을 살리고자 하는 어사잡단의 마음이 어찌 다르겠소이까?"

박천주는 왕준이나 이덕손이나 혈육 간의 간절한 정을 생각할 때마다 뿌지직 타들어 가는 마음은 같을 것이라고 했다. 이신손은 대꾸도 못 하고 두 눈을 가늘게 오므린 채 다시 서찰을 내려다보았다. 그때 김통정이 안으로 들어서며 '오래 기다렸소이다.'라면서 고개를 까딱하며 목례했다. 이신손은 놀란 듯이 몸을 흠칫하며 얼른 서찰을 소맷배래기 속으로 집어넣었다. 김통정은 소맷부리로 사라진 것이 필경 내담을 적은 서찰일 것이라는 생각이 설핏 머리를 스쳤다. 하지만 내색하지 않고 박천주와 두원외를 향해 조용한 음성으로 곧 편전으로 갈 준비를 하라고 했다.

6.

 울돌목이 내려다보이는 산언덕에 줄지은 대추나무는, 감부섬 근처 바닷물에 빠져 죽은 귀신들이 깨어난 것처럼 가지가 실실이 풀어 늘어져 있다. 그 언덕 남서쪽에는 전운이 가득 뒤덮은 용장성이 있고, 성안 깊숙한 곳에 선황산 상봉을 등지고 자리 잡은 황궁이 드러났다. 황궁을 지키고 선 금위군 병사들을 지나쳐 안으로 들어서서, 양쪽으로 궁녀 서넛이 허리를 굽히고 마주 선 두 개의 문을 열고 들어서면 편전이다. 편전 중앙 안쪽에는 곤복을 입은 왕온이 좌우에 선 대신들을 내려다보고 있다.
 배중손은 한 걸음 앞으로 나서서 왕온을 향해 허리를 굽혀 인사를 하고는 곧 돌아서서 '들이거라!'라고 소리쳤다. 이윽고 이신손 뒤를 따라 박천주와 두원외가 들어섰다. 이신손은 왕온 앞으로 다가가 허리를 숙여 '폐하, 사신들이옵니다.'라고는 이내 옆으로 물러섰다. 박천주와 두원외는 왕온 앞으로 다가가 허리를 숙였다. 왕온은 의례적인 인사말로 '어서 오시오.'라고 했지만 긴장한 탓인지 목소리가 조금 웅숭깊고 쉰 듯했다. 박천주는 다시 한번 허리를 숙이며 '승화후 온께서는 그동안 평안하셨사옵나이까?'라고 대꾸했다.

"네~ 이노~ 옴!"

노영희는 대뜸 뇌성벽력과 같은 호통을 치며 앞으로 나서서 칼을 뽑아 박천주 목에 들이댔다.

"왜 이러시오?"

얼굴에 당황한 빛이 스치는 박천주는 애서 침착함을 가장하려 했으나 목소리는 힘없이 떨렸다. 한걸음 뒤 물러서 있던 두원외는 갑자기 옆구리가 쥐어 질린 듯 당황하다가 곧 눈알을 부라리며 뻗대어 볼 자세를 취했다. 노영희는 재빠른 손놀림으로 칼을 돌려 두원외 가슴패기에 겨누고서 그예 큰소리로 입을 뗐다.

"오랑국 황제 폐하께 오만불손한 언사로 욕을 보이다니, 네놈은 사신의 법도도 모르는 오랑캐 놈이 아니더냐?"

"장군, 이…, 무슨 행패란 말이오?"

박천주는 두 손을 볼썽사납게 들어 올리고서 허둥댔다. 노영희는 다시 칼을 박천주 목에 갖다 대고는, 한기가 돌만큼 시퍼런 서슬로 눈알을 번뜩대며 입을 열었다.

"만천하에 오랑국임을 선포하였거늘…, 네놈이 감히 오랑국 폐하를 업신여기는 것은 우리를 역도로 여긴다는 것이 아니더냐? 내 이 자리에서 네놈들 모가지를 따주마."

"그만하게!"

배중손은 성큼 나서서 칼을 들어 올리는 노영희의 손목을 잡으며 '어전에서 이 무슨 해괴한 짓인가?'라고 호통쳤다. 노영희는 배중손을 향해 분기가 서린 목소리로 '아니옵니다.'라고는 곧 돌아서서 왕온을 향해 무릎을 꿇더니, '폐하, 이런 놈은 목을 베어버려야 하옵니다.'라고 소리쳤다.

"그리한다면 우리가 오랑캐와 다를 것이 없지 않소?"

왕온은 그만 칼을 거두고 제자리로 돌아가라고 했다.

"폐하의 위엄과 권능을 꺾으려 드는 이런 자는 살려둘 수 없사옵니다."

노영희는 분이 풀리지 않는지 한층 거친 목소리로 소리쳤다.

"폐하의 명을 거절하겠다는 것인가?"

배중손은 재차 칼을 거두라고 소리쳤다. 노영희는 슬그머니 일어나 불규칙한 호흡으로 씩씩거리며 박천주를 흘겨보고서 제자리로 돌아갔다. 손끝으로 자신의 목을 슬쩍 매만지던 박천주는 매를 맞은 듯 거북한 몸가짐새로 왕온을 향해 섰다.

"그대들은 무슨 일로 왔는가?"

왕온은 들쑤셔 놓은 분위기를 바꾸려고 될 수 있는 한 조용하고도 엄숙한 음성으로 물었다. 박천주는 위엄스럽게 노려보면서도 유화적인 자세를 잃지 않는 왕온의 태도에 당황한 듯, 어름적거리다가 이내 '조서를 전해드리려고 왔사옵니다.'라고 대꾸했다.

"네 이놈, 천주야! 조서라니…?"

노영희는 다시 눈을 부릅뜨고서 박천주를 노려보며 벽력같이 일갈했다. 박천주는 주춤하더니 시름없는 투로 '조서도 모른단 말이오?'라고 대꾸했다.

"이미 오랑캐 놈들에게 항복한 고려가 아니더냐? 나라가 없어졌는데 무슨 백성이 있을 것이며, 백성이 없는데 황제 또한 있을 수 있다더냐? 그러함에도 아직도 왕식을 고려 황제라고 하니, 이 어찌 복통 터질 노릇이 아니란 말이더냐?"

노영희는 명을 내릴 황제가 없는 판국에 조서가 어디 있느냐고 소리치고는, 직성이 풀리지 않는다는 듯 갈고리눈으로 말끄러미 쏘아보며 하던 말을 이어나갔다.

"그러한즉…, 이따위 일자 서신은 버리고, 오랑캐 우두머리 칸이 쓴 서찰을 가져와야 할 것이야."

"그 무례한 말씀을 거두지 못하겠소?"

박천주는 듣기가 여간 거북하지 않으니 말을 가려서 하라고 했다.

"뭐라? 무례하다…? 오냐, 네놈 뜻이 그러하다면 그 서찰을 오랑캐 우두머리가 보낸 것인지 왕식이 보낸 것인지 먼저 말하거라."

노영희는 원종이 보낸 서찰이라면 돌려보낼 것이고, 쿠빌라이가 보낸 서찰이라면 받을 것이라고 했다.

"대몽고국 칸의 뜻이오."

박천주는 쿠빌라이 뜻에 따라 원종이 보낸 것이라고 했다.

"무엇이라…? 왕식이 그자가 이제는 쿠빌라이 수구노릇을 한단 말이더냐? 이런 한심한…, 쯧쯧."

노영희는 기가 막힌다는 듯 숫제 샛눈으로 노려보며 혀를 끌끌 차고는 이맛살을 찌푸렸다.

"무엄하고 방자한 말대답을 당장 그만두지 못하겠소이까?"

박천주는 노영희의 거친 말투를 문제 삼으며 당장이라도 달려들 것처럼 두 눈을 짓부릅뜨고 찔러 보았다.

"무엄하다…? 대체 뭐가 무엄하다는 것이더냐? 백성을 인질로 내어주고서 치욕스럽게 목숨을 아낀 왕식이, 정녕 오랑캐의 앞잡이가 아니란 말이더냐?"

노영희는 가슴에 응어리진 울분을 터뜨리듯이 노골적인 증오를 기탄없이 퍼부었다.

"아무리 막돼먹었기로서니 한때 신하였던 자가 앞뒤 가리지 않는 막말을 쏟아 내다니, 실로 한탄스럽소이다."

박천주는 얼굴에 드러나는 노기를 굳이 감추지 않고 맞대꾸했다.

"한때나마…, 왕식의 신하였다는 것을 생각하면 통탄하기 짝이 없는 일이거늘, 네놈 입에서까지 그런 소리를 듣다니…, 이야말로 땅을 치며 통곡을 하여도 후련하지 못할 원통한 일이 아닐 수 없구나."

노영희는 원종 아래에서 벼슬자리를 부지한 것이 조상 앞에 머리를 들 수 없을 만큼 부끄럽다고 소리쳤다.

"대장군, 노여움을 푸시오."

불안한 기색으로 듣고만 있던 왕온은 더 듣고 있을 수가 없다는 듯 말을 가로막고 나섰다.

"아니옵니다, 폐하. 이런 자를 사신으로 받아들이신다면 오랑캐놈들과 말을 섞겠다는 것이나 진배가 없사옵니다."

노영희는 모욕을 참지 못하겠다는 듯이 분기가 떠도는 눈썹을 꼿꼿이 세우고 말했다.

"폐하께서 되었다고 하시잖은가? 그만두게."

배중손은 큰 소리로 으름장을 놓고는, 곧 왕온을 향해 허리를 숙여 '서찰부터 받아보시옵소서.'라고 했다. 왕온은 잘되었다 싶었는지 조금도 지체하지 않고 '그리하시오.'라고 했다. 배중손은 다시 한번 허리를 숙였다가 돌아서서 김통정을 향해 서찰을 받아오라고 했다. 김통정은 고개를 까딱 숙여 인사를 하고서 박천주에게 다가가 서찰을 받아들고서 왕온에게 두 손으로 받쳤다. 왕온은 두루마리 서찰을 펴들고서 반초서로 내려쓴 글을 묵묵히 눈으로 훑어 내려가다가, 그만 정색이 되어 배중손을 쳐다보았다. 배중손은 몽유병 환자처럼 멀건 눈으로 쳐다보며 '왜 그러시옵니까?'라고 물었다. 왕온은 말하기가 난처하다는 표정을 짓다가 조심스레 말을 꺼냈다.

"잘못을 뉘우치고 투항하는 자는 용서해 줄 것이지만 끝까지 저항하는 자들은 용서하지 않겠다는 내용이오."

"무엇이라, 항복?"

노영희는 대뜸 버럭 소리를 지르며 박천주를 쏘아보았다. 배중손은 '그만두게.'라며 노영희의 행동을 가로막고는, 왕온을 향해 박천주와 두원외를 물러나게 해달라고 했다. 왕온은 알겠다며 뜻대로 하라고 했다. 배중손은 허리를 숙여 '네.'라고 대답하고서 곧 돌아서서 이신손을 향해 입을 뗐다.

"우승선, 사신들을 따로 영접하시오."

이신손은 그 말이 나오기를 기다리기라도 한 듯이 냉큼 알았다는 대답을 뱉고는, 박천주와 두원외를 향해 흘깃 곁눈질로 나가자고 했다. 박천주와 두원외는 어정쩡한 처지가 된 것처럼 뒤뚝이며 한두 걸음 물러나 이신손을 따라나섰다.

"판태사국사도 함께 가서 영접하시오."

배중손은 무거운 거적눈을 둥그렇게 뜨고 엉거주춤 서 있는 안방열을 향해 말했다. 안방열은 별안간 뜻하지 않은 일에 부닥트린 것처럼 어깨를 움찔거리며 알았다고 대답하고는 곧 뒤따라 나갔다.

"어쩌시려고 그러시오?"

왕온은 성급하게 배중손을 향해 신통한 묘안이 있는지 물었다.

"아뢰옵기 황공하오나 소신들이 좀 더 논의하여 아뢰겠사옵니다."

배중손은 향후 대책을 논의하기 위해 박천주와 두원외를 물러나게 했다고 했다. 왕온은 얼굴에 실망한 빛이 역력했으나 별수 없다는 듯이 '그렇게 하시오.'라고 했다.

"그럼, 소신들은 이만 물러가겠사옵니다."

배중손은 허리 숙여 말하고는 돌아섰다. 나머지 장수들도 덩달아 돌아서서 뒤 따라나섰다.

밖으로 나선 배중손은 몇 걸음 걷다가 주춤 서더니, 천천히 입을 열어 사신을 위한 연회를 베풀 준비를 하라고 했다.

"연회라니요?"

노영희는 기가 차다 못해 부아통이 치민다는 듯 언성을 툭 튕기며 발끈했다.

"해 질 무렵에 하되…. 삼견원에서 잘 볼 수 있게 불을 환하게 밝히고, 대장군은 연회가 무르익을 때를 이용해서 놈들을 칠 준비를 하게."

배중손은 삼견원에 주둔한 군사들이 벽파정에 정신이 팔렸을 때 공격하라고 했다. 노영희는 얼굴에 묘한 표정이 돋아나면서 '아, 그런….'이라고는 고개 숙여 알았다고 대답했다.

"놈들은 지금 사신을 보내놓고 느긋하여 긴장이 해이해졌을 터…, 이럴 때 기습하면 혼비백산하여 사기가 뚝 떨어질 것이야."

배중손은 치고 빠지는 기습 전법으로 관군과 몽고군 혼을 빼놓으면 전력이 크게 약화 될 것이라고 했다.

"하오면 사신들은 어떻게 하실 요량이시옵니까?"

노영희는 기습공격까지 하는 마당에 살려둘 필요가 무엇이냐며 목을 치자는 종전의 주장을 되풀이했다. 배중손은 '쓸모가 있어.'라는 말로 노영희 입을 막고, 김통정을 향해 삼견원으로 숨어들 탐망꾼을 물색해두라고 했다. 김통정은 군말 없이 알았다고 하면서도 언제 보낼 것인지 물었다. 배중손은 잠시 생각에 잠겨 '이럴 때 잠입선이 있다면….'이라고 아쉬움이 섞인 눈빛으로 김통정을 쳐다보다가 갸자꾼으로 위장하라고 했다.

"놈들을 살려서 보낸단 말씀이옵니까?"

노영희는 연신 사신들 목을 쳐야 한다고 했다. 배중손은 탐망꾼을 잠입시키는 게 우선이라 말하고는, 고개를 돌려 김통정을 향해 '누가 좋겠어?'라고 물었다.

"그런 일에 제격인 자가 있사옵니다."

김통정은 곽연수와 곽연희를 보내겠다고 했다. 배중손은 칼을 잡을 줄 아느냐고 물었을 때, 늠연한 자세로 인사하던 곽연희를 떠올리며 '그 낭자 말인가?'라고 물었다.

"그러하옵니다. 그 두 사람이 함께하면 잘 해낼 수 있사옵니다."

김통정은 두 사람은 서로의 눈빛만 봐도 알 수 있을 정도로 호흡이 딱딱 맞는 남매인데다가 무예가 고강한 고수들이니 적임자라고 했다.

"허나…, 여인이 아닌가?"

배중손은 적들의 눈에 쉽게 띌 것이라고 했다.

"캄캄한 밤 중이니 남장을 하면 괜찮을 것이옵니다."

김통정은 자신을 믿고 맡겨 달라고 했다.

"중랑장이 그리 말한다면야…."

배중손은 김통정에 대한 믿음의 뿌리가 깊다는 듯이 말하고서 이신손의 처소로 가겠다고 했다.

"사신들과 담판을 지으실 요량이십니까?"

김통정은 편전에서 사신을 물리게 한 것은, 밀담으로 재론할 생각이었냐고 물었다.

"그 문제에 대해 더는 왈가왈부할 마음이 없어, 하지만…."

배중손은 차분히 뱉은 말끝에 표정을 굳히면서 뚝뚝하게 말을 이어나갔다.

"중랑장이 보았던 것이 서찰이라고 했지?"

"그렇사옵니다."

김통정은 이신손이 황급히 감추었던 것은 틀림없는 서찰이라고 했다.
 "그 서찰이 어떤 것인지 확인해야겠어."
 배중손은 김방경이 보낸 밀서임이 분명하다고는 심상치 않다고 했다.
 "하오나 밀서라면 아직 가지고 있을 리가 만무하지 않사옵니까?"
 김통정은 벌써 없앨 것이라고 했다.
 "내가 알아서 할 터이니 중랑장은 어서 준비해."
 배중손은 서찰은 자신한테 맡기고 시킨 일을 단속하라고 했다.

 같은 때, 편전에서 쫓기다시피 물러난 박천주와 두원외는 이신손과 안방열과 마주 앉아 밀담을 나누는 중이었다.
 "우승선께 모든 이야기를 다 들었소이다. 한때 황제의 후손들이 남으로 향하여 제경을 이룬다고 했던 내 잘못을 용서하고 받아준다면, 별초군을 무너트리도록 돕겠소이다."
 안방열은 박천주의 마음을 얻으려고 꼭두각시 노릇까지 자청했다. 박천주는 교활과 비열이 뒤섞인 안방열 얼굴을 쳐다보자니 속이 메스꺼웠다. 하지만 꿈틀하며 곤두서는 배알까지 억누르고 천천히 입을 뗐다.
 "이미 다 지난 일이니, 마음에 담아두지 마시고…. 별초군을 토벌할 수 있도록 돕는다면 다시 관직에 복귀할 수 있을 것이오."
 "지난날 잘못으로 애를 태우고 있었는데, 기회를 주시니 뼈마디가 가루가 되는 한이 있더라도 폐하와 고려를 위해서 몸과 마음을 바치겠소이다."
 안방열은 마치 고려 관직에 다시 종사하게 된 것인 양 외쪽생각으로 들뜬 모습이었다.

"좋소, 다 좋소만….."

박천주는 짐짓 엄숙한 표정으로 은근히 거만을 떨었다. 그리고는 확고부동한 다짐을 받으려 목소리를 고르고서 '폐하께서 칙령을 내리신 것은 들어서 알고 있겠지요?'라고 물었다.

"물론이오이다."

안방열은 침을 꿀떡 삼키며 이신손으로부터 전해 들었다고 했다. 박천주는 고개 끄떡이고는 이신손을 향해 입을 뗐다.

"폐하께서 은전을 내리셨다는 걸 아셨다면, 수일 내로 별초군 동정을 세밀하게 알아서 알려주시오."

이신손은 어리뜩한 표정으로 눈을 끔벅하다가 '울돌목을 건널 재간이 없는데, 무슨 수로 알려준단 말이오?'라고 했다.

"아! 그건….."

박천주는 말머리를 꺼내다 도사리고서, 방 안을 이리저리 두리번거리다가 한층 목소리를 낮추어 입을 뗐다.

"얼마 후 벽파정을 공격할 것이오. 그때는 우승선도 전투에 참여하시오."

"나더러 칼을 잡고 병선에 오르란 말이오?"

이신손은 턱없는 기대는 하지 말라는 듯이 손을 가로저으며, 문신이 갑옷을 걸칠 일은 없을 것이라고 했다.

"그야 단정할 일만은 아니오. 아무리 문신이라고는 하나 무신들과 일체가 되어 싸우겠다면 그 누가 마다하겠소이까?"

박천주는 분연히 떨치고 일어나겠다고 한다면 무신들도 좋아할 것이라고 했다. 이신손은 눈을 내리깔고서 가만히 있다가 궁리가 선 듯이 '그다음은 어쩐단 말이오?'라고 물었다.

"싸움터는 혼란스러운 법."

박천주는 양쪽 군사가 전투를 벌이는 틈을 타 관군 병선으로 옮겨 타라고 했다.
"그것이 가당키나 한 일이요?"
이신손은 미덥지 않았다는 듯이 힘 빠진 목소리로 어눌하게 반문했다.
"우승선을 데려가기 위한 것이니 걱정할 것이 없소이다."
박천주는 이신손을 데려가기 위해 벌이는 연막전술이라며, 신변을 보호할 준비를 투철하게 할 것이라고 했다.
"맹렬한 싸움이 벌어진 곳에서 나를 어떻게 찾는단 말이오?"
이신손은 전투 중에 자신이 승선한 병선을 무슨 수로 알고 데려간다는 것인지 물었다.
"용총줄에 흑승(黑繩) 두 개를 잘 보이도록 매 놓을 수 있겠소?"
박천주는 이신손이 승선한 병선의 돛대를 지탱시켜주는 줄에다가, 남자 머리를 묶고 뒤로 늘어트리는 검은 노끈을 동여매 놓을 수 있겠느냐고 물었다.
"그거야 어렵지 않을 것 같소만, 혹시…?"
이신손은 용총줄에 매단 북 위에 묶을 수 있다면서, 자신이 탄 병선을 식별하기 위함이냐고 물었다. 박천주는 이제 알았느냐는 듯이 한 번 빙긋 웃고는 고개를 끄떡였다. 이신손은 그제야 약간 마음이 놓인다는 표정으로 고개를 끄떡였다.
"그럼, 나는 무엇을 한단 말이오?"
안방열은 갑자기 배척당한 느낌을 지울 수가 없었든지, 약간 불안에 잠긴 목소리로 물었다. 박천주는 달라진 어투로 '그럴 리가요?'라고는 왕온을 살릴 방도를 마련하라고 했다.
"내가 어찌 승화후 온을 살릴 수 있단 말이오?"
안방열은 거기까지 손을 쓸 만한 힘이 없다고 했다.
"영녕공은 물론 폐하께서도 친히 보상을 후하게 내리실 것인데,

그래도 안 하시겠소?"

박천주는 사뭇 꺼떡거리는 꼴로 말했으나 안방열의 비위를 얼러맞추는 달콤함이 흠뻑 베여 있었다.

"알겠소, 힘닿는 데까지 애써보겠소이다."

안방열은 코뚜레에 꿰어 끌려가는 소가 된 양 고개를 수그리고 대답했다.

"지금 삼견원에 와 있는 관군과 몽고군 군세가 어느 때보다도 강하니 별초군을 무너트리는 것은 시간문제란 말이오."

빅천주는 관군과 몽고군 세력을 자랑삼아 떠벌리다가 이신손을 향해 '그렇게 느껴지지 않소?'라고 물었다. 이신손은 딱히 그렇다고 대꾸할 처지가 아닌 게 아쉽다는 듯, 마주 앉은 두원외를 향해 억지웃음을 흘리며 어물쩍 넘어갔다. 말귀를 전혀 못 알아듣는 탓에 따분하기만 하던 두원외는 말똥말똥한 눈깔을 치뜨고 씩 웃기만 했다. 그때 김윤서가 들어서며 이신손을 향해 머리를 숙이며 연회가 준비되었다고 했다.

"연회라고…?"

이신손은 눈알이 희뜩하게 한쪽으로 돌아가면서 묻고는 '사신들을 위한 것이라더냐?'라고 사실 여부를 확인하듯 거듭 물었다. 김윤서는 우람한 목소리로 그렇다고 대답했다.

한편 배중손은 연회장을 두루 살피는 중이었다. 장막 끝을 접침접침 접어서 줄 위로 걸어 올리는 군사를 단속하고 있는 김통정을 발견하고는 그쪽을 향해 발걸음을 뗐다. 가운데서 좌우로 갈라 둘러친 장막으로 다가섰을 때, 마침 장막을 들고 쑥 나서는 이문경과 마주쳤다. 이문경은 배중손을 향해 허리를 꺾어 '오셨사옵니까?'라고 인사했다.

"아, 중랑장은 여기 있지 않나?"

배중손은 이문경 어깨너머로 삐죽 고개를 내밀며 물었다.

"이쪽에 계십니다."

이문경은 곧 돌아서서 맞은편 장막을 너머로 김통정을 불렀다. 김통정은 냉큼 다가와 배중손을 향해 인사를 했다.

"문제없겠지?"

배중손은 곽연수와 곽연희가 박천주가 타고 온 배에 숨어들 준비를 마쳤는지 물었다.

"연회가 시작되면 저쪽 병졸들에게도 술과 음식을 줄 것이옵니다."

김통정은 두 사람은 갸자꾼으로 가장해서 숨어들 준비를 마쳤다고 했다. 배중손은 고개를 끄떡이며 '곧 날도 어두워지니 십상이겠군.'이라고는 붉은 노을이 내려앉는 바다 건너 쪽 삼견원을 바라보았다.

"대장군께서는 어둠이 깊어지면 움직이실 것입니다."

김통정은 노영희가 병선 20척을 준비하여 대기 중이라고 했다.

"마침 그믐에 가까우니, 온천지가 어둡지 않겠는가?"

배중손은 고개를 쳐들고 발그레 물들기 시작한 저녁 하늘을 바라보며 하늘이 돕고 있다고 말하고는, 이문경에게 관직을 내려야 하지 않겠느냐고 했다. 김통정은 기쁜 표정을 지으며 '마음에 둔 관직이 있사옵니까?'라고 물었다.

"자네 휘하에서 별장(別將)을 맡아주면 어떨까 싶네만."

배중손은 이문경에게 정7품 무관 자리를 주어 200여 명의 군사를 지휘하도록 하겠다고 했다. 김통정은 이문경을 물끄러미 쳐다보며 '해보겠는가?'라고 물었다. 이문경은 배중손 앞으로 한 걸음 다가가 오른 무릎을 꿇고 왼편 무릎을 세워 고개를 숙이며 '소장,

몸을 불살라 한 줌 재가 되어도 오랑캐를 몰아낼 수만 있다면 여한이 없을 것이옵니다.'라고 했다.

"그리하게, 그리고…. 곽연수는 산원(散員)으로 제수할 것이니 함께 힘을 모아 중랑장을 잘 보필하게."

배중손은 곽연수에게는 정8품 무관 벼슬을 내린다며, 강화도에서 함께 내려온 장정들을 휘하에 두라고 했다. 이문경은 무릎을 꿇은 채 다시 고개를 숙이며 알았다고 대답했다. 배중손은 입술을 꾹 누른 채 잠시 이문경을 내려다보다가 이윽고 무거운 음성으로 첫 번째 임무를 주겠다며 두원외를 척살하라고 했다. 이문경은 너무 놀라서 얼결에 벌떡 일어나 휘둥그레진 눈으로 쳐다보며 '사신을 죽이라니요?'라고 물었다. 놀라기는 매한가지인 김통정 역시 눈을 삼빡거리며 '상장군.'이라고 불렀다.

"애당초 대장군 말대로 쳐 죽였어야 했을 놈들이야."

배중손은 노영희가 죽이자고 했을 때 살려둔 까닭이 있었다는 말투를 뱉었다.

"하오면 박천주는 어찌하옵니까?"

김통정은 이왕 내린 결정이라면 뒷마감을 위해 둘 다 죽여야 하지 않느냐고 했다. 배중손은 길게 빼는 어투로 '그건 그렇지 않아.'라며 좋잖은 심사를 짓씹고는 천천히 입을 뗐다.

"놈들에게 연회를 베풀어주는 것은 내켜서가 아니라, 저 바다 건너 삼견원에 진을 치고 있는 놈들의 시선을 빼앗고자 함이야. 박천주를 살려주는 것도 놈이 돌아가는 배에 탐망꾼을 숨겨 보내기 위해서라는 것을 알아둬."

"하오나…, 두 사람이 돌아올 방법도 찾아야 하지 않겠사옵니까?"

김통정은 연회를 이용하여 노영희가 기습공격을 한다는 것은

역도 101

이해했으나, 적진으로 숨어든 곽연수와 곽연희가 울돌목을 건널 재간이 없지 않으냐고 물었다.
 "염려 말게, 새벽 물때를 잘 맞추어 진선(津船) 한 척을 잠입시킬 걸세."
 배중손은 복귀시킬 계획을 짜두었다고 했다. 김통정은 배중손의 숨겨둔 계략을 알았다는 듯이 고개를 끄덕거렸다.

 어느새 서산에 해가 넘어간 지도 이슥히 지나 여광이 벽파정 앞 울돌목 바닷물을 붉게 물들였고, 연회장 주변에는 은초 심지를 태우는 불꽃이 곧게 발돋움하거나 혹은 미풍에 한들한들 나부꼈다.
 "이자들이 올 때가 되었는데…?"
 배중손은 고개를 빼서 기울이다가 한쪽으로 시선을 꽂으며 '아, 저기 오는군.'이라고는 발걸음을 옮겼다. 김통정과 이문경은 천천히 뒤를 따라붙었다. 이신손의 안내를 받으며 연회장에 나타난 박천주와 두원외는 뜻밖의 환대에 감지덕지 어쩔 줄을 모르겠다는 듯, 밝은 표정으로 연회를 베풀어주어서 고맙다고 했다.
 "당치 않은 소리, 사신을 소홀히 대하는 법도도 있답디까?"
 배중손은 속마음을 감추고 억지로 웃으며 말하고는, 진수성찬이 차려진 상차림을 가리키며 마음껏 마시고 즐기자고 했다.
 "그럽시다. 오늘 이 자리가 서로 바라는 바를 절충할 좋은 자리가 될지 누가 알겠소?"
 배중손의 속셈을 알 길 없는 박천주는 흡족한 미소를 띠며 기대감을 드러냈다.
 "본시부터 칼을 겨눈 사이가 아니었으니 그럴 만도 하지요."
 배중손은 어색하게 웃으며 마음에도 없는 소리를 뱉고는, 박천주와 두원외를 향해 앉으라며 방석 놓인 자리를 권했다. 박천주는 배중손을 향해 먼저 앉으라고 겸양하다가, 배중손의 청에 못 이겨 두원외와 함께 먼저 앉았다. 뒤따라 배중손이 자리에 앉자 이신손과 안방열을 비롯한 다른 장수들도 자리 잡아 앉았다.

배중손은 박천주를 향해 술잔을 가슴 높이로 들어 올리며 건배를 청했다. 박천주는 술잔을 마주 들고서 '앞으로 서로 좋은 말벗이 되는 사이가 되었으면 하오이다.'라고 했다.

"마누라와 으드등거리다가도 땀이 흥건하도록 교접을 하고 나면 언제 그랬느냐는 듯이 금실이 좋아지는 법 아니오?"

배중손은 은근한 음담으로 비 온 뒤에 땅이 굳는 법이라며 입가에 웃음기를 띄웠다. 박천주는 멀거니 쳐다보다가 이내 '아! 그렇고말고요.'라고는 머리를 뒤로 젖혀 소리 내어 웃었다. 함께 자리한 모두가 덩달아 커다랗게 소리를 내며 유쾌하게 웃었다.

술잔이 두어 순배 오가면서 사위는 점점 어두워지고 은초 불빛은 더욱 휘황하게 밝았다. 갈수록 분위기가 한껏 무르익으면서 술잔이 물레방아처럼 빙글빙글 돌아가기 시작했고, 연회장은 먹자판이 되었다. 그러나 배중손은 신경이 온통 노영희에게로 가 있는 까닭에 술기가 돌지 않았다. 긴장을 풀려고 꼴깍 비운 술잔을 손아귀로 꽉 쥐었을 때, 이문경이 성큼 다가와 '드릴 말씀이 있사옵니다.'라고 했다. 배중손은 기다리던 소식이 왔구나 싶어 냉큼 일어나 이문경을 따라 휘장 뒤로 돌아갔다. 이문경은 배중손의 어깨로 귀를 가까이 대고서 '방금 대장군으로부터 전갈이 왔사옵니다.'라고 했다.

"어찌 되었다더냐?"

배중손은 단숨에 술을 들이켜듯 성급히 물었다.

"100급에 가까운 수급을 베었고, 병선 한 척을 나포했다 하옵니다."

 이문경은 기습공격에 성공한 노영희가 병선을 이끌고 벽파정으로 들어왔다고 했다. 배중손은 만면에 미소를 머금으며 고개를 끄떡이고는 나직이 입을 뗐다.

 "내가 놈들에게 밀서를 내놓으라며 시비를 걸 것이야, 그때 기회를 보아 두원외를 없애."

 이문경은 고개를 까딱 숙이며 굳은 결의가 서린 입술로 '알겠사옵니다.'라고 대답했다. 배중손은 어깨를 툭 치며 가자는 고갯짓을 하고 돌아섰다. 이문경은 칼집을 꽉 움켜쥐고서 배중손 뒤를 따라붙었다.

 배중손은 연회장으로 들어서자마자 박천주 앞으로 다가가 장승처럼 우뚝 서더니 '박천주는 들거라!'라고 소리쳤다. 얼큰히 취기가 돌던 박천주는 난데없는 고함에 놀라 멀뚱한 눈으로 배중손을 쳐다보며, 어눌한 말투로 '왜 이러시오?'라고 물었다.

 "여러 소리 말고 당장 밀서를 내놓거라!"

 배중손은 위협적인 목소리로 소리쳤다.

 "밀…, 밀서라니…? 대체 이게 무슨 소리란 말이오?"

 박천주는 판이하게 급변한 분위기처럼 심각하게 변한 표정으로 눈에 겁을 담고 더듬거렸다. 느닷없이 절박하게 변한 상황에 놀라기는 이신손과 안방열도 마찬가지였다.

 "네놈이 밀서를 지니고 왔다는 것을 모를 줄 알았더냐?"

 배중손은 밀서를 운운하면서도 이신손 만큼은 입에 담지 않았다. 그 까닭은 요컨대 그래봤자 이미 없애버린 서찰이 나올 리도 만무하거니와, 종국에는 이신손을 사찰할 기회마저 놓치기 알맞기 때문이었다.

 "뭐 하는 짓이야?"

세모진 눈을 깜박거리며 듣고 있던 두원외는 고함을 지르며 벌떡 일어나, 혼혼하게 도는 취기를 털어내며 칼자루를 움켜잡았다. 그때 이문경이 두원외 앞으로 성큼 다가가 전광석화같이 날쌘 동작으로 칼을 뽑더니, 단칼에 목을 베어 버렸다. 머리가 떨어져 나간 두원외 목에서 피가 쿨쿨 쏟아지고 몸뚱이는 그 자리에 팍삭하고 쓰러졌다.

"이~ 이게…, 무슨 짓이요?"

박천주는 사색이 되어 비슬거리며 몸을 가누지 못했다. 참담한 광경에 충격을 받은 이신손과 안방열은 넋이 이탈한 것처럼 의식이 마비된 표정이었다.

"박천주는 들어라! 오랑캐 놈은 목을 쳤으나, 네놈은 고려 백성이니 살려서 돌려보낼 것이다. 허니, 돌아가거든 더는 오랑캐 놈개가 되지 말아라."

결한 뜻을 이룬 배중손은 박천주에게 훈계를 내리고는 이문경을 향해 끌고 나가라고 했다. 이문경은 배중손을 향해 머리를 숙여 보이고서 곧장 박천주 팔을 잡고 지르르 끌었다. 박천주는 옆구리가 결리는 것처럼, 움찔움찔하면서 찔찔 끌려 벽파정으로 가 타고 왔던 배에 태워졌다.

갸자꾼으로 가장하여 미리 숨어든 곽연수와 곽연희는 박천주와 함께 울돌목을 건너 삼견원으로 향했다.

7.

곽연수와 곽연희가 밤사이 삼견원 동태를 염탐하고 용장성으로 돌아왔을 때는 동녘 하늘이 발그무레하게 물들 무렵이었다. 둘은 배중손을 비롯한 장수들 앞에서 관군과 몽고군이 병선과 군사를 더 모으는 중이라고 했다.

"얼마나 더 끌어모은다는 것인가?"

김통정은 신경에 거슬린다는 듯 사뭇 긴장된 표정이었다.

"지금은 개경에서 내려온 중앙군 4,000명이지만 곧 병선 백수십 척과 수백 필의 군마가 내려온다는 걸 보면, 군세가 족히 1만에 가까울 것 같사옵니다."

곽연수는 대규모 공세를 퍼붓기 위해 준비하는 것이 틀림없다고 했다.

"흠…, 그만한 군사와 공성무기를 싣고 일거에 울돌목을 건널 작정이라면 한사리 때를 택하겠군."

배중손은 적의 군세를 짐작하여 밀물이 가장 높은 보름과 그믐 전후로 공격해올 것이라고 했다.

"그렇사옵니다. 울돌목은 사슴 모가지처럼 갑자기 좁아지는 데다가 물살이 거세고 요란하여 때를 가리지 않고 소용돌이가 일기도 하지만, 간조에는 물밑 바윗덩이에 배가 부딪치는 데다가 개펄이 넓어 만조가 아니면 발을 들여놓을 수 없을 것이옵니다."

노영희는 자신의 경험을 비추어 확신에 찬 음성으로 맞장구를 놓고는 방책을 찾아야 한다고 했다.

"남쪽 군사를 빼 올려야 하지 않겠사옵니까?"

김통정은 남도석성에 주둔시킨 별초군을 합류시키자고 했다.

"그것만으로는 안 돼, 송징 대장군과 유존혁 대장군께 기별을 보내 군사를 빼달라고 해야 할 것이야."

노영희는 승리를 낙관하면서도 피해를 최소화하려면 완도와 남해도 별초군 일부를 지원받아 적이 상륙하지 못하도록 해안가를 빙 둘러서 진을 쳐야 한다고 했다.

"남도석성을 비우면 놈들의 별동대를 막을 수 없고, 남해도는 거리가 너무 머니…, 완도에만 기별을 보내도록 해."

배중손은 송징의 군사만 지원받아도 문제없다고 했다.

"그럼, 병선 한 척을 띄우도록 하겠습니다."

김통정은 남도석성에 있는 과선(戈船) 한 척을 완도로 보내겠다고 했다.

"흙길 밟듯 쉽게 갈 수 있도록, 뛰어난 초공(梢工)과 뱃길을 꿰뚫는 자를 보내게."

배중손은 배를 잘 부리는 키잡이와 바닷길을 잘 아는 길잡이를 골라서 보내라고 했다. 김통정은 고개를 끄덕이고는 마땅한 자를 가려서 보내겠다고 했다.

"하옵고…."

그저 가만히 듣고만 있던 곽연희는 나직한 목소리로 입을 떼고는, 다소곳한 몸가짐으로 배중손을 향해 너부죽이 고개를 숙였다. 배중손은 고개를 돌려 곽연희를 찬찬히 되작거려 보며 '말해보아라.'라고 했다.

"놈들이 왜에 사신을 보냈다고 하옵니다."

곽연희는 간밤에 엿들은 것이라며 사신으로 간 자가 고려의 조양필과 몽고의 초천익이라는 것까지 구체적으로 알려주었다.

"왜에 사신을 보내…?"

배중손은 두 눈을 가늘게 찌푸리면서 머릿속으로 이런 생각 저런 생각을 빠르게 굴렸다. 그러함에도 도시 모르겠다는 듯 '무엇 때문에 보냈을까…?'라며 중얼거리다가, 결국 김통정을 향해 '왜 보냈을 것 같은가?'라고 물었다.

"그러게나 말이옵니다. 여섯 해 전에 중노릇하다가 나라를 배반하고 오랑캐 개가 된 조이가 고려를 씹어대는 입놀림 때문에, 오랑캐 칸이 흑적을 왜로 보내려 하지 않았사옵니까? 그때 추밀원 부사 송군비와 시어사 김찬이 흑적을 왜로 안내하다가 거제 송변포에서 풍파 때문에 갈 수 없다고 하여 돌아섰는데, 무엇 때문에 또다시 사신을 보낸 것일까요?"

김통정은 자신도 쿠빌라이 속내를 모르기는 매한가지라면서도 연역적으로 추론하여 물었다.

"그러니까 이상한 일입니다. 왜에 사신을 보냈다면 틀림없이 무슨 꿍꿍이수가 있는 게 틀림없사옵니다."

노영희는 흉물 단지 같은 쿠빌라이의 시커먼 복장 속에 어떤 흉계를 담은 것이 분명하다고 했다.

"놈들이 군사동맹을 맺으려는 수작이 아니겠사옵니까?"

듣고 있던 곽연수는 머릿속에 출몰한 생각을 난딱 뱉어내고는 흘금 눈치를 엿보았다.

"왜에서 그걸 받아들인다고 생각하는가?"

노영희는 고개를 기우뚱하며 어림없는 소리 말라는 표정이었다. 배중손은 뚝뚝한 말투로 '모를 일이야…'라고는 심상하게 변한 표정으로 입을 뗐다.

"이대로 가만있을 수는 없지. 이참에 우리도 사신을 보내서 우리 뜻을 전하는 게 좋겠어."

"그러자면 준비해야 할 것이 많사옵니다."

김통정은 별초군 형편으로는 사신을 보내는 것이 버거운 일이라고 했다.

"그렇다고 장차 생사존망이 판가름 날지 모를 중차대한 일에 손을 놓고 있어서 되겠는가?"

배중손은 결심을 굳혔다고 말하고는 왜로 보낼 사신을 당장 준비하라고 했다.

"뱃길도 험하거니와 너무 멀어 당장은 어렵사옵니다."

김통정은 마땅한 자를 선발하여도 왜로 향하는 험한 뱃길을 익힐 수 있도록 훈련을 해야 한다고 했다.

"양석도라면 당장이라도 능히 그 일을 해낼 수 있사옵니다."

곽연수는 불쑥 끼어들어 말참견 들고는 양석도가 계절풍을 이용하여 배를 부리는 솜씨가 뛰어나다고 했다. 배중손은 단박에 달라진 낯빛으로 왜로 갈 배를 양석도에게 맡기라고 했다. 곽연수는 마치 자기 일처럼 신이 났는지 서슴지 않고 알았다고 대답했다.

"하오면 조선장 일은 어찌할 참이옵니까?"

노영희는 맡겨진 일을 깐지게 하는 양석도를 빼내면 배를 고치고 만드는 일이 차질을 빚을 것이라고 했다.

"오랑캐 칸이 왜를 정복하게 된다면 우리 오랑국은 설 자리는 사라지고 말 것일세. 이를 보고만 있을 수 없지 않은가?"

배중손은 조선장 일은 뒤로 미루더라도 왜로 사신을 보내야 한다고 했다.

"맞사옵니다. 쿠빌라이가 남송 번성에서 탐라를 거쳐 바다로 가는 뱃길도 살피라고 했던 것을 보면 필경…?"

김통정은 몽고 사신이 왜로 간 것을 소홀하게 넘길 일이 아니라고 하다가, 문득 어떤 생각이 머리를 스치는지 탐라가 걱정이라고 했다.

"또 탐라 이야기인가?"

노영희는 종전과 다를 바 없이 탐라의 중요성을 도외시하는 눈치였다. 하지만 배중손은 무턱대고 반대만 할 것이 아니라고는 김통정을 향해 입을 뗐다.

"남송이 무너지면 쿠빌라이가 왜로 가는 뱃길을 열기 위해 탐라에 군사를 주둔시키고 조선장을 지을 것임을 말함이던가?"

김통정은 군말 없이 그렇다고 대답했다. 배중손은 처지를 뒤집어서 생각하는 듯이 전후사를 골몰하다가, 이문경을 향해 '군사 100으로 고여림을 물리칠 자신이 있는가?'라고 물었다. 이문경은 마치 엄중한 명령을 받기라도 한 듯이 허리를 꾸벅 숙여 달가운 목소리로 '소장, 목숨 걸고 반드시 해내겠사옵니다.'라고 외쳤다.

"꼭 그리하시겠다면, 송징 대장군이나 유존혁 대장군이 제격이지 않겠사옵니까?"

노영희는 일견 자기주장을 누그리는 것 같으면서도 이왕 시작하려면 최상의 전력을 보내야 옳다며, 배중손 뜻에 그리 동조하는 기색이 아니었다.

"나도 그리하고 싶네, 하지만…."

배중손은 굳이 의지를 굽히지 않고는, 그 까닭을 이해시키고자 곱씹듯이 천천히 말을 이어나갔다.

"완도에 천험의 요충지를 세우고 무서운 용력과 비상한 책략으로 개경으로 향하는 조운선과 세미선을 털어 백성을 구호하니…,

백성은 가뭄에 단비를 만난 듯 좋아하며 송징 대장군을 하늘처럼 떠받들지 않은가? 그리고 우리 군사 군량미 절반도 거기서 들어오니, 송징 대장군이 없는 완도는 생각할 수 없는 곳이야. 남해도 역시 주변의 거제도와 창선도를 비롯한 많은 섬을 우리 활동 근거지로 확보함은 물론, 경상도 해안 백성이 관헌을 습격할 수 있는 것도 유존혁 대장군의 위력이 거기까지 미치기 때문이 아닌가? 그러한 판국에 두 장군을 어떻게 빼낼 수 있단 말인가?"

"상장군 뜻이 그러시다면 소장은…."

노영희는 더는 배중손의 강령을 거역할 마음이 없다는 듯 거뜬하게 발을 빼고는, 이문경을 향해 '실패해서는 아니 될 것이야.'라며 다짐받듯 말했다. 이문경은 입술을 꾹 다문 채 노영희를 향해 고개를 까딱 숙였다.

"좋아, 그런 기백이라면 무엇인들 못 하겠어?"

배중손은 이문경의 간묵한 모습이 믿음직하다고는 군사 200명을 이끌고 가라고 했다.

"아니옵니다. 당장 눈앞에 대군의 적을 둔 처지로 어찌 많은 군사를 뺄 수 있겠사옵니까? 90명이면 족하옵니다."

이문경은 강화도에서 함께 내려온 장정들이면 된다고 했다.

"무슨 소린가…?"

배중손은 난데없는 소리를 들었다는 듯이 어리둥절히 바라보다가, 속이 깊은 뜻을 받아들이겠다는 듯이 김윤서를 포함한 군사 30명을 보태주겠다고 했다. 이문경은 알았다는 대답과 함께 기필코 탐라를 정벌하겠다고 했다. 배중손은 고개를 끄떡이고는 '화약을 가져왔다고 했지?'라고 물었다. 이문경은 선뜻 '그러하옵니다만….'이라고는 무슨 말이 떨어지나 하고 쳐다보았다.

"군사를 많이 주지 못해서 미안한데, 그거라도 가져가게."

배중손은 잘 간수해 두면 요긴하게 사용할 때가 있을 것이라고 했다.

"당치 않사옵니다."

이문경은 당장 눈앞의 적들이 더 급하다며 화약을 두고 가겠다고 했다.

"이 별장이 가져온 것이니, 여러 소리 말고 가져가."

배중손은 화약 없이도 지금까지 잘 싸웠다며 이래 싸우나 저래 싸우나 매한가지라 했다. 이문경은 갑자기 지휘를 맡은 장수로서의 무거운 책임감을 느끼면서, 기필코 성공해야겠다는 마음이 앞서는지 여무진 말투로 언제 떠나는지 물었다. 배중손은 튼튼한 병선을 골라 당장 떠날 준비를 하라고 했다. 이문경은 말뜻을 헤아렸다는 듯 고개를 까닥 숙였다.

"그리고…, 이곳에도 필시 적당 염탐꾼이 있을 터인즉, 이 밤중으로 소리 없이 떠나는 게 좋을 것이야."

말을 거드는 김통정은 횃불을 밝히지 말고 별빛만으로 뱃길을 잡으라고는, 적을 물리치기 위해서는 기만전술과 신속한 기동력이 필요하다며 전법을 입에 올렸다.

"밤중에 떠나 송징 대장군 휘하 군사가 있는 보길도에 닿으면 날이 밝을 것이야. 그곳에서 군량을 싣고 해가 질 무렵에 떠나도록 하게. 그리하면 후풍도와 대관탈도에 있는 관군들 눈을 피할 수 있겠지. 생각 같아서는 두 곳을 차례로 치고 싶지만 그리되면 놈들이 봉홧불을 피울 것이고…, 탐라에서 알게 될 터이니 좋을 게 없지. 두 섬을 비켜서 뱃길을 서쪽으로 돌려 비양도 서쪽 해안가로 접근해야 놈들 눈을 피할 수 있을 것이야."

"비양도에 도착한 다음 탐라에는 어떻게 들어간단 말인가?"

순순히 수긍하면서 듣던 노영희는 다음 벌어질 일에 대해 의문을 품었다. 김통정은 노영희를 향해 가볍게 목례를 하고서, 배중손을 향해 본래 하고자 했던 말을 이어나갔다.

"병선으로 비양도에 몰래 접근하기란 쉽지 않을 것이옵니다. 허니 잠입선을 싣고 가도록 하는 게 어떻겠사옵니까?"

"잠입선을요? 아니옵니다. 겨우 한 척 만들었을 뿐인데…, 진선이면 족하옵니다."

이문경은 뜻밖에 소리를 들었다는 듯이 회동그래진 눈으로 말했다. 김통정은 고개를 외틀어 이문경을 쳐다보다가 이내 배중손을 향해 '놈들 몰래 상륙하기에는 잠입선이 제격이옵니다.'라고 했다. 배중손은 듣고 보니 그럴듯한지 고개를 한 번 끄떡 흔들더니 '한 척이나마 만들어 두었으니 이럴 때 써야지.'라고 했다. 김통정은 배중손을 향해 고개를 까딱해 보이고 이문경을 향해 입을 뗐다.

"비양도 서쪽에서 해가 지기를 기다렸다가 잠입선에 별동대를 태워 침투하도록 해. 봉화대를 점거하면 곧장 병선을 해안으로 접근시켜 코앞에 있는 명월포 동태를 살피다가, 관아를 친다면 놈들은 속수무책으로 당할 수밖에 없어."

"중랑장 말을 알아들었겠지?"

배중손은 이문경을 향해 잠입선을 내어주는 까닭은 탐라정복이 그만큼 중요하기 때문이라고 했다. 이문경은 배중손을 향해 고개를 깊숙이 숙여 '잘 알겠사옵니다.'라고 대답했다.

"하지만 그다음이 문제야."

김통정은 명월포를 점령한 다음 이를 관군이 알고서 방어태세에 들어간 후가 문제라고 했다. 이문경은 눈알을 굴리며 갸웃 고개를 돌리고는 '그에 대한 계책은 세워두었사옵니까?'라고 물었다.

"아마 그럴 거야."

배중손은 말참견하듯 이문경 말을 가로채고는 김통정을 향해 '안 그런가?'라고 물었다. 김통정은 마음을 사로잡겠다는 듯 차분한 음성으로 '그러하옵니다.'라며 배중손이 탐라에 전략 거점으로 확보하겠다는 마음을 가졌을 때부터 생각해둔 바가 있다고 했다.
 "역시, 중랑장은 빈틈이 없어."
 배중손은 사뭇 우러나는 기대감 때문에 벌써 탐라를 정복하기라도 한 양, 흡족한 미소를 띠며 '마저 말해주게.'라고 했다.
 "명월포 관아를 무너뜨렸다 해서 섣불리 동쪽으로 진격하지 말고, 먼저 양호에게 사람을 보내어 우리 뜻을 전해야 하옵니다. 양호만 끌어들인다면 백성은 우리 쪽으로 돌아설 것이고, 그리되면 탐라 지세와 관군 동태도 알 수 있어 고여림 군사를 쉽게 무너트릴 수 있사옵니다."
 김통정은 머릿속에 담아두었던 구상을 내놓고는 잔뜩 결기 품은 눈초리로 배중손을 쳐다보았다.
 "좋아, 그런 내용을 잘 서사해서 이 별장에게 주게."
 배중손은 양호에게 전달할 서찰을 준비하라고 했다. 김통정은 알았다는 대답을 뱉고서 이문경을 쳐다보았다. 이문경은 앞뒤 사정을 잘 알았다는 듯 고개를 끄떡거렸다.
 "이 별장이 고여림을 상대할 수 있겠는가?"
 배중손은 이문경을 쳐다보며 은근슬쩍 굳은 마음가짐을 갖도록 부추겼다.
 "그자는 소장의 적수가 못되옵니다."
 이문경은 고여림을 적수로 여기는 것 자체가 자존심 상하는 일이라고 했다. 배중손은 웃음기가 도는 얼굴로 알았다며 '못 믿어서가 아니라 매사에 빈틈이 생기지 않도록 하자는 것이야.'라고 했다.

"이 별장의 뛰어난 무예는 익히 알고는 있네만…, 고여림이 아니라 진자화를 조심해야 할 것이야."

노영희는 진자화에 대해 훤히 알고 있다는 듯이 말했다. 이문경은 낯선 이름을 단단히 머릿속에 새기기라도 하겠다는 듯이 '진자화…?'라고 되뇌고는 누군지 물었다.

"고여림이 수족으로 부리는 놈이야. 아직 턱수염도 안 난 어린 놈이지만, 뼈대가 굵고 키가 큰데다가 용감무쌍하고 날쌔기가 비호같아 마치 사나운 범 같은 놈이야."

노영희는 한때 고여림이 쳐들어왔을 때, 자신과 맞상대할 만큼 무술이 뛰어난 자가 진자화였다고 했다.

"고여림에게 그런 자가 있었더란 말입니까?"

이문경은 뜻밖의 복병을 만나기라도 한 듯이 마음 한쪽에서 긴장감이 살짝 돌았다.

"고여림이 나주 관아에 있던 자를 데려다가 장수로 삼았다고 하는 것으로 보아 무예가 절등한 것은 사실이야."

김통정은 노영희 말을 거들며 빈말로 들어서는 안 된다고 했다.

"그 어린놈을 두려워할 것이 뭐에 있습니까? 제아무리 난다는 놈이라 해도 제가 담판 짓겠사옵니다."

곽연수는 못 들어주겠다는 듯 갑자기 불뚝하는 심사로 자랑삼아 떠들었다.

"어허, 자네는 매사 의욕이 넘쳐서 탈이라니까."

김통정은 냅뜨는 성미를 죽이지 않으면 언젠가 봉변당할 것이니 함부로 더뻑거리지 말라고 했다.

"하이고, 또 그 소리이옵니까?"

곽연수는 가슴에 무엇인가 못마땅한 게 맺히는지 얼굴에 불복 기색이 띠었다.

"탐라를 정벌하고 난 뒤 후풍도는 어찌합니까?"

이문경은 곽연수의 뒤틀린 심사를 무시하고는, 진도와 탐라 사이에 놓인 후풍도를 그냥 둔다면 암초같이 거슬릴 것이라고 했다.

"그까짓 관군 20여 명…? 그것들은 단번에 무너트릴 수 있어."

김통정은 탐라를 정벌한 다음 후풍도를 점령하여 봉홧불을 피워 올리면, 보길도에서 진도로 알려줄 것이라고 했다. 이문경은 어떤 위엄 같은 것이 번뜩이는 억양으로 알았다고 대답했다.

"이 일은 우리 말고는 아는 자가 없어야 할 것이야. 적당 염탐꾼도 문제지만, 특히 우승선과 판태사국사가 눈치채지 못하게 당장 남도석성으로 이동하여 밤 중으로 떠나게."

배중손은 이신손이 김방경과 내통이 있을지 모른다는 의혹을 품은 터라, 아무도 모르게 은밀하게 진행하라고 했다. 김통정과 이문경은 한꺼번에 고개를 숙여 알았다고 대답했다.

"그럼, 탐라는 이것으로 일단락 짓고…."

배중손은 탐라정복 계획은 잘된 듯해서 마음이 가볍다면서, 왜로 보낼 사신에 대한 말을 이어나갔다.

"우리가 나라를 창건하여 국호를 오랑국으로 정하였으니, 왜로 갈 사신에게 국서를 지참토록 해야 마땅한데…, 누구에게 맡기면 되겠는가?"

"그야 응당 우승선에게 맡겨야 하지 않겠사옵니까?"

노영희는 글씨를 쓰는 것이나 문장을 짓는 일은 이신손이 적임자라고 했다. 배중손은 못마땅한 듯 떨떠름한 목소리로 '우승선이라…?'라면서 두 눈을 희번덕거렸다.

"내키지 않으나…. 무장은 글 짓는 것이 서툴지 않았사옵니까? 허니, 상장군께서 구술하신 것을 우승선이 다듬으면 될 것이옵니다."

노영희는 글 짓는 것은 문신이 나으니 도리가 없다고 했다.
"흠…, 생각 좀 해봐야겠어."
배중손은 생각이 엇갈려 결정하지 못하고 나중으로 미루었다.

8.

　용장성 동북쪽에 자리 잡은 야트막한 선황산에 올라서면, 북쪽으로 밋밋하게 뻗어 내린 산등성이 보인다. 산등성 뒤로는 바닷물을 막아 채워둔 작은 염전이 나타나고, 앞으로는 호로 박처럼 가운데가 잘록하게 들어간 울돌목을 보듬은 벽파정이 있다. 마침 썰물이어서 강물처럼 세차게 흐르는 바닷물은, 산짐승 울음소리를 내며 소용돌이치더니 급류를 이루어 콸콸 흘러간다. 살진 여울이 용솟음치며 흘러가는 해안가는, 울멍줄멍 솟은 돌부리에 찰떡처럼 찰싸닥 들러붙은 개펄이 꺼먼 속살을 드러냈다. 해천(海天)을 오가는 갈매기 따라 울돌목을 건너면, 푸른 물결이 꿈실꿈실 드나드는 포구가 보인다.
　포구 안쪽 삼견원에는 빼곡하게 정박해 있는 수많은 병선이 보이고, 병선마다 곤두선 돛대에 제각기 다른 모양의 동물이 그려진 깃발이 팔랑거렸다. 청, 황, 흑, 백, 적 화려한 오색기는 저마다 다르게 폴락대며, 물이 빠져나간 물컹물컹한 개펄에서 스멀스멀 피어오르는 비릿한 해감 냄새를 쫓기 바쁘다. 분주하게 오가는 몽고군 뒤쪽에는 번을 서는 관군이 보이고, 여러 막사 가운데 두드러지게 눈에 띄는 막사 안에는 김방경과 나유가 흔도와 홍다구를 마주하고서 진도를 공략하기 위한 분분한 의견을 주고받는 중이었다.

"놈들은 객사를 죽였을 뿐 아니라, 기습하여 수많은 군사를 상하게 하고 병선까지 나포해갔으니 두고 볼 수 없는 일이옵니다."

홍다구는 분을 삭이지 못해 거친 숨을 식식거리며 입에 거품을 물고 흥분했다.

"나도 당장 저 울돌목을 건너 쳐들어가고 싶어."

흔도는 병선과 군마를 보충할 때까지 기다려야 하니 너무 펄펄 뛰지 말라고 했다.

"30년 전쟁 끝에 겨우 성사시킨 강화를 파탄으로 몰아넣은 놈들이옵니다. 언제까지 기다려야 한단 말이옵니까?"

홍다구는 몰래 습격하면 일거에 섬멸할 수 있다며 공격하자고 했다.

"여러 차례 공격해보았지만 다 실패하지 않았나?"

흔도는 승승장구한 별초군 기세를 만만히 보아서 안 된다고 했다.

"중군행영병마원수 말씀이 맞소이다. 병선을 보강할 때까지 조금만 더 기다립시다."

김방경은 조곤조곤한 말씨로 홍다구 감정이 차분하게 누그러지도록 달랬다.

"누구 때문에 이 지경이 되었는데 그런 말을 하는 것이오? 장군은 그런 말을 할 자격이 없지 않소이까?"

홍다구는 눈을 곤추뜨고 쏘아보며 원망기가 섞인 말을 퍼부었다. 김방경은 그만 얼굴색이 변하며 홍다구를 노려보았다.

"내가 틀린 말이라도 했소이까?"

홍다구는 눈을 딱 부릅뜨고 개가 짖어대듯 악다구니를 써댔다.

"그만해, 눈앞에 역도들을 두고 뭐 하자는 것이야?"

흔도는 분란을 만들지 말라며 나무랐지만, 말꼬투리에는 김방경을 탓하는 어감이 서려 있었다. 홍다구는 역성을 바라는 눈치로 '아, 그렇지 않사옵니까?'라고는 김방경을 향해 듣기 싫은 소리를 이어나갔다.

"역도들을 초장에 쳐부수지 못하고 패퇴했기 때문에, 놈들 기세가 하늘 높은 줄 모르는 것 아니오? 그렇지 않았다면 적당들이 어찌 여러 섬을 돌아다니며 노략질을 일삼을 수 있었겠소이까? 점점 그 힘이 강해지니 더욱 교만하여 방자하게 구는 것 아니오?"

"케케묵은 이야기를 꺼내서 어쩌자는 건가?"

흔도는 짐짓 점잖게 달래듯 말했지만, 피차에 한 번은 짚고 넘어가지 않을 수 없는 대목이라는 듯이 건성으로 던지는 말투였다. 그런 속내를 모를 리 없는 홍다구는 '차제에 그동안 못 했던 말을 다 털어놓아야겠사옵니다.'라고는, 엎어진 호로 박에서 쏟아지는 물처럼 말을 쏟아냈다.

"짐승이 그려진 깃발을 병선에 수없이 꽂아둔 것을 보고 위협을 느꼈다는 것이 말이 되는 소리요? 징소리, 북소리가 바닷물이 경기가 날 지경으로 요란했다고 해서 기세에 눌렸다는 것도 한심하거니와, 역도들 몸놀림이 날아다닐 만큼 재빨라 상대하기가 어려웠다고 했으니…, 이는 우리 군사 사기를 떨어트리고 역도들 기세만 등등하게 해준 꼴이 아니오?"

김방경은 홍다구와 충돌하기가 싫어서 입술을 꾹 다문 채 잠자코 듣기만 했다. 그러나 애초 이런 사달을 일으킨 장본인은 아카이였기 때문에 할 말이 없는 것은 아니었다. 그러함에도 잴잴 떠벌리는 홍다구 말을 곱다시 듣고도 묵묵부답인 까닭은, 흔도와 부딪히는 일이 없도록 하라는 원종의 신신당부 때문이었다. 그러나

도리없이 원념을 삭이는 사정은 정작 따로 있었으니 그 곡절은 이러했다.

고여림이 별초군 토벌에 실패하자 김방경이 아카이와 함께 군사를 이끌고 삼견원으로 내려와 진을 쳤다. 하지만 싸움은 쉽게 승패를 가리지 못하고 여러 날 계속되었다. 그러다가 어느 날 진도에서 홍찬이 귀순해왔다. 그 홍찬이 아카이에게 김방경이 별초군과 은밀히 내통한다고 참소하면서부터 문제가 불거졌다. 아카이는 그것이 배중손의 이간책이라는 것을 눈치채고도 전공을 가로챌 욕심으로 김방경을 체포했다. 김방경은 쇠사슬에 묶인 채 개경으로 압송되어 탈타아에게 심문을 받았다. 그러나 탈타아는 배중손이 김방경과 아카이를 이간시키기 위해 홍찬을 위장 귀순시킨 사실을 밝혀내고서, 김방경을 다시 진도로 내려보냈다. 하지만 김방경이 진도에 당도했을 때 아카이는 이미 싸울 기력을 잃고 나주로 퇴각하려는 중이었다. 김방경은 쿠빌라이가 이 사실을 알면 목이 달아날 일이라며 아카이를 꾸짖었다. 그러함에도 아카이가 싸울 의지를 보이지 않자, 김방경은 관군만으로 공격에 나섰다가 별초군에게 포위되어 죽기 직전까지 몰렸다. 그때 나유가 몸을 돌보지 않고 김방경을 구출했다. 이런 사실까지 알아버린 탈타아는 쿠빌라이에게 보고하여 아카이를 파직하고 그 자리에 흔도를 대신하게 했다. 홍다구는 그때 흔도를 따라온 것이었다.

이런 사정을 알고 있는 흔도는 시종일관 침묵으로 응수하는 김방경의 순정적 태도 이면에 못마땅한 기색이 감추어져 있음을 알기에, 홍다구를 향해 그만하라는 손짓을 하고서 닫혔던 입을 열었다.

"그 일은 이미 칸께서 아카이를 파면시킨 것으로 일단락된 것이니 거론하지 말고…, 병선과 군마가 보충되면 어떻게 공략할 것인지 논의하는 것이 온당할 것이야."
 홍다구는 스스로 치받치는 화를 삭이려고 심호흡을 하고는 '이번에도 패한다면 놈들은 더욱 기고만장해질 것이외다.'라며 제풀에 얼굴이 달아올랐다.
 "사실, 놈들이 역도라고는 하나 군세가 대단한 것은 사실이야. 허니…, 정면으로 맞아 싸우기보다는 야밤을 틈타 기습적으로 상륙해야 승산이 있을 터인데…. 상장군 생각은 어떠시오?"
 흔도는 김방경과 뜻이 같은지 알고 싶은 것인지, 꾹 다문 김방경 입을 열겠다는 것인지 모를 말을 건넸다.
 "놈들은 이미 거기까지 만반의 준비를 했을 텐데…, 가당키나 하겠사옵니까?"
 홍다구는 김방경의 의견은 필요하지 않다는 듯이 대꾸했다.
 "좋은 계책이라도 있단 말인가?"
 흔도는 홍다구를 향해 묘책이 있으면 내놓으라 했다. 홍다구는 순간적으로 언짢았지만, 뾰족한 대책이 없는지라 머리를 수그렸다. 죽은 듯이 가만히 있던 김방경은 깊은 생각에서 서서히 깨어나는 것처럼 평정을 되찾고서 입을 뗐다.
 "역도들은 지금까지 몇 번 전투에서 승리를 거두었고, 세력을 경상도 남쪽 바다까지 넓혔기 때문에 기세가 등등할 것이오. 이럴수록 성급하게 굴면 일을 그르치기 쉬우니 놈들의 형세를 좀 더 관망하는 것이 좋을 것 같소."
 "어차피 병선과 군마가 보충될 때까지 기다려야 하는 것이나…, 그때까지는 무슨 대책이라도 세워놔야 하지 않겠느냐는 것이오."
 흔도는 눈살을 짜그리며 김방경을 나무라듯이 말했다.
 "지난번에 사신을 보냈을 때, 두원외 장군이 그리된 것을 생각하면 안 되었소이다만…, 상장군께서 역도 중에 우승선 자리에 있는 자를 우리 편으로 끌어들이는 일은 성공했소이다."

곰다시 듣고만 있던 나유는 김방경이 포섭한 이신손이 별초군 동정을 세세히 살펴 알려올 것이라고 한마디 거들었다.

"뭐요? 그것이 정말이오?"

흔도는 졸다가 파뜩 정신이 든 놈처럼 눈알을 궁굴리며 김방경을 쳐다보았다. 김방경은 한번 고개를 끄떡일 뿐 대꾸하지 않았다.

"그런 일이 있었다면 왜 진즉 말하지 않았소이까?"

홍다구는 무슨 트집거리라도 잡은 것처럼 다그쳤다.

"그 참…, 좀 가만히 있어."

흔도는 짜증 섞인 목소리로 면박을 주고는 김방경을 향해 언제 이신손과 손이 닿느냐고 물었다.

"알다시피…, 울돌목을 쉽게 건너올 수는 없지 않소이까?"

김방경은 아무리 배를 잘 부리는 사공일지라도 별초군 눈을 피해 건너올 수 없다고 했다. 흔도는 얼없이 쳐다보며 '다른 복안이라도 있다는 말이오?'라고 물었다. 김방경은 일이 뜻대로 될지 모르는 무거운 부담 때문에, 한껏 낮춘 목소리로 한 차례 전투를 치를 수밖에 없다고 했다. 흔도는 불신이 담긴 목소리로 '전투를…?' 이라며 입아귀를 실룩대다가, 문득 그 뒤에 도사린 뜻을 깨달은 느낌이 들었는지 충충하게 그늘진 안색이 밝아지면서 입을 뗐다.

"그러니까…, 전투를 벌이는 혼란을 틈타서 그자가 넘어온다 이 말이오?"

김방경은 진지한 태도로 그렇다고 고개를 끄떡였다. 흔도는 자신이 원하던 대답이라는 듯이 '그것참 그럴듯한 계책이 아니오?' 라며 뿌듯해했다.

"하오나 위험이 따르지 않겠사옵니까?"

홍다구는 마뜩잖은 듯이 밉살스럽게 지껄였다.
"무슨 소리? 그만한 대가는 감수해야지."
흔도는 하나를 얻으려면 하나를 주어야 한다는 지론을 펴고는, 김방경을 향해서는 언제 그런 생각을 했느냐고 물었다.
"부끄럽지만…, 배중손의 계책에 호되게 당한 뒤에 눈을 뜨게 된 것이오."
김방경은 배중손이 보낸 홍찬의 이간질로 죽을 고비를 겪고 나서야, 항우에게 쫓기던 유방이 죽게 되었을 때 진평이 항우와 범증 사이를 갈라놓았던 이간책이 떠올랐다고 했다.
"핫핫하하…."
흔도는 목젖을 뒤흔들며 웃다가 '그 참, 저승 문턱에 가서 진평을 만난 것 아니오?'라고는 잔웃음을 쳤다. 김방경은 실없는 소리를 듣고도 대꾸할 마음은 없으나 털어놓고 나니 머리는 개운했다.
"어쨌든…. 역도들 농간에 속아 갖은 고초를 겪었으니, 골수까지 원한이 박혔겠소이다."
흔도는 위로인지 빈정거림인지 모를 모호하고 이질적인 말을 뱉고는, 언제쯤 전투를 치르는 것이 좋겠느냐고 했다. 김방경은 잠시 머뭇거리다 목구멍 안으로 큼큼 헛기침을 맴돌리고서 '그전에 중군행영병마원수께 한 가지 약조를 받아 놓았으면 하오이다.'라고 했다. 흔도는 기분이 상했는지 핼끗 쳐다보며 입속말로 '약조…?'라고 중얼거리다가 몹시 시쁘장스러운 어투로 뭐냐고 물었다.
"역도를 토벌하고 나면 승화후 목숨은 구해주시오."
김방경은 왕온을 살리는 것은 왕준의 간곡한 부탁이기도 하지만, 원종이 바라는 일이라면서 흘금 홍다구 눈치를 살폈다.
"지금 뭐라고 했소이까? 누구를 살려달라고?"

홍다구는 대뜸 눈에 살기를 띠며 버럭 소리를 질렀다.
"장군의 심기는 이해하고도 남음이 있으나…, 이제 오래전 일이니, 그만 잊고 너그러운 마음으로 관용을 베풀어주시오."
김방경은 왕준 입장을 고려하여 차마 맞대꾸질하지 못하고 비굴하게 저자세를 취했다.
"아무리 세월이 지났어도, 내가 이렇게 시퍼렇게 살아 있는 한 어림도 없소이다."
홍다구는 기어코 아비의 원수를 갚고 말겠다고 했다. 하지만 그건 어디까지나 앙갚음을 하겠다는 홍다구 분심이고, 기실 잘못을 저지른 쪽은 홍다구 아비 홍복원이었다.
홍복원은 몽고군에게 투항하여 동경총관이라는 벼슬을 얻은 자로, 몽고군이 고려로 쳐들어올 때마다 길잡이를 자처했던 자였다. 그런 그가 어느 날 몽고에 인질로 와 있는 고려 황자 왕준을 모욕한 일이 있었다. 그러나 기실 왕준은 황자가 아니라 고종의 조카이자 현종의 후손인 영녕공이었다. 그런 그를 고종이 황자로 둔갑시켜 원종을 대신하여 볼모로 보냈다. 이런 사실을 까맣게 모르는 몽케는 왕준에게 몽고 황족 딸과 혼인시켜 몽고에 눌러살도록 했다. 황족 딸은 서방이 된 왕준이 홍복원에게 모욕당한 자초지종을 낱낱이 알고 홍복원을 꾸짖었다. 홍복원은 잘못을 빌며 전 재산을 다 바칠 테니 용서해달라고 했다. 그러나 황족 딸은 몽고에 빌붙어 사는 한낱 천더기 같은 작자에게 서방이 모욕당했다는 분개심을 참을 수 없어, 몽케에게 사실대로 고하고 벌을 내려달라고 했다. 몽케는 홍복원에게 모욕죄를 물어 장사 수십 명을 시켜 발로 밟아 죽이게 하고, 가산까지 몰수했을 뿐 아니라 홍복원의 처와 두 아들인 홍다구와 홍군상에게 형틀을 씌워 옥에 가두었다. 그 후로 늘 그 일에 대한 악감정을 품고 살아오던 홍다구는, 마침 별초군이 세운 오랑국 황제가 왕준의 친형인 왕온이라는 사실을 알고 아비 원수를 갚겠다고 나선 것이다. 반면 왕준은 자신 때문에 형이 죽임을 당할지 몰라, 원종을 찾아가 왕온을 살려달라고 애원했다. 원종은 왕준이 자신을 대신해서 가짜 황자로 인질로 잡혀갔던 일이 있는 터라 청을 거절할 수 없었다. 궁리하다가 왕준을 삼견원으로 내려보내 김방경과 의논하여 왕온을 살릴 방도를 찾도록 하라고 한 것이다.

"내가 사죄를 하면 아니 되겠소?"

김방경은 함께 전장에 나선 자신을 보아서라도 마음을 바꾸어 달라며 불고염치로 간청했다.

"영녕공이 여기까지 왜 따라왔소이까? 형을 살리겠다고 온 줄 내가 모르는 줄 알았소이까? 하지만 어림없소이다."

홍다구는 장담하건대 왕온이 살아날 가망은 절대로 없을 것이라고 소리쳤다.

"그래도 고려 황제 사촌인데…, 다시 생각해 보지."

흔도는 남의 일에 끼어들기가 곤란한 듯이 은근히 홍다구를 달랬다.

"소장이 원한 때문에 이러는 줄 아시옵니까? 그자는 역도 우두머리가 아니옵니까? 역도를 토벌하러 왔는데, 그 우두머리를 살려둔다는 것이 말이 되는 소리이옵니까?"

홍다구는 제풀에 노여움이 북받치는지 낯빛까지 시허예졌다.

"아무리 그렇다고는 하나, 고려 황제가 애걸하는데…."

흔도는 원종의 부탁을 나 몰라라 한다면 쿠빌라이의 원성을 살 수 있다고 했다. 하지만 홍다구는 '설마하니 칸께서 소장을 죽이시기야 하겠소이까?'라며 왕준에 대한 격렬한 경멸감을 드러내면서까지 기필코 왕온을 죽이겠다고 했다. 그때 병졸 하나가 막사 안으로 들어서며 '개경에서 고을마 장군께서 오셨사옵니다.'라고 했다. 흔도는 몹시 기다렸다는 듯이 병졸을 향해 '그래…? 어서 들라고 해.'라고는 검측스럽게 웃었다. 병졸은 알았다고 대답하고는 돌아서서 힘차고 절도 있는 걸음걸이로 막사 밖으로 나섰다.
"이제야 대대적인 공격을 할 수 있게 되었사옵니다."
홍다구는 말은 그렇게 했으나 별초군을 토벌하게 되었으니 왕온은 죽은 것이나 마찬가지라는 듯이 들뜬 목소리였다.
"아직 단언하기는 일러."
흔도는 지레 물색없이 좋아하지 말라고 했다.
"들어보나 마나 빤한 일 아니옵니까?"
홍다구는 흔도가 쓸데없이 군걱정을 한다고 했다. 그때 고을마가 들어서며 흔도를 향해 '오랜만이옵니다.'라며 허리 숙여 인사를 했다. 흔도는 먼 길을 오느라 노고가 많았다는 지극히 단출한 말투로 대꾸하고는 '병선과 군마는 언제 보내준다던가?'라고 물었다. 고을마는 고개를 조금 숙여 보이고는 소맷배래기 속에서 서찰을 끄집어내어 건넸다. 흔도는 눈알을 뒤굴리다가 '이게 뭔가?'라며 받아 쥐었다. 고을마는 나직한 음성으로 탈타아가 칸의 명을 받아 보낸 것이라고 했다. 흔도는 뭔가 이상한 느낌이 드는지 머리를 갸웃 기울이며 피봉을 뜯고서 속지를 꺼냈다. 펼쳐진 서찰에다가 눈을 떨어뜨린 채 묵묵히 읽고는 고을마를 향해 '이게 사실인가?'라고 물었다. 고을마는 고개를 까딱 숙여 보이고서 '병선 140척이 다 만들어지는 대로 고려 수군을 내려보낸다고 하옵니다.'라고 대답했다.
"무슨 내용이기에 그러시옵니까?"
홍다구는 험상스럽게 눈알을 이리저리 빠르게 굴리며 물었다. 흔도는 한숨을 섞어 '이거 야단이로군.'이라고 중얼거리다가 김방경을 향해 전라도 일대에서 끌어모을 수 있는 식량과 장정이 얼마나 되는지 물었다. 김방경은 머릿속에 이상한 느낌이 그득그득 몰려드는 탓에 입이 떨어지지 않았다.

"대체 무슨 내용이기에 그러시옵니까?"

홍다구는 같은 말을 되풀이하면서 말끄러미 쳐다보았다.

"군량과 군마를 보낼 형편이 안 된다며 전라도에서 보충하라니…, 이게 대체 무슨 소리인가? 이미 전라도, 충청도, 경상도에서 한 차례 끌어모았거늘…, 얼마나 더 끌어모을 수 있다고 이런단 말이야?"

흔도는 왈칵 짜증이 나는지 목소리가 톡 쏘듯이 날카로웠다. 홍다구는 콧방울을 발룽발룽하며 '뭐라고요?'라고는 떡 벌어진 입을 다물지 못했다.

"역도들이 경상도와 전라도 일대에서 올려보내는 조세까지 약탈질하는 실정이다 보니, 개경에는 세미가 바닥났을 것이오."

김방경은 본의 아니게 해명해야 하는 처지가, 옹색한 변명을 늘어놓는 실없는 놈 취급받는 것 같아 기분이 썩 좋지 않았다.

"그래서 안 된다는 것이오?"

홍다구는 단박에 언짢은 표정을 지으며 할긋거렸다. 김방경은 날을 세운 홍다구 눈초리가 못마땅하여 이맛살을 찌푸리며 노려보았다.

"소장이 나서서 보겠습니다."

나유는 두 사람 감정이 더 격해질까 우려하여 끼어들었다.

"그래…? 무슨 복안이라도 있다는 소리 같은데?"

흔도는 어떤 기대감이 풍기는 목소리로 물었다. 나유는 조상이 대대로 나주에서 살았고 아버지는 장흥 부사를 거쳐 전라안찰사를 지낸 까닭으로 전라도 일대 관헌을 움직일만한 처지가 된다고 했다.

"장흥부사…? 누구를 말함이던가?"

흔도는 호기심이 당기는지 눈알이 반짝였다.

"형부상서 나득황 올시다."

김방경은 마음에 맞지 않아서 퉁명스럽게 대꾸했다.

"오호! 그러면 되었소, 그러면 됐어. 하하하…. 군량과 군사는 걱정할 필요가 없겠어, 하하하…."

흔도는 기분이 좋은지 입을 크게 벌려 웃었다.

9.

해가 떨어지자 날씨는 제법 서늘하고 바다는 잔잔하다. 이문경 일행을 싣고 남도석성을 빠져나간 두 척의 병선은, 고래가 잠들기 시작한 밤바다 위를 부드럽게 미끄러져 갔다. 밤새 항해하여 보길도와 횡간도를 벗어나는 길목에 총총히 자리 잡은 섬들 사이로 빠져나가자, 동녘 하늘이 발그무레하게 물들기 시작했다.

"저것 좀 보시오, 저것이 불덩이 같소? 핏덩이 같소?"

곽연수는 작살 맞은 고래가 흘린 피로 물든 것 같은 동쪽 바다를 가리키며 물었다.

"저건 불가사리 아가리야."

이문경은 병장기 쇠붙이를 닥치는 대로 먹어 치우고 점점 커지는 짐승이 되어 몽고군을 물리치고 싶은 비통한 심정을 새기듯 말했다.

"그렇소, 그 말이 맞소. 오랑캐 놈들 싹 긁어다가 저 아가리 속으로 밀어 넣고 싶소."

곽연수는 이문경 마음이나 다를 것이 없다는 듯 맞장구를 쳐댔다. 그러나 곽연희는 곽연수 말꼬리를 놓이지 않고 '오라버니, 한 줄기 희원 같지 않소?'라고 물었다. 곽연수는 고개를 빨딱 뒤로 젖히며 '희원…?'하고서 냉소를 머금었다. 이문경은 약간 동 서린 눈으로 곽연희를 넌지시 쳐다보며 '어째서 그런 생각을 한 것인가?'라고 물었다. 곽연희는 어깨를 웅크리며 슬그머니 시선을 돌리고는 무언가 궁리하는 표정으로 천천히 입을 뗐다.

"저 해가…, 오랑캐 놈들 압제에 신음하는 백성에게 새날을 밝히는 것 같지 않사옵니까?"

"맞는 말이야…, 백성이 있어야 오늘이 있고 내일도 있지. 오늘과 내일이 있어야 나라도 있으니…. 우리가 그런 희원을 품지 않았다면 오랑캐와 싸울 까닭이 없지 않더냐."

이문경은 새날이 밝아온다는 말에 감명을 받아 콧등이 찡했다.

"듣고 보니 맞소. 세상이 아무리 오랑캐 놈들 판이라고 하지만 하늘이 무너지지 않았으니, 언젠가는 오랑캐 놈들도 끝장날 것이고…, 그리되면 나도 장가가서 자식 서넛 낳고 오순도순 살날이 오지 않겠소."

곽연수는 땅을 일구는 농군이 된 양 타령조로 맞장구를 놓았다. 순간 이문경은 자신도 모르게 덜컥 곽연희에게 빨려가는 느낌이 가슴을 스치는 통에 그만 고개를 빠뜨리고 침음했다. 곽연수는 그런 표정을 보자 마음속에 이상한 감회가 뭉클하게 솟아오르는 통에 '형님.'하고 불렀다. 이문경은 고개를 외틀어 쳐다보다가 왜 그러냐는 듯 턱을 약간 들었다. 곽연수는 혓바닥으로 입술을 한번 축이고는 웅숭깊은 목소리로 '이제 누이 마음을 받아 주지 그러시오?'라고 했다. 이문경은 갑자기 애틋한 감정이 얼얼하게 머리 위로 올라오는 통에 스르르 두 눈을 감고는 치밀어 오르는 연민의 정을 자그시 가라앉혔다. 그러나 곽연희는 가슴속에 꾹꾹 눌러놓았던 연모의 정어 빨갛게 익은 석류처럼 톡 터지면서 얼굴에 홍조가 물들었다.

"내가 버적버적 애가 타서 죽을 지경이오."

곽연수는 이문경이 곽연희에게 애틋한 마음이 없는 것도 아닌데, 굳이 본심을 감출 게 무엇이냐고 따졌다. 이문경은 붉게 물든 도도록한 뺨을 손등으로 가리는 곽연희를 개맹이가 풀린 눈으로 쳐다보았다. 그러다가 이내 콧바람을 내고는 팔자 타령하듯 '고려에서 태어난 죄가 아니냐?'라며 다소 과장기가 섞인 한숨을 내쉬었다.

"또 그 소리요? 고려에서 태어난 것이 형님 잘못이오? 누이 잘못이오? 빌어먹을 땅에서 태어난 놈들은 대체 무슨 큰 죄를 지었다고 연정도 못 품는단 말이오?"

곽연수는 한 여자의 순정을 받아들이는 마음을 지어먹는 것이 그렇게 힘든 일이냐고 잔소리를 퍼부었다.

"온 강토가 오랑캐 말발굽 아래 짓밟혀서 너나 나나 숨을 쉬는 것조차 거북스러운데…, 살아도 산목숨이 아니지 않느냐?"

이문경은 숙명적인 굴레를 짊어진 채 어디에 한눈팔 겨를이 없다는 말로 물음을 피해갔다.

"고려 백성 중에 살고 싶어서 사는 자가 몇이나 되겠소? 목숨이 붙어 있으니까 마지못해 그저 살아가는 것 아니오? 그런데도 다 혼인도 하고, 자식도 낳고, 노부모 봉양도 하면서, 겨우겨우 명줄을 이어가는 것이 무엇 때문이라고 생각하시오?"

곽연수는 야속한 마음을 금할 길이 없다는 듯이 원망이 얹힌 말을 에둘러서 쏟아냈다. 이문경은 귀밑을 붉히며 고개를 소곳한 채 뱃머리에서 쪼개져 뒤로 밀려가는 물살을 응시하고 있는 곽연희를 쳐다보았다. 바닷바람이 건드려놓은 긴 머리카락이 자신을 향해 폴랑 달려드는 것 같았다. 거기다가 훔훔하게 익은 다래 속살 냄새 같은 미묘한 것까지 확 코끝으로 끼쳐 왔다. 그러자 관능적인 충격으로 전신에 소름이 죽 돋아났다. 그것은 영혼은 어디로 가버리고 덩그러니 남은 육신이 가지려는 맹렬한 성욕 발동이었다. 불끈불끈 솟아오르는 성욕을 툴툴 털어내려고 뱉어낸다는 게 기껏 '남장을 하는 것이 좋겠어.'라는 말이었다.

"지금 뭐라고 했소? 누이보고 남장하라고 했소?"

곽연수는 바닷바람에 묻혀 흘러가는 말을 잽싸게 잡아챘다.

"삼견원으로 숨어들 때 해보지 않았나?"

이문경은 새삼스러운 소리 하지 말라고 했다. 곽연수는 이맛살을 찡그리며 쳐다보다가 냉랭하게 '그때는….'이라며 이문경의 의중을 헤아렸다.

"그리해야 놈들이 낮잡아 보지 않을 것 아닌가?"

이문경은 곽연희가 표적이 되지 않게 하기 위해서라고 했다.

"그러니까…, 뭐요? 혹시라도 누이가 상하게 될까 걱정이다, 이런 말 아니오?"

곽연수는 대뜸 표정이 밝아지며 이문경 속내를 슬쩍 넘겨짚고는, 마음을 추스르고서 곽연희를 향해 말을 이어나갔다.

"너도 들었지? 형님께서 네 걱정을 다 하신다. 어서 남장해야겠다."

말없이 출렁이는 바닷물만 내려다보던 곽연희는 수긋한 고개를 들고는 무심히 흘러가는 실구름을 쳐다보았다. 기실 마음에 품은 이문경을 위해서라면 못할 것이 없었다. 여염집 규수로서 이문경을 지아비로 맞이하여 단 하루를 살고 목숨을 내놓아도 아깝지 않았다.

그러나 이문경은 냉정함을 허물지 않아야 하는 본능적 저항과 가슴앓이하는 곽연희 심정을 헤아려야 하는, 두 개의 마음을 평행하게 놓아두려고 할수록 심기가 불편했다. 그리하여 이럴 때 곰살갑게 대해 주고 싶은 마음이 쩌릿쩌릿하게 일어나는 건 어쩔 수가 없었다. 하지만 감정을 에누리할 적절한 말을 찾는다고 해야 고작 '아직 뱃길이 구만리 밖인데….'라는 멋없는 소리뿐이었다.
"아따, 뱃길이 많이 남은 줄 누가 모르요? 내 참…."
곽연수는 세심한 관심은 차치하고라도 인간미마저 찾을 수 없는 이문경의 말이 야속하게 느껴지는 통에, 짐짓 화난 소리로 퉁바리를 놨다. 이문경은 듣기가 씁쓰름했던지 히물 웃고는 곽연희를 할긋 쳐다보았다. 수평선에 눈을 부은 채 가만있던 곽연희는 이문경을 향해 고개를 기울이다가 눈이 마주치자, 반사적으로 약간은 서먹하고 부끄러운 미소를 짓고는 한 걸음 다가가 '삼견원에 김방경 장군께서 와 계신 것 아시죠?'라며 멋쩍고 얄궂은 기분을 풀었다. 이문경은 숨을 들이그으면서 그렇다고 했다.
"지난번에 오라버니와 삼견원에 숨어들었을 때 보았사옵니다."
곽연희는 조양필과 초천익을 왜에 사신으로 보냈다는 소리는 김방경 막사에 흘러나오는 것을 엿들었다고 했다. 이문경은 가타부타 말하지 않고 턱을 쳐들어 하늘을 올려다보았다. 곽연희는 한하듯 서글픈 목소리로 '뵙고 싶지 않사옵니까?'라고 물었다.
"건강해 보이시더냐?"
이문경은 동문서답으로 속마음을 감추었다.
"뵐 수는 없었지만…, 건강하신 것 같았사옵니다."
곽연희는 김방경의 오달진 목소리만으로도 건강을 가늠할 수 있었다고 했다.
"노체를 이끌고 전장에 나오실 게 뭐람?"
이문경은 이성과 묵시의 두 사고가 혼화되지 못하고 갈등을 일으켰다.
"그러니, 탐라로 떠나는 것이 차라리 잘 된 것 아니오?"

곽연수는 참다못해 한마디 거들었다.
"그렇사옵니다. 진도에 남았다면 서로 칼을 겨누게 되고 말 터인데…, 피하게 되었으니 다행한 일이 아니옵니까?"
곽연희는 딱하고 기가 막힐 노릇을 피하게 되었다며 안도하는 모습이었다.
"글쎄다…, 나는 왠지 그 어른과 묶인 끈이 운명의 올가미에 걸린 것 같구나."
이문경은 마치 조만간에 일어날 비운을 예견한 것처럼 시무룩한 얼굴로 말했다.
"탐라로 가면, 다 잊을 건데 풀고 말고 할 게 어디 있겠소?"
곽연수는 짐짓 별일 아닌 것처럼 능갈치는 소리를 뱉었다.
"오라버니…, 오늘은 응양군대장군 나리가 많이 보고 싶소. 남송으로 건너가신 후 어떻게 지내시는지…."
곽연희는 문득 이천에 대한 애틋한 그리움이 새삼스레 서럽게 북받치는지 눈시울이 볼그족족히 물들었다.
"이러고 있을 것이 아니라…, 전법을 논의해두는 것이 좋겠어."
이문경은 착 가라앉은 분위기를 누그러뜨릴 요량으로 화제를 바꾸어 비양도에 도착한 다음의 일을 모의하자고 했다.
"언제 그 소리를 하나 기다렸소."
곽연수는 좀이 쑤시고 갑갑하며 견딜 수가 없던 차에 잘 되었다며 푼수데기 주모처럼 호들갑스럽게 반겼다. 이문경은 한 걸음 뒤로 물러나 품 안에서 소가죽에 그려진 지도를 끄집어내어 펼쳤다. 전복 껍데기를 닮은 섬 하나가 덩그렇게 그려진 지도는, 위치와 정확성은 도무지 분별이 어렵고 먹물을 물고 지나간 붓 자국만으로 공간을 인식하는 보잘것없는 것이었다.
"비양도 서쪽에 도착하면 밤이 되기를 기다렸다가, 잠입선을 타고 접근하여 섬에 닿자마자 봉화대로 오른다."

이문경은 지도 서쪽에 표시된 작은 점을 찍으며 말하고는 곽연수를 향해 자신 있느냐고 물었다.

"걱정하지 마시오, 봉화대에 있는 놈이라고 해봐야 고작 서넛 아니겠소?"

곽연수는 횃불을 흔들면 지체 말고 병선을 갖다 댈 준비나 해두라고 했다. 이문경은 흘긋 눈을 흘기며 '자만은 금물이야.'라며 경각심을 심어 주고는 하던 말을 다시 이어나갔다.

"놈들이 깨기 전에 명월포 관아를 수중에 넣으려면 태풍처럼 한꺼번에 몰아쳐야 해."

"알았소, 봉화대 군사만 없애고 나면 곧장 명월포로 건너가겠소."

곽연수는 본진이 비양도에 상륙하기 전에 명월포 관아를 기습할 준비를 해두겠다고 했다.

"만만찮게 보지 말고, 소리 없이 접근해야 좋을 것이야."

이문경은 희생을 줄일 수 있게 도둑처럼 은밀하게 행동하라고 했다.

"그거야 어렵지 않지만…, 관아를 점령하고 난 뒤 고여림이 군대를 몰고 나타난다면 어쩔 것이오?"

곽연수는 겨우 120명의 군사로 일천이 넘는 관군을 상대하기란 중과부적이라고 했다.

"진도를 떠날 때부터 예상했던 일이잖아?"

이문경은 애당초 수적 열세를 각오하고 적진 속으로 뛰어든 만큼, 사생결단을 각오한 일이라고 말하고는 말끄러미 곽연희를 쳐다보았다. 곽연희는 이문경과 눈이 마주치자 연정이 고인 나긋한 두 눈을 스르르 내리깔았다. 이문경은 모로 시선을 흘리고 마는 곽연희를 보자 온몸으로 야릇한 기운이 흘렀다. 그러나 부러 근엄한 표정을 띠며 입을 뗐다.

"함덕현으로 가서 양호에게 서찰을 전달해야겠어."

곽연희는 고개를 보시시 들고는 이마에 흘러내린 머리카락 서너 가닥을 쓸어 올리며 고개를 끄떡거렸다.

"누이를 남장하라고 한 것이 그 때문이었소?"

곽연수는 처사가 마음에 들지 않다는 듯이 골난 소리로 뚝 쏘아붙였다.

"명월포에서 관군과 싸우는 것보다 나을 것이야."

이문경은 싸움터에 나서면 몸을 사리지 않는 곽연희를 위해서 결정한 일이라고 했다.

"…?!"

곽연수는 표정이 누그러지면서 눈알을 재빨리 굴리며 고개를 갸웃거렸다.

"양호가 망설이겠지만…, 결국 우리 뜻을 따르게 될 것이야. 우리는 명월포를 점령한 뒤 곧장 동제원까지 진격하여 진을 치고 관군을 기다릴 것이니, 양호에게 관군 배후를 치라고 해."

이문경은 곽연희를 향해 고여림이 알아차리기 전에 양호에게 서찰을 전달하고 사정을 잘 설명하라고 했다. 곽연희는 조금 전과는 달리 광채가 도는 눈빛으로 알았다고 대답하고는 끄덕 고개를 숙였다.

"한데…, 그 먼 길을 걸어서 갈 수 없지 않소?"

곽연수는 어디서 어떻게 말을 구한다는 것인지 물었다.

"명월포 관아 마구간에서 빼내야지."

이문경은 전령용 말을 곽연희에게 주라고 했다.

"알았소. 한데…, 양호가 뜻대로 안 따라준다면 어떻게 할 거요?"
 곽연수는 혹여 양호가 곽연희를 잡아다가 고여림에게 갖다 바치거나 볼모로 잡아둘 것이 걱정되었다.
 "양호가 이판사판으로 대들 수밖에 없는 사정을 알지 않느냐?"
 이문경은 성주 자리를 되찾으려는 고복수와 판가리싸움을 앞둔 양호로서는 별초군 제안을 거절하지 못할 것이라고 했다.
 "하지만 워낙 뒤변덕스러운 놈이라 언제 또 마음이 바뀔지 누가 알겠소?"
 곽연수는 양호와 고복수 사이의 갈등을 모르는 것은 아니지만, 마음속에 조금 꺼림칙하게 남은 미심쩍은 기색을 드러냈다.
 "오라버니, 걱정마시오."
 곽연희는 마음 안에 각오가 단단히 서 있는 말로 곽연수를 안심시켰다. 하지만 밑바닥에 깔린 속내는, 이문경을 위하는 일이기에 기꺼이 나서겠다는 당찬 각오 때문이었다. 이문경은 그런 마음을 알기에 마음 한 모서리가 허수하게 비어 오는 것을 꾹 누르고 태연한 척했다. 그러나 그 마음은 결코, 평온하지 않아 고개를 뒤로 젖혀 하늘을 올려 보았다. 그사이 하늘은 흐리터분한데 부는 바람은 건들바람이었다. 순풍에 돛을 부풀린 병선은 탐라를 향해 기세 좋게 나아갔다. 높은 돛대 끝에서 펄럭거리는 깃발을 쳐다보는 이문경의 얼굴에 어리는 일말의 불안이 파도 따라 기우뚱기우뚱 흔들렸다.

10.

　김방경은 물때를 골라잡아 관군과 몽고군 4,500명을 태운 병선 95척을 동원하여 연막전술을 펼쳤다. 병선 63척에 태운 별동대를 송도 앞쪽으로 전진 배치하여 송도 뒤쪽 석도와 소래도를 이어 저지선을 구축했다. 그러면서 동쪽으로 조금 떨어진 추도에는 주력군 병선 32척을 포진시켰다. 이에 맞서는 배중손은 별초군 병선을 심몰곶부터 감부도 앞쪽까지 널리 벌려 부채꼴 모양으로 진을 쳤다.
　별초군 병선을 살피던 김방경은 용총줄에 묶인 검은 노끈 두 개가 펄럭거리는 병선을 발견하고서야 이신손이 출전했음을 알고 안도했다. 목표물 찾아내자 병선을 일정한 간격으로 벌려 세우고 공격 명령을 내렸다. 동시에 북소리가 당당 울리기 시작하면서 관군 병선들이 썰물을 타고 떠밀리듯이 앞으로 나아갔다. 반면 별초군 병선은 물살에 밀리지 않으려고 부지런히 삿대질해대며 제자리에 맴돌았다.
　서서히 몰려간 관군 병선이 별초군 병선과 아귀(餓鬼)들처럼 맞부딪히자 파도에 밀려 월거덕덜거덕 흔들리며 할딱거렸고, 양쪽 군사들은 길에서 원수와 맞부닥뜨린 양 칼부림을 해대며 서로를 물어뜯었다. 죽고 사는 문제가 걸린 만큼 그야말로 고삐 풀린 찌러기 소같이 길길이 날뛰며, 상대 목숨을 빼앗으려 혈안이 되어 날뛰느라 그 무엇도 눈에 들어오지 않았다. 양쪽 병선으로 오가며 닥치는 대로 서로 베고 찔러대는 동안 군사도 병선도 개가 물어뜯은 거적때기처럼 갈래갈래 찢어졌다.

쟁쟁쟁쟁 요란한 칼 부딪치는 소리와 원귀의 아우성 같은 고함이 질펀하게 놀고 있을 때, 이신손은 계획대로 나유가 지휘하는 관군 병선으로 옮겨 탔다. 나유는 즉시 돛대 끝에 붉은 깃발을 내걸었다. 이를 본 김방경은 퇴각 신호를 보냈고, 관군 병선들은 일제히 뱃머리를 돌렸다. 때마침 물때도 밀물로 변하면서 물길이 북서쪽으로 방향을 틀기 시작했다. 게다가 바람 기세마저 적당하여 음양으로 도왔다.

노영희는 관군과 몽고군이 실세한 것으로 판단하고서, 별초군 병선들을 지휘하여 뒤쫓아 갔다. 하지만 살대같이 쫓아가던 기세가 얼마 지나지 않아 꺾이고 말았다. 별초군 병선이 송도를 넘어서자 추도 뒤에 숨어있던 관군 주력군 병선 32척이 나타나 가로막았기 때문이었다. 급히 뱃머리를 뒤로 돌려 후퇴할 수밖에 도리가 없었다.

이신손은 삼견원 포구에 닿자마자 나유와 함께 병선에서 내려 기다리고 있던 박천주 안내로 흔도 막사로 향했다. 주눅 들고 힘없는 몰골로 막사 안으로 들어서자 흔도와 홍다구 그리고 김방경이 기다리고 있었다. 박천주는 김방경을 향하는지 흔도를 향하는지 모를 어중간한 꼴로 고개 숙여 인사를 했다.

"상장군이 포섭했다는 그자인가?"

흔도는 이신손을 음충스레 노려보며 거드럭거리는 태도로 물었다. 박천주는 한 발 앞으로 나서서 허리를 굽혀 그렇다고 대답했다.

"그대가 그동안 역도들과 모반에 가담한 것을 생각하면 당장 극형에 처해야 하나, 놈들을 무너트릴 묘책이 있다 하니…. 토벌에 성공한다면 칸께서 다시 옛 관직에 복귀토록 해줄 것이나, 그렇지 못할 때는 목을 내놓아야 할 것이야."

흔도는 약자를 누르는 강자의 힘을 과시하듯이 한껏 위압적인 목소리로 떠벌리면서 이신손을 더욱 곤비하게 만들었다. 이신손은 큰 동작으로 허리를 푹 숙이면서 '명심하겠사옵니다.'라고 대답했다. 흔도는 턱주가리를 들어 딱딱한 나무 의자를 가리키며 앉으라고 했다. 이신손은 너부죽이 고개를 숙이고는 천천히 다가가 앉았다. 경멸하는 눈초리로 쳐다보던 홍다구는 이신손을 향해 시큰둥한 말투로 '묘책이 무엇인지 말해보아라.'라고 했다. 이신손은 앉은자리에서 홍다구를 향해 고개를 까닥하고는 김방경을 쳐다보며 입을 뗐다.

"별초군은 수군이 강하기 때문에 해전으로는 승산이 없사옵니다."

"그것이야, 울돌목 물살이 워낙 거세어 그런 것이 아닌가?"

홍다구는 해전에 취약한 몽고군을 얕잡는 투로 말하는 것이 거슬린다는 듯이 악다구니를 쏟아냈다.

"아…, 마저 들어봐."

흔도는 홍다구를 향해 엉뚱한 소리 하지 말고 가만있으라고는 다음 말을 기다렸다. 이신손은 착 내리깔았던 눈을 반하게 뜨고서 흔도를 쳐다보며 입을 뗐다.

"힘들여 해전에서 승리를 거두었다고 한들 성을 공략하지 못한다면 무슨 소용이 있겠사옵니까? 해전에 치중하기보다는 용장성을 공략할 수 있는 병장기를 옮겨야 할 것이옵니다."

"놈들이 코앞에서 수백 척의 병선으로 버티고 있는데, 무슨 수로 넘어간다는 것이냐?"

흔도는 제법 일말의 기대감이 어리는 얼굴로 나지막하게 물었다.

"간책에 걸려들도록 유인하는 것이 합당할 것이옵니다."

이신손은 별초군이 계책에 말려들도록 해야 승산이 있다고 했다.

"계책을 세워두었다는 소리 같은데…, 어디 말해보아라."

흔도는 넘겨짚어 말하고는 반응을 살폈다. 이신손은 그렇다고 대답하고는 군사를 셋으로 나누어야 한다고 했다.

"셋으로 나눈다…?"

흔도는 침중한 얼굴로 눈알을 굴리며 생각하다가, 곧 눈빛을 달리하며 계속 말해보라고 했다.

"한 무리는 벽파정을 공격하여 별초군 주력 군사를 울돌목으로 유인하고, 그사이 한 무리는 사슴섬 뒤쪽으로 돌아 굴섬과 넙섬 사이로 상륙하여 용장성 서쪽 문으로 진격하고, 나머지는 감부도로 내려가 운무골 해안가에 상륙하여 용장성 동쪽을 치면 되옵니다."

이신손은 그동안 용장성 주변 지세를 면밀하게 관찰하여 생각해낸 것을 개략적으로 설명했다. 흔도는 대체로 수긍한다는 듯이 고개를 주억거리다가, 이내 김방경을 향해 '어떠시오?'라고 물었다. 김방경은 곰곰이 생각에 잠긴 잔잔한 눈을 돌려 이신손을 쳐다보며 '역도들이 가진 병선이 모두 몇 척인가?'라고 물었다. 이신손은 분명한 어조로 250척이라고 대답했다.

"그렇다면…, 군사를 나누어 벽파정을 공격했다가 자칫 당할 수 있지 않겠는가?"

김방경은 군사를 총동원하여 한꺼번에 몰아붙여도 승리를 장담하기 어려운데, 절반도 못 되는 군사로 공격하기란 위험부담이 너무 크다고 했다.

"그렇지가 않사옵니다. 겉보기에는 멀쩡해 보여도 선체가 부서지고 바닥에 구멍 난 병선이 절반에 가깝사옵니다."

이신손은 보기와는 달리 제구실을 톡톡히 하는 병선은 많지 않다고 했다.

"그것이 정말이란 말이더냐?"

김방경은 뜻밖에 일이 잘돼 나간다는 느낌이 든 나머지 눈이 회동그랗게 떠졌다. 이신손은 일부러 목소리를 낮추어 그렇다고 대답하고는 별초군 동태를 샅샅이 까발렸다. 김방경은 상기된 얼굴에 엷은 미소를 머금고는 천천히 입을 뗐다.

"그렇다면 군사를 나누어도 괜찮겠어. 한데…, 주력 군사를 움직이기 전에 다른 군사는 삼정 해안과 성산 해안으로 미리 이동시켜두어야 한다는 소리인데…. 삼정 해안은 그렇다 해도 성산 해안으로 움직이는 것은 놈들의 감시망을 피할 수 없지 않나?"

"완도를 치러 가는 것처럼 남하하여, 상마도 근처에서 기다렸다가 썰물을 이용하여 올라오면 될 것이옵니다."

이신손은 거기까지 생각해 둔 일이 있는 어취로 말했다.

"그렇다면 굳이 운무골 해안가까지 올라올 까닭이 없지 않은가?"

김방경은 가까운 해안가로 올라가 육로를 이용하여 용장성으로 향하면 되지 않느냐고 했다.

"그렇지가 않사옵니다. 만약 벌포나 장사등골로 올라가면 용장성에 닿기 전에 놈들과 마주치게 되옵니다. 하지만 운무골에 닿으면 재를 하나만 넘으면 바로 용장성 동문이옵니다."

이신손은 운무골 해안가로 상륙하여 난골재를 넘어야 최단 시간에 용장성에 도착할 수 있다고 했다.

"좋아…, 성은 어떠한지 말해보게."

신경을 모으고 듣고 있던 흔도는 용장성 규모와 방어태세를 설명하라고 했다. 이신손은 품속에서 무두질이 잘된 쇠가죽을 끄집어내어 펼치고는 용장성 지도라고 했다. 흔도는 목을 길쭉이 빼고서 눈알을 희뜩 돌리며 쳐다보고는, 김방경을 향해 '크기가 만월대 황궁과 견주어도 손색이 없겠소이다.'라고 했다. 이신손은 김방경을 대신하여 '그러하옵니다.'라고 대꾸하고는 지도를 가리키며 말을 이어나갔다.

"성안에는 사찰을 포함한 크고 작은 건조물만 17개이옵니다. 성문은 6개이며, 성의 둘레는 39,000자에다가 높이는 7자이온데, 곳곳에 치와 적대가 설치되어 있사옵니다."

"드디어, 가져온 무기들을 제대로 써먹을 일이 생겼군."

홍다구는 갑자기 자신감이 넘치는 얼굴로 포차와 운제, 대우포를 운운했다.

"맞는 말이야, 이제야 본때를 보여줄 때가 왔어."

흔도는 들은 말을 되풀이하고서 흡족한 듯이 씩 웃었다.

"헌데…, 남쪽 천둥산 아래에도 성이 하나 있지 않더냐?"

김방경은 남도석성에 주둔한 별초군이 마음에 걸리는 눈치였다.

"있긴 하오나…, 그다지 크지도 않을뿐더러 군사라고 해야 겨우 200여 명뿐이옵니다."

이신손은 걱정할 일이 못 된다고 말하다가, 이때에야 문득 생각이 났다는 듯이 입을 반쯤 벌려 '아…!'라고는 말을 이어나갔다.

"얼마 전에 강화도에서 장정 수십 명을 이끌고 내려온 자가 있었는데, 그자가 며칠 전부터 안 보이기에 알아보았더니 군사 120

을 이끌고 남도석성으로 내려갔다 하옵니다."
"용장성 군사가 그만큼 줄었으니 잘된 일 아닌가?"
김방경은 대수롭지 않다는 듯이 목소리가 조용했다.
"남도석성에서 병선을 타고 어디론가 떠난 것 같사온데…, 그걸 알아내지 못했사옵니다."
이신손은 구태여 미안한 기색을 감추지 않고, 입아귀에 비굴한 아부 웃음을 걸쳤다.
"완도나 남해도로 간 것이지, 넓은 바다에서 어디로 가겠어?"
홍다구는 불쑥 나서서 제법 아는 체하며 배 모양으로 오므린 손바닥을 앞으로 쭉 밀었다. 이신손은 몹시 멋쩍고 어색한 터에 기분까지 얄궂게 되자, 희어멀뚱한 눈으로 김방경을 쳐다보며 '하옵고…, 놈들이 왜에 사신단을 보냈사옵니다.'라고 했다. 김방경은 매서운 눈초리로 '사신단을…?'이라며 예민하게 생각하다가 이내 짚이는 게 있는 듯 눈빛을 반짝이며 입을 뗐다.
"우리가 왜에 사신단 보낸 것을 알고 보낸 것이란 말이던가?"
"물론이옵니다. 일전에 놈들이 여기를 기습했을 때 간자를 풀어 조양필과 초천익을 왜로 보낸 것을 알아냈다고 하옵니다."
이신손은 김방경이 무슨 생각을 하는지 마음속을 꿰뚫어 보듯이 직접 국서를 써준 것까지 낱낱이 일러바쳤다.
"국서라고…? 그래, 뭐라고 썼는가?"
김방경은 놀라움과 당혹이 엇갈린 눈으로 할기시 노려보며 물었다. 이신손은 엉덩이를 옴질대더니 어깨를 응등그리며 헛기침으로 목을 가다듬고서 천천히 입을 뗐다.
"고려 황제는 몽고 오랑캐에게 항복하였으니, 진도로 도읍을 옮겨 몽고 오랑캐와 대적하는 오랑국이야말로 삼한을 통합한 고려국 정통을 이어가는 나라요. 우리는 사직의 안녕을 도모하고자 수 없이 몽고 오랑캐 침략을 물리쳐왔소. 왜국이 나라를 지키려면 우리와 힘을 합해야 할 것이오…. 요약하자면 이런 내용이었사옵니다."

이야기를 듣고 난 김방경은 심사가 불평하여 비웃는 어조로 '그래…?'라고는 사신단을 이끌고 간 자가 누구냐고 묻자, 이신손은 임열준이라고 답했다.

김방경은 고개를 주억거리다가 흔도를 향해 '이 사실을 칸께 알려야 하지 않겠소?'라고 했다.

"그게 무슨 대수라고…?"

흔도는 별것 아닌 일에 수선 떨 것이 없다고 했다.

"그렇지 않소이다. 만약 왜에서 역도들이 보낸 사신과 부딪혀서 불미스러운 일이라도 생기게 될지도 모르잖소? 꼭 그것이 아니더라도…, 만약 이를 묵과했다가 후에 칸께서 아시게 되는 날에는 그땐 중군행영병마원수께서도 무사하지 못할 것 아니오?"

김방경은 몽고가 왜와 원만한 외교가 이루어지기를 바라는 마음이 간절했다. 그렇지 않을 경우, 쿠빌라이는 왜를 정벌하고자 할 것이고 그리되면 고려는 군마를 포함한 군량미와 병선을 고스란히 떠안아야 하기 때문이었다. 흔도는 책임 추궁을 면할 길 없다는 말에 얼굴이 곧 돌처럼 굳어지고 눈은 퀭하게 들어갔다.

"어찌하겠소? 묵과할 일이 아니지 않소?"

김방경은 거듭 개경에 사람을 보내어 사실을 알리도록 해야 한다며 흔도를 닦아세웠다. 흔도는 생각해 보니 맞는 말인 것 같은지 '으흐흐….'하며 능글맞게 웃다가 곧 둘된 목소리로 '그렇게 합시다.'라고 하고는 몸을 반쯤 돌려 나유를 향해 입을 뗐다.

"전라도 일대에서 끌어모을 군사와 군량은 대략 얼마나 되겠는가?"

나유는 난처한 표정으로 군량미는 2백 석이 조금 넘고, 군사는 천여 명 조금 웃돈다고 했다.
"그게 무슨…? 겨우…?"
흔도는 일순 면상을 찡그리며 힐책하듯 지껄이고는 이내 김방경을 노려보았다. 김방경은 영 못마땅하여 심드렁한 낯빛으로 입을 떼다.
"엿새 만에 그만큼 동원했다면 책망할 일이 아니외다."

그 무렵, 이문경이 이끄는 병선은 은하수가 기우는 삼경쯤에 비양도 서쪽에 도착했다. 별빛이 우르르 내려앉은 고요한 바다 위로 잠입선이 내려지자 곽연수와 곽연희 등 일곱 명이 옮겨탔다. 외판 밖으로 이어진 쇠막대 끝에 달린 발판을 밟아대니 잠입선이 물을 헤치고 서서히 앞으로 나아갔다. 고요한 바다 수면을 소리 없이 물꼬리를 늘어트리는 겉모양이 흡사 머리만 동동 내놓은 황소 꼴이었다.
곽연수 일행은 어렵지 않게 비양도에 숨어들어 봉화대를 지키는 관군 서넛을 손쉽게 해치웠다. 그리고는 서쪽 해안가에 불을 지펴 바다에 떠 있는 이문경에게 알리고서, 곧장 명월포로 건너갔다. 명월포 관아마저도 경계가 예상보다 허술하여 아주 만만하게 점거했다. 곽연희는 예정대로 마구간에서 빼낸 말을 타고 내빼듯이 함덕현으로 향했다. 채찍으로 말 궁둥이를 후려갈겼고, 말은 길바닥에 사납게 볼가져 있는 잔돌을 뒤로 쳐내며 마구 달렸다.

애월포를 지날 즈음 먹구름이 몰려와 하늘을 가리더니 이내 빗방울이 후드득거렸다. 바람까지 스쳐 가면서 곧 장대비로 변했고, 흙먼지를 일으키던 땅은 금세 흠씬 젖어 말발굽 밑에서 찰박거리는 소리를 내기 시작했다. 비바람은 갈수록 더욱 사납게 몰아치고 뇌성벽력까지 하늘을 빼개 놓을 듯이 요란하게 꽈르릉거렸다. 이대로라면 길을 잃어버리기 딱 알맞은 꼴이었다.

어느새 말도 가탈걸음을 치고 있었고, 곽연희는 한 치 앞이 안 보이도록 쏟아지는 빗줄기 틈바구니로 시선을 비집어 넣느라 신경이 곤두섰다. 번개가 번뜩이고 천둥이 우르릉거리는 빗줄기를 뚫고 얼마쯤 갔을 때 낡은 집 하나가 보였다. 곽연희는 말고삐를 조여 잡고 집이 있는 곳으로 향했다.

가까이 다가가자 마른 억새와 보릿짚을 섞어 엮은 지붕에 돌멩이가 소복소복 얹혀 있는 낡은 초막이 나타났다. 말에서 내려 마당으로 들어서 기웃거렸으나 솨 하는 빗소리만 활개를 치고 썰렁했다.

"이보시오! 아무도 없소?"

곽연희는 남자 목소리를 내기 위해 애써 쉰 소리를 냈다. 그러자 비스듬히 기운 방문이 왈칵 열리면서 너덜너덜한 거적이 펄럭였다.

"누구시오?"

문밖으로 빼죽 고개를 내민 노파는 축 처진 목소리로 물었다. 노파 등 뒤로 엉덩이를 뭉개며 옮겨 앉는 그림자가 어른거렸지만, 까막거리는 호롱불이 워낙 어슴푸레하여 잘 보이지 않았다. 곽연희는 잠시 비를 피할 수 있겠는지 물었다. 노파는 눈을 멀뚱히 뜨고 쳐다보며 '이 비에…?'라고는 개신개신 몸을 일으켜 밖으로 나섰다. 곽연희는 허리에 두른 노끈 앞뒤로 헝겊을 달아 음부와 둔부를 가린 노파 옷차림이 딱하여 얼른 고개를 돌렸으나, 이내 본디 모습으로 돌아가 조심스럽게 헛간이라도 좋으니 비를 피할 수 있게 해달라고 했다.

"하이고…, 비바람이 얼마나 모진데….."

노파는 빗물에 함씬 젖은 모양을 애처롭게 바라보다가, 때가 잔뜩 낀 허름한 옷을 허리에 두르고서 나섰다. 문지방 밑에 불룩 솟은 흙더미를 밟고 내려서자, 처마 끝을 우르르 떠나는 빗물이 노파의 머리와 어깨로 벌떼처럼 달려들었다.

"옷이라도 말려야지."

노파는 손으로 머리를 가리며 부엌으로 향했다. 곽연희는 어떻게 해야 할지 몰라 주뼛대면서 부엌 쪽을 기웃거렸다. 노파는 문턱을 넘어서다 말고 뒤돌아서서 '아~! 어서 들어오지 않고?'라며 손짓을 했다. 곽연희는 어정쩡한 표정으로 부엌으로 들어섰다. 컴컴한 부엌 안은 매우 음습하고 을씨년스러운 것이 괴이한 느낌마저 들었다. 노파는 찌그러진 솥단지가 걸린 부뚜막 앞에 쪼그려 앉으며 부지깽이로 아궁이를 쑤셔댔다. 재 속에 숨겨진 불씨를 찾아 관솔을 올려놓고 입김으로 불꽃을 일으키고는 나뭇가지를 분질러 넣었다. 불이 괄하게 지펴지자 노파는 입가에 엷은 미소를 머금으면서 '이제 따뜻해질 거야.'라고는 아궁이 앞으로 다가앉으라고 했다.

곽연희는 불꽃을 보자 비로소 어깨에 도사리고 앉은 싸늘한 냉기가 느껴졌다. 염치 불고하고 후줄근하게 젖은 무거운 몸을 추슬러 아궁이 앞으로 다가앉았다. 활활 타는 불을 쬐자 젖은 몸에서 김이 무럭무럭 일어났다.

"보아하니 탐라사람 같지는 않고…, 어디서 왔나?"

노파는 몽톡한 나무토막 하나를 아궁이에 밀어 넣으며 물었다. 곽연희는 대답하지 않고 두 손으로 볼을 감싸며 시선을 아궁이 속으로 던졌다.

"말 못 할 사정이 있는 것 같군, 어휴~."

노파는 더 물어보았자 소용없을 것 같은지, 두 손을 무릎에 집고서 '끙.'하는 소리를 내며 일어나고는 구석진 곳으로 발걸음을 옮겼다. 부뚜막 이맛돌에 놓인 대소쿠리를 들고 와 귤을 내밀어 먹으라고 했다. 곽연희는 눈을 휘둥그레 뜨고서 '이게 뭡니까?'라고 물었다. 노파는 개개풀어지는 어투로 '배고프지 않아?'라고는 받으라는 시늉을 했다. 곽연희는 두 손으로 공손하게 받으며 '이런 것을 어떻게…?'라며 비로소 노파를 똑바로 바라보았다.

"바닷물에 씻어서 바람 잘 통하고 어두운 곳에 매달아두면 여러 달 두고 먹을 수 있어."

노파는 귤 껍데기처럼 쪼그라지고 부황이 든 얼굴로 쳐다보며 먹으라고 권했다.

"이렇게 귀한 것을…."

곽연희는 말끝을 흐리마리하면서도 살며시 받아들었다.

"어디로 가다가 비를 만난 것이야?"

노파는 곽연희를 요모조모 뜯어보며 물었다. 곽연희는 시선이 부담스럽기도 하거니와, 남자 목소리를 낸다는 것이 영 자신이 없어 대답을 망설였다.

"개죽음당하는 사람이 수없는 세상에, 말 못 할 복잡한 사연 없는 사람이 한 둘이겠어?"

노파는 괜히 자신의 기구한 신세를 넋두리하듯 조용조용 말했다. 곽연희는 삶의 갈피갈피에서 배어난 고달픈 흔적이 뚜렷한 주름진 노파 얼굴을 쳐다보다가 살짝 고개를 돌렸다.

"이놈의 쥐새끼들이 또…."

노파는 옆구리가 울퉁불퉁 불거져 나온 토담 아래 빼끔 뚫린 벽 사이로 들락날락거리는 쥐들을 향해 막댓가지를 흔들어댔다. 그러다가 쥐구멍으로 다가가 짓쑤시다가, 막댓가지가 툭 부러지자 '사람 먹을 것도 없는데….'라고 투덜거리며 아궁이로 쏙 던져 넣었다.
"오죽 배가 고팠으면 저러겠어요."
곽연희는 쥐가 사람을 무서워하지 않으니 배를 너무 곯은 것 같다고 했다.
"짐승이나 사람이나 배가 등가죽에 붙으면 먹을 것 말고는 뭐가 눈에 보이겠어."
노파는 한숨을 섞어 말하고는, 까끄름한 눈초리로 귤이 담긴 대소쿠리를 쳐다보며 '무슨 수로 저걸 300포자 만들어.'라고 넋두리 같은 혼잣말을 했다. 곽연희는 무슨 말인지 의아쩍은 눈초리로 쳐다보며 고개를 갸웃거렸다.
"탐라에서 나는 걸 남김없이 다 끌어모아도 300포자 안 되는데, 이번에는 무슨 일이 있어도 양을 맞추라고 하니 이젠 다 죽은 목숨이나 마찬가지야."
한탄을 금치 못하는 노파 눈에는 말할 수 없는 비애의 그림자가 어른거렸다. 곽연희는 손에 쥐어져 있는 귤을 들어 보이며 '300포자…? 누가요?'라고 물었다.
"오랑캐 놈들한테 바쳐야 한다고 개경에서 내려온 관군들이 난리굿을 치지 뭐겠어. 그뿐이 아니야, 백성 등골을 처먹는데 얼마나 지랄을 쳤으면 몇 해 전 봄에는 문행노라는 사람이 주동이 되어 백성들이 난을 일으켰지, 그땐 난리가 아니었어."
노파는 관군은 몽고군 수족 노릇 하며 백성을 함부로 박해하고 토색질도 일삼는다고 했다. 곽연희는 기가 막혀 숨겨놓은 할 말을 찾는 것처럼 몸을 꼼틀거렸다.
"병선까지 만들어 바치라 하니, 성한 남정네는 몽땅 조선장에서 노역에 시달리는데 누가 귤 농사를 지어."

노파는 노역도 노역이지만 할당받은 귤 농사가 훨씬 더 걱정이라고 했다. 곽연희는 눈을 반뜩대며 '병선을 만들어요?'라고 물었다. 노파는 갑자기 벌겋게 달아오른 볼을 씰룩거리며 격앙된 어조로 '우리 손자가 다리 병신이 된 것도 다 그 때문이지 뭐겠어.'라고 소리쳤다. 곽연희는 문득 방안에서 엉덩이를 뭉개며 옮겨 앉던 그림자가 떠올랐다. 직감적으로 노파가 말하는 손자임을 알고는 조심스러운 목소리로 '어쩌다가요?'라고 물었다. 노파는 마디지고 투박한 손으로 눈가를 훔치고서 고개를 푹 숙이더니, 땅이 무너지도록 한숨을 내쉬었다. 곽연희는 괜한 것을 물어 곤란하게 한 것 같아 슬그머니 고개를 돌렸다. 비루먹은 당나귀 옆구리처럼 여러 군데 무너진 토담 구멍 틈새로 빗물이 스며들어 얼룩덜룩하게 젖었고, 토담 아래 축축한 흙에는 덩어리로 엉켜 있는 지렁이들이 보였다.

"비 올 때 반가운 것은 이것들밖에 없지."

노파는 어느새 다가가 지렁이를 담쏙담쏙 집어 이 빠진 오지그릇에 담았다. 곽연희는 궁금하면서도 말을 붙이지 못한 채 물끄러미 쳐다보기만 했다.

"이놈들을 잘 말려 약을 만들어서, 손자가 몸이 뜨겁고 후들거릴 때 먹이면 나아져."

노파는 손자가 경풍과 경련을 일으킬 때 쓰일 해독제를 지렁이로 만든다고 했다. 곽연희는 애수를 띤 시선으로 노파를 바라보다가 '어쩌다가 그리되었어요?'라고 물었다. 노파는 오지그릇에 담긴 지렁이를 뒤적거리며 '말하지 않았나?'라고는, 고개를 들어 힘이 쑥 빠진 목소리로 말문을 뗐다.

"사내아이는 12살이 되면서부터 해마다 콩 한 섬, 말 한 필씩을 바쳐야 하는데, 우리 같은 비렁뱅이들이 가진 게 뭐가 있어야지.

그래서 아들은 군졸로 끌려갔다가 1년도 못 돼서 죽고, 며느리는 관아로 끌려가 종살이하다가 오랑캐 놈들에게 몸을 더럽히는 바람에 우물에 빠져 목숨을 끊었어. 하나 남은 손자마저도 병선 짓는 데로 끌려가지 않았겠어? 거기서 제대로 먹지도 못하고 노역에 시달리다가 병선에서 떨어져 몸이 저렇게 못 쓰게 되고 말았어."

곽연희는 사연을 알고 나니 공연한 말로 노파 마음을 쑤석거려 힘들게 한 것 같아 미안한 마음이 들었다. 노파는 별로 개의치 않는다는 듯이 오지그릇을 부뚜막에 올려놓았다. 때맞추어 솥 안의 물이 활딱 끓어 울퉁불퉁한 나무 솥뚜껑 밖으로 넘쳐흘러자, 노파가 마른행주를 집어 닦아내며 '사내가 어쩌자고 곱게 생겼나?'라고 지나가는 말처럼 중얼거렸다. 곽연희는 제풀에 놀라서 옷매무새를 고치며 밖을 쳐다보았다. 사납게 몰아치던 빗줄기는 기세가 꺾였으나 바람기는 여전했다.

"그만 가 봐야겠어요."

남장한 본색이 탄로 날까 봐 지레 켕겨 나온 말이었다.

"벌써…? 먹을 것은 없어도, 옷이라도 말려야지."

노파는 조악한 식사나마 차려주지 못한 것이 미안한 눈치였다.

"무슨 말씀을요, 귀한 귤도 먹었고 옷도 이만하면…."

곽연희는 거덕거덕 마른 옷을 더듬더듬 만지며 말하고는 바깥을 엿보았다. 흐리멍덩한 하늘이 곧 벗겨질 기미가 보이자 '비가 그칠 모양입니다.'라고는 나갈 채비를 했다. 노파는 할 수 없다는 듯 '조심해서 가.'라며 못내 아쉬운 마음을 접었다. 곽연희는 곧바로 작별을 고하고 부엌 밖으로 나섰다. 빗줄기가 한바탕 굿판을 벌인 마당에는 여기저기 물이 충충히 고이고 땅바닥은 질척거렸다. 마당 밖을 나서서 윗동이 잘린 소나무에 묶인 채 비를 함빡

맞고 선 말에게 다가가 고삐를 잡았다. 코를 벌룽거리던 말은 히힝 소리를 내며 앞발질을 하고는 곽연희가 등에 올라앉자 슬슬 뒷걸음질 쳐서 물러났다.

"이랴!"

곽연희가 발로 옆구리를 툭 치자 말은 주춤주춤 발을 떼어 놓다가 이내 발굽으로 땅을 걷어차며 뛰어나갔다. 담쟁이덩굴이 엉성히 뻗은 야트막한 토담을 돌아서니, 오가는 바람에 풀잎들이 드러누운 들판이 나타났다. 얼마간 들판을 달려 아득한 저편 언덕을 넘어서자, 포구를 따라 휘어드는 길목에 작은 마을이 나타났다. 바다로부터 들이닥치는 맵고 드센 해풍을 이겨내기 위해 억새와 보릿짚으로 얼기설기 뒤얽은 야트막한 돌집들은 흡사 거북이 등딱지를 지고 있는 것 같았다. 곽연희는 마을 앞을 지나칠 때부터 바람을 타고 가듯 더 빠르게 달렸다. 고삐 끄트머리로 말 엉덩이를 찰싹이자 말은 더욱 빨랐다.

쉬지 않고 달리고 달려서 함덕현에 도착했다. 성문 위에서 내려다보던 병졸이 어디서 온 누군지 캐물었다. 곽연희는 물음에 대답하지 않고 한사코 양호를 만나야 한다는 소리만 반복했다. 때마침 성안을 돌아보던 양호가 소란스러운 소리를 듣고 나타나 누구냐고 물었다. 곽연희는 잘되었다 싶어 얼른 품속에서 서찰을 꺼내 보이며 별초군에서 긴히 전할 말이 있다고 했다. 양호는 참인지 거짓인지 긴가민가하면서도 귀가 솔깃하여 곽연희를 안으로 불러들였다.

양호 앞으로 불려간 곽연희는 양호를 돕기 위해 별초군이 명월포에 들어왔다고 했다. 양호는 절박한 위기에 맞닥뜨린 것처럼 화닥닥 놀라며 '무엇이라?'라고 소리쳤다. 이내 얼굴에 일종의 의혹 같은 것이 스치더니, '나를 돕는다는 것이 무슨 말이더냐?'라고 물었다. 곽연희는 엄숙하게 머리를 조아리고는 두 손으로 서찰을 건네주었다. 받아든 양호는 꼼꼼히 읽고 난 뒤 서찰을 사각사각 흔들어대며 '별초군과 뜻을 모으는 것이 조건이더냐?'라고 물었다. 곽연희는 또렷한 목소리로 그렇다고 대답했다.

"네 이놈! 나를 어찌 보고 감언이설로 호리려고 드는 것이냐?"

양호는 대뜸 눈을 부릅뜨고 노려보며 고함을 퍼질렀다. 곽연희는 얼굴 근육이 움찔 움직였으나, 이내 냉정을 되찾아 낮고 차분하게 가라앉은 목소리로 입을 뗐다.

"개경에서 고여림 장군을 내려보낸 것은 장차 고복수를 다시 성주로 세우려는 계책인 것을 설마 모르진 않겠지요?"

"뭐라…?"

양호는 말문이 막힌 듯 입술을 옴죽거렸다. 곽연희는 양호가 속 시원히 말하지 못하는 기실인즉, 다른 저의가 있을 것으로 판단했다. 그러자 자신감이 붙어 별초군 뜻을 제대로 전하리라 마음먹고 입을 뗐다.

"고여림 장군이 성주님을 몰아내고 고복수를 성주로 앉히고자 하는 것은, 몽고 오랑캐들을 탐라로 불러들이기 위해서라는 것도 아셔야 하옵니다. 만약 오랑캐 군사 놈들이 발을 들여놓았다고 생각해 보시옵소서. 과연 놈들이 탐라 백성을 온전히 두겠사옵니까? 탐라는 그야말로 쑥대밭이 되어 버린다는 점을 잊어서는 아니 될 것이옵니다."

"네놈이 그리 생각하는 까닭이 무엇이더냐?"

양호는 정작 마음에 두고 있던 말은 목구멍 밑으로 눌러놓고 의중을 떠보았다. 곽연희는 양호의 마음을 읽기 위해 재빨리 생각을 정리하고는 차근하게 말문을 열었다.

"여기는 본시 탐라국이었으나 개경에서 탐라국을 해체하더니 탐라군으로 낮추고서, 성주라는 관직만 남겨두지 않았사옵니까? 그러다가 지명을 제주로 바꾸고는 부사와 판관을 파견하여 모든 것을 관장하고 있는데, 그들이 진정 탐라를 위하겠사옵니까? 그것도 모자라는지 고여림에게 군사를 주어 성주님을 쫓아낼 궁리를 하는데, 이를 가만두고 보시겠사옵니까?"

이야기를 다 듣고 난 양호는 곽연희 말본새가 아니꼽다는 듯, 비웃음을 가득 담은 눈으로 째려보며 '흥!'하고 콧방귀를 뀌었다. 그러고도 배알이 틀리는지 조롱기가 발린 입으로 '누구 마음대로.'라고 소리쳤다.

"황제가 오랑캐에게 어쩌지 못하니, 오랑캐가 탐라에 들어와 마음대로 할 것 아니옵니까?"

곽연희는 이때라고 생각하여 양호의 속을 긁었다.

"오랑캐가 탐라에서 가져갈 게 무엇이 있다고?"

양호는 쿠빌라이가 좋아한다는 귤을 박박 긁어모아 바치는데, 굳이 먼 뱃길을 건너와서 행패를 부릴 것이 무엇이겠느냐고 했다. 곽연희는 얼핏 듣기엔 그럴듯하게 들리는 말인지라 잠시 생각을 굴렸다. 그러다가 문득 노파와 주고받았던 이야기를 꼬투리로 삼아, 무엇 때문에 배를 지어 바치는지 아느냐고 물었다.

"그야 뻔한 것 아니더냐?"

양호는 그만한 것쯤은 능히 안다는 듯 거드름스레 말하고는 아는 대로 설명해나갔다.

"수군 200명을 태울 수 있는 병선을 고려가 아니면 어디서 만들 수 있다던가? 게다가 강고하기로 따지자면 남송이나 왜에서는 흉내조차 낼 수 없지 않더냐?"

곽연희는 원하던 대답을 들은 것처럼 순순히 수긍하고는 바로 그것이 문제라고 했다. 양호는 가시눈으로 쳐다보며 '뭣이라…?'라고는 어디, 네가 그런 말을 하는 까닭을 한번 들어보자는 표정이었다. 곽연희는 마음을 차분하게 가라앉히고 말문을 뗐다.

"오랑캐가 그만한 병선이 필요한 까닭은 첫째, 남송을 정벌하고자 함이고 둘째는, 왜를 정벌하고자 하는 속셈임을 성주님께서도 아실 것이옵니다. 하지만 남송을 정벌하고 난 다음 왜로 가려면 필요한 곳이 바로 탐라이옵니다. 오랑캐가 탐라에 진을 친다면 탐라 백성은 병선을 짓기 위해 밤낮으로 노역에 시달릴 것이고, 또 군량미 조달 때문에 백성 입에 들어갈 식량은 한 톨도 남지 않을 것이옵니다."

곽연희는 노파에게 들었던 말에다가 배중손이 했던 말까지 겹쳐지는 통에, 잠시 양호의 표정을 살피고는 더디 말을 이어나갔다.

"어디 그뿐이겠사옵니까? 그리된다면 탐라의 모든 관직을 임명하는 쿠빌라이가 성주님을 내치고 다시 고복수를 성주로 삼을 것이옵니다. 고여림 장군이 관군을 이끌고 탐라에 들어온 것이 바로 그 때문인 줄로 아셔야 하옵니다."

양호는 약간은 허세가 섞인 말이긴 해도 딴은 일리가 있다고 생각되었는지, 낭패감과 기대감이 얽힌 그런 표정으로 서찰을 다시 한번 들여다보고는 입을 뗐다.

"별초군은 백성에게 가렴주구를 일삼지 않고, 토지와 전곡을 침탈하지 않을뿐더러…, 강제 노역도 없앤다는 것이 사실이렸다?"

"그리하옵니다. 고려 황제가 무능하여 육지 백성은, 오랑캐의 비복이나 다름없게 되어 죽지 못해 근근이 연명한다는 것을 알지 않사옵니까? 배중손 장군께서는 탐라만큼은 그런 일이 일어나지 않도록 막아야 한다면서, 오랑캐가 탐라에 발을 붙이지 못하도록 할 뿐만 아니라, 수족 노릇을 하며 백성에게 토색질을 일삼는 관군도 없애야 한다고 하셨습니다."

양호가 감정의 동화를 일으킨 기미를 이미 눈치챈 곽연희는 서슴없이 이 말 저 말을 버무려 마음을 흔들었다.
"좋다. 내가 어찌 도우면 되는지 말해보아라."
양호는 몽고와는 한번은 난리를 겪어야 할 일이라는 쪽으로 마음이 기울자, 별초군과 함께 하는 것이야말로 심기일전의 기회라는 생각을 굳혔다.
"별초군은 동제원으로 이동하여 그곳에 진을 치고 관군을 기다릴 것이옵니다. 그때쯤 소식을 들은 고여림은 군사를 이끌고 동제원으로 이동하겠지만, 그전에 필경 성주님께 군사를 보태어 달라고 할 것이옵니다. 성주님께옵서는 함덕현을 방비해야 한다는 구실로 내주지 마시고 기다렸다가, 동제원에서 전투가 시작되면 그때 군사를 이끌고 관군 배후를 치시면 되옵니다."
곽연희는 이문경에게 들은 대로 상대편 기세를 무너뜨릴 양면전술에 대해 구체적으로 들려주었다. 양호는 곽연희 말속을 알아들었다는 듯 고개를 끄떡대고는 자신 생각을 풀어놓기 시작했다.
"별초군이 동제원을 점령하는 것은 어렵지 않을 것이나, 별초군이 동제원에 진을 쳤다 해도 고여림이 이끄는 관군 일천을 막아내기란 쉽지 않아. 그럴 바엔 동제원을 치고 난 뒤 주력대를 별도봉으로 빼돌려 그곳에 진을 치는 것이 나을 것이야."
"어째서 그렇사옵니까?"
곽연희는 천군만마를 얻은 것 같으면서도 미심쩍고 조심스러운 기분이 들어 별도봉에 진을 쳐야 하는 까닭을 물었다.
"동제원은 사방이 훤히 터진 곳이어서 관군이 공성무기를 동원하면 오래 버티지 못해. 하지만 별도봉 뒤는 가파른 절벽이 있고 앞쪽에는 송담천이 가로막고 있어 관군이 접근하기가 어렵지. 게다가 별도봉은 봉우리임에도 샘이 있어 지구전에 들어간다 해도 유리하다는 것이야."

양호는 토박이 관리답게 동제원 인근 지형지물을 적절하게 이용하는 법과 상대 움직임을 예측한 병술을 소상히 설명했다.

"하오면 별초군이 동제원을 점령한 다음, 성주님께 사람을 보내어 그 사실을 알려드리도록 하겠사옵니다."

곽연희는 양호를 위하는 것처럼 말하면서도, 양호가 마음을 바꿀 수 없는 기정사실로 못 박는 투였다. 양호는 알았다고 말하고는 그제야 은근한 걱정이 되는 투로 '여기까지 오는 동안 관군을 만나지 않았더냐?'라고 물었다.

"조천포를 지나칠 때 고여림의 군영을 보았사온데…, 남쪽으로 돌아왔사옵니다."

곽연희는 조천포 들머리에서 야산 뒤쪽 에움길로 우회했다고 했다.

"조천포에서는 별다른 움직임이 없더냐?"

양호는 명월포가 별초군 수중에 떨어진 것을 고여림이 아는지 궁금했다.

"그러하옵니다."

곽연희는 단지 경계 군사만 해안을 따라 돌아다닐 뿐 아무런 움직임이 없었다고 했다.

"알았네, 돌아갈 때도 눈에 띄지 않도록 조심하게."

양호는 별초군이 동제원에 도착하기 전에 만나려면 서둘러 떠나야 한다고 했다.

"알겠사옵니다."

주먹을 가슴에 대고 제법 사내다운 티를 내면서 절도 있는 말씨로 대답한 곽연희는 비로소 무거운 짐을 내려놓은 것처럼 조비비듯 하던 마음이 거든해졌다.

11.

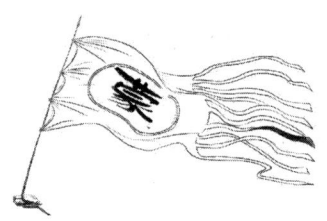

 같은 때 삼견원에는 김방경과 흔도를 비롯한 고려 관군과 몽고군 장수들이 별초군 방어망 공략을 위한 전략을 세우는 중이었다.
 "전라도 일대에서 끌어모은 군사가 그나마 1,550명이 되니 겨우 일만 군사가 되었군."
 이신손이 귀순한 뒤로 자신감이 생겨난 흔도는 말본새 가닥이 잡혀 있으나, 아직도 뭔가 아쉬움이 남은 표정으로 김방경과 나유를 번갈아 쳐다보았다.
 "일전에 말씀드렸다시피, 나 낭중(郎中)이 할 수 있는 일은 힘닿는 대로 한 것이오."
 김방경은 언짢은 얼굴을 애써 감추며 나유를 역성했다.
 "아오, 모르는 바가 아니란 말이오."
 흔도는 눈을 뛰룩뛰룩하며 불필요한 말을 표독스레 내뱉고는, 한층 거드름스럽게 말을 이어나갔다.
 "일만 군사에다가 병선도 400척에 달하니, 이만하면 역도를 능히 토멸하지 않겠소?"
 "하지만 아직도 놈들 군세가 하늘로 뻗치는 기세이니 잘 살펴야 할 것이오이다."

김방경은 만약을 위해서 별초군 낌새를 엿보는 것도 나쁠 게 없다고 했다.

"병선과 군마가 다 보충되었는데, 무엇을 더 알아보자는 것이오?"

홍다구는 언짢은 꿈을 꾼 놈처럼 좋지 않은 표정으로 대거리를 벌일 것처럼 말했다.

"아~, 아! 이게 뭣 하는 짓인가?"

흔도는 홍다구 하는 짓이 눈에 거슬린다는 듯 신경질적 반응을 보였다. 그러다가 김방경을 향해 비난하는 논조로 '같은 고려 사람끼리 툭하면 다투어서 되겠소?'라고 했다.

"소장이 어찌 고려 사람이란 말이오이까? 조부께서 몽고에 귀화하신 이래로 관직을 하사받아, 줄 곳 몽고인으로 살아왔사온데, 고려 사람이라니요?"

홍다구는 불쑥 나서서 억울하다는 것인지 자랑인지 모를 말을 흩트리며, 제풀에 불쾌하여 눈살까지 찌푸렸다.

"그걸 모른다던가? 내 말은 두 사람 몸속에 흐르는 피의 근원이 고려이기에 하는 소리 아닌가?"

흔도는 너무도 당당하게 지껄이는 홍다구 언사가 귀에 거슬렸는지 트집조로 말했다. 홍다구는 그 말에 약간 무안을 당한 것 같은지 거북한 입장이 되어 머뭇거리다가 입을 뗐다.

"그렇지만, 조부님부터 집안 대대로 몽고 사람으로…."

"아! 그 이야기는 그만하고…."

흔도는 홍다구 말 따위는 오불관언이라는 듯이 입을 틀어막고는, 어떤 성분을 지닌 것보다 본연의 마음을 아는 것이 중요하다고 일갈했다. 홍다구는 허둥지둥 감정을 수습하려 했으나 얼굴에는 불쾌한 빛이 역력했다.

"내가 괜한 소리를 해서 곤란하게 한 것 같소이다. 역도들을 무너뜨리고 싶은 마음이 앞서서 한 소리니, 마음에 담아두지 않았으면 좋겠소이다."

김방경은 스무 살 넘게 어린 홍다구를 향해 얼굴빛도 엄숙하거니와 정중한 말투로 마음에 맺힌 것을 도려내라고 했다. 홍다구는 빗쏠렸던 마음을 바로잡으려는 듯이 헛기침을 했으나 어딘가 겸연쩍어 입을 꾹 다물었다.

"번거롭고 쓸데없는 말은 그만하고, 본론으로 들어가지."

흔도는 미묘하게 벌어지는 둘 사이를 막고는 다시 입을 뗐다.

"놈들을 일거에 무너뜨리지 못하면 승리는커녕 놈들 기만 살려주는 꼴이 될 수 있으니, 군사들이 강인한 정신력으로 똘똘 무장되어 싸울 수 있도록 잘 준비하여야 할 것이야."

"그동안 여러 방면으로 생각을 해보았지만, 일전에 상장군이 말한 것처럼 군사를 셋으로 나누어 공격하는 게 가장 합당한 것 같사옵니다."

홍다구 말투는 차마 내색은 못 하고 끙끙 앓는 마음을 감추자는 것인지, 머리를 짜내 보았으나 별 뾰족한 계책이 떠오르지를 않았음을 시인하는 것인지 모르게 아리송했다.

"물론 군사를 좌군, 우군, 중군으로 나누어야겠지만 문제는 주력군인데…. 무엇보다도 이번 전투에 각별하게 신경을 쓰고 계시는 칸께서 위엄에 손상을 입지 않으시도록 마지막이라는 생각으로…, 반드시 놈들을 물리쳐야 하니 어디, 어디에다 배치하는 것이 좋을지 말해보게."

흔도는 쿠빌라이 위신을 세우기 위해서 기필코 별초군을 무너뜨리려야 한다는 말로 권위를 세울 참이었다.

"언제 어디를 공격하느냐에 따라 다르지 않겠소이까?"

김방경은 먼저 군사 세 패를 지휘할 장수와 공격 대상을 정하는 것이 순서라고 했다.

"그야…, 벽파정을 맡은 중군은 당연히 상장군과 내가 지휘를 맡아야 하지 않겠소이까?"

흔도는 애매한 말투로 주력군을 중군에 배치해야 한다고 했다. 김방경은 알겠다는 듯 고개를 끄떡끄떡하면서도 '소장 생각은 조금 다르오이다.'라고는 태연자약하게 생각을 풀어놓기 시작했다.

"중군행영병마원수와 소장이 중군을 이끌고 벽파정을 공격한다면, 역도들은 틀림없이 주력군을 벽파정으로 집결시킬 것이 빤하지 않겠소이까? 허니…, 우리는 좌군이나 우군에 주력군을 배치하여 놈들의 허를 찔러야 하오이다."

"오합지졸들을 이끌고서 어떻게 통솔하려고 그러시오?"

흔도는 뒤늦게 보충된 군사로 맞선다는 것은 어불성설이라며 난색을 보였다. 김방경은 단호한 어조로 그렇지 않다고 대꾸하고는 홍다구를 향해 좌군을 이끌고 노루목으로 상륙할 수 있겠는지 물었다. 홍다구는 엉겁결에 그까짓 일은 대수도 아니라고 대답했지만, 왠지 기분이 떨떠름한지 목을 늘여 단침을 꿀떡 삼켰다. 김방경은 애써 친근감 있게 '좋소이다.'라고는 나유가 이끄는 관군과 고을마가 이끄는 몽고군에게 우군을 맡겨야 한다고 했다.

"군사를 이렇게 휘동할 때는 그에 맞는 복안이 섰을 것 아니오?"

흔도는 어딘가 거절할 수 없는 힘을 가진 김방경의 말에 가탈을 잡지 못했지만, 마음은 설뚱한지 목소리가 글그렁거렸다. 김방경은 그렇다고 대답하고는 예사 때와는 다르게 설득하는 어조로 여러 방면으로 생각해 보아도 이신손이 일러준 대로 하는 게 가장 좋을 것 같다고 했다.

"흠…. 그러니까, 총공격 하루 전에 좌군은 완도를 치러 가는 것처럼 위장하여 여기서 떠나 상마도 근처에서 대기하고, 다음 날 중군이 물때를 살펴 벽파정을 공격한다 이 말이오?"

흔도는 속어림으로 따져 보고는 '오합지졸들로 벽파정을 무너뜨릴 수 있겠소이까?'라고 물었다. 김방경은 대뜸 '곧 신무기도 온다고 하지 않았소?'라고 되물었다. 흔도는 은근한 웃음기가 번지는 얼굴로 '철포(鐵砲) 말이오?'라며 어깨를 우쭐 흔들었다.

"그렇소이다. 선두에 철포를 얹은 병선 수십 척을 배치하여 일제히 쏘아댄다면 놈들은 순식간에 붕괴하여 산산이 흩어질 것이오이다. 거기다가 역도들 병선과 거리를 두고 싸울 수 있으니 칼은 그리 중요하지 않소이다."

김방경은 기병전으로 싸울 까닭이 없으니 보충 군사 중에 배를 잘 부리는 자들을 선별하여 중군으로 삼으면 된다 했다. 흔도는 고개를 끄떡해 보이면서도 마음의 동요가 이는 것 같은 표정으로 '완도는 어떻게 해야 좋겠소이까?'라고 물었다.

"벽파정만 무너트린다면 거치적거릴 것이 무엇이 있겠소이까? 용장성은 좌군과 우군에게 맡기고 중군행영병마원수께서는 그 기세로 바로 완도로 향하여, 놈들에게 숨 쉴 틈을 갖지 못하도록 여세를 몰아붙이시오. 그리하면 역도들을 죄다 긁어 없앨 수 있을 것이오."

김방경은 벽파정에서 승리한 기세로 거세게 몰아붙이면 승산이 있다고 했다. 흔도는 듣고 보니 그럴듯하다며 고개를 끄떡대고는 예감이 좋은지 표정을 환하게 그리며 말문을 열었다.

"좋소…. 중군은 황색 깃발을, 좌군은 청색 깃발, 우군은 흰색 깃발을, 그리고 좌군을 지원할 병선에는 빨강색, 우군을 지원할 병선은 검은색, 중앙군을 지원할 병선에는 녹색 깃발을 준비하고…, 북과 징, 깃발로 정해진 신호에 따라 신속하게 움직일 수 있도록 군사들에게 충분한 훈련을 시켜두어야 할 것이오."

"그야, 이를 말씀이옵니까? 하온데…."

뭔가 미진한 게 남아 있다는 듯이 입술을 옴죽거리던 홍다구는 힐긋 왕준을 쳐다보다 말고, 이내 흔도를 향해 '영녕공이 이끄는 군사 200은 어디에 두실 생각이옵니까?'라고 물었다.

"영녕공은 고려 황실 사람이니 중앙군에 두어야 마땅한 것이 아닌가?"

흔도는 왕준을 상대적으로 안전한 곳에 배치하는 게 당연하다고 했다. 김방경은 빠른 눈으로 왕준의 변하는 표정을 읽어내고는, 그렇지 않다며 왕준 군사를 좌군으로 합류시켜달라고 했다. 흔도는 이상하다는 듯이 눈알을 굴리고 갸웃 고개를 돌리며 왜냐고 물었다.

"고려 황실 지친으로서 전투에 앞장선다면 칸께서도 흡족해하실 것이 아니요."

김방경은 왕준을 홍다구에게 딸려 보내어 왕온을 보호할 속셈 감추고자 에둘러쳤다.

"그것이 그렇게 되는 게요?"

흔도는 대수롭지 않게 그러라고 했다. 그러나 홍다구는 복장 속에 무슨 꿍꿍이가 도사리고 있는 것처럼 얼씨구나 잘됐다는 듯이 얼굴에 웃음기를 띠었다.

12.

　한편 이문경은 예상 밖으로 명월포를 손쉽게 점령하자, 여세를 몰아 곧바로 동쪽으로 움직였다. 관군의 저항이 없는 탓에 파죽지세로 진격했다. 한나절을 훨씬 넘겼을 때 멀리 산어귀를 말을 타고 돌아오는 정체불명의 사람이 보였다. 곽연수는 말을 탄 자태만으로도 한눈에 알아보고는 이문경을 향해 곽연희가 돌아온다는 사실을 알렸다. 이문경은 손을 들어 행렬을 정지시키고는 조릿조릿 마음을 졸이며 곽연희를 기다렸다.
　곽연희는 멀찌가니 별초군이 보이자, 무엇에 쫓기는 사람처럼 말 등에 몸을 착 굽히고서 말 궁둥이에 채찍을 후려갈겼다. 말은 발굽으로 땅껍질을 뒤로 퍼 올리며 나무토막처럼 뻣뻣하게 뒤로 뻗친 꼬리가 구부러질 틈이 없도록 달렸다.
　득돌같이 달려온 곽연희는 이문경 앞에 멈추고는, 말에서 훌쩍 뛰어내려 한쪽 무릎을 꿇고 앞으로 넘어질 듯이 고개를 숙였다. 이문경은 말에서 내려 곽연희 어깨를 잡아 일으키면서 '어찌 되었어?'라고 물었다.
　"잘 되었사옵니다."
　곽연희는 황급히 달려오느라고 얼굴은 빨갛게 상기되었지만 목소리는 날카롭고 힘찼다. 이문경은 임무를 마쳤다는 말에 놀라우면서도 안타까운 생각이 한꺼번에 머릿속으로 밀물처럼 차올랐다. '잘했어!'라고 소리치며 자신도 모르게 그만 와락 껴안고 말았다. 졸지에 불끈한 두 팔 힘에 빨려 품에 안긴 꼴이 되어 버린 곽연희는 숨이 멎는 것 같았으나, 열락의 무아지경에 빠진 듯 생그레 웃음을 지었다. 이문경은 사랑에 뒤덮이고 파묻히고 싶은 그 마음을 아는지 모르는지, 그냥 날쌔게 몸을 떼어내며 '큰일을 해냈구나.'라고는 흐뭇한 표정을 지었다. 곽연희는 한순간 가슴속이 텅 빈 것 같은 허전한 기분이었다. 그러면서 바보스럽게 히쭉거리는 이문경이 싫어 고개를 푹 숙이고 말았다.

"뭐가 어떻게 되었는지 자세하게 말해봐."

곽연수는 곽연희의 섬세한 감성을 간파하지 못하고서 눈치 없이 눈알을 이리저리 굴리며 물었다. 곽연희는 마음을 추슬러 평정을 회복하고는 천천히 입을 열어 개황을 착착하게 설명했다.

이야기를 다 듣고 난 이문경은 양호의 말에 주목할 만한 대목이 있다고 운을 떼고는 차근한 말투로 관군이 얼마나 되는지 물었다.

"아따, 노영희 대장군께서 김수가 끌고 간 놈이 200, 고여림이 끌고 간 놈이 700이라고 하지 않았소?"

곽연수는 별것도 아닌 걸 가지고 지나치게 마음 쓰는 것이 못마땅하다는 듯이 불뚝하는 심사로 말했다.

"그러하옵니다. 고여림이 양호에게 군사 증원을 요청해도 허사가 될 것이 분명하니 1,000명을 넘지 않을 것이옵니다."

곽연희는 양호가 약속을 꼭 지킬 것이라고 했다. 이문경은 어금니를 맞물고 느리게 고개를 끄떡끄떡하다가, 향방을 가늠했다는 듯이 진중한 태도 입을 뗐다.

"양호 말대로라면…, 우리는 별도봉에 군사 일부만 남겨두고, 나머지는 길목에 매복시켜두는 것이 좋겠어. 그래야 놈들이 얕잡아보고 별도봉으로 몰려들 것이고, 그때 매복 군사가 한꺼번에 몰아붙이는 것이야."

"군사를 어떻게 나눈단 말이오?"

곽연수는 참을성이 없거나 유별난 호기심을 가졌거나, 아무튼 조급하게 굴었다.

"별도봉에 도착하여 살펴보고 결정해야겠지."

이문경은 별도봉과 송담천 인근 지형지세를 파악하는 것이 먼저라고 말하고는, 진군 속도를 높여야 한다고 했다. 곽연수는 내세울 이견이 없다는 듯이 순순히 따르기로 하고는 말에 올라탔다. 별초군은 잠시 머물다 가는 길손처럼 서둘러 떠나 행렬을 지어 동쪽으로 이동하기 시작했다.

13.

　그 무렵 배중손은 적의 동태를 살피기 위해 노영희와 김통정을 대동하여 망바위에 올라섰다. 벽파정은 물론 울돌목 건너 삼견원 동정까지 한눈에 내려다볼 수 있는 망바위는 관군과 몽고군 낌새를 살피기에는 더없이 좋은 망루였다.
　눈앞의 벽파정에는 별초군 병선들이 정박해 있고, 병선 위에 곤두선 돛대와 깃발 위로 이리저리 선회하는 갈매기들은 한가로웠다. 벽파정과 삼견원 사이로 세차게 흐르는 울돌목 급류 소리는, 눈 덮인 광야에서 홀로 숨을 거두는 늙은 늑대의 마지막 울부짖음처럼 오싹했다.
　"보기만 해도 든든하여 가슴이 숭어처럼 펄떡펄떡하게 힘을 솟구치게 했던, 그 많던 병선이 저것뿐이니…, 언제까지 버틸 수 있겠나?"
　배중손은 벽파정에 정박 되어 있는 250여 척의 병선을 바라보며 풀죽은 표정으로 말했다.
　"장군…, 그 무슨 나약한 말씀이시옵니까?"
　김통정은 짐짓 심엄한 표정을 지어 보이며 말했지만, 기실 울돌목 건너편 삼견원에 부쩍 불어난 병선과 군사로 인하여 마음이 다잡아지지 않기는 마찬가지였다.
 "지금까지는 몇 차례 놈들을 저 급류 속에 수장시켰다지만…, 앞으로가 문제야."
 점점 커지는 관군과 몽고군 군세를 보고 상심한 탓인지, 우수가 서린 낯빛으로 힘없이 말하는 배중손의 어감에는 뒤틀린 심사가 그대로 묻어 나왔다.
 "놈들 군세가 대단해 보여도, 이곳 물살은 강화도보다 더 험하지 않사옵니까?"
 김통정은 몽고군이 강화도 염하를 건너지 못했던 것처럼, 울돌목 거센 물살을 이용한다면 수적 열세를 극복할 수 있다고 했다.
 "중랑장도 그때와는 사정이 다르다는 것을 알지 않는가? 게다가 이신손 그놈이 배신하여 우리 사정을 낱낱이 분 것도 마음에 걸려."
 배중손은 마음을 무겁게 하는 까닭을 털어놓았다. 김통정은 전적으로 부인할 수 없는 안타까움을 절감한 탓인지, 아주 낮은 콧바람을 내고는 대꾸하지 못했다.
 "이신손 그놈에게 국서를 짓도록 맡기는 것이 아니었는데…, 소장의 잘못이 크옵니다."
 두꺼운 입술을 꾹 다문 채 묵묵하게 있던 노영희는 아쉬움과 울분이 뒤범벅된 눈빛으로 말하고는 고개를 갸웃 숙였다.
 "어허~, 그것이 어째서 대장군 잘못이던가?"
 배중손은 말을 지어서 하지 말라고는, 쐐기를 박듯이 또박또박 말을 이어나갔다.
 "과거에 문신을 다 내몰아버린 무신들 잘못이 큰 거야. 나라를 이끌어 나가려면 칼만큼 붓의 힘도 중요하다는 것을 진즉 알았어야 했어."

"그러게나 말이옵니다. 이렇게 풍광이 좋은 곳에서 오늘 같은 날 술잔을 나누며 시도 읊어야 제격인데, 죄다 칼잡이 무신들뿐이니 술을 마신들 무슨 맛이 나겠사옵니까?"

김통정은 노영희 마음에 걸려 있는 무거운 관념과 감정을 얼버무리고자 일부러 진정을 숨겨 말하고는 헛웃음을 쳤다.

"지금이 한가하게 시를 음영하거나, 묵객들과 어울려 학문이나 기예를 논할 시기가 아니지 않는가?"

노영희는 나라의 사직이 짓밟힌 때에는 너나 할 것 없이 칼을 들고 나서는 것이 마땅하다고 맞받아쳤다.

"소장의 농을 너무 진지하게 받아들이신 것 같사옵니다."

김통정은 이러지도 저러지도 못하는 곤궁한 입장이 되어 굳어진 표정을 억지로 풀었다.

"어허~, 대장군이 무뚝뚝한 것은 익히 알지만, 이런 농 하나 받아 주지 못할 만큼 고지식하단 말인가?"

배중손은 노영희를 향해 악의 없는 말에 괜한 불만을 품지 말 것을 당부하고는, 김통정을 향해서는 '대장군 말대로 시대가 우리에게 요구하는 것은 칼이야.'라면서 두 사람 마음에 걸리는 것이 없도록 조정했다. 그러자 노영희는 마음에 품고 있는 걸 전하기에는 뭔가 미진한지 목을 큼큼거리고서 입을 뗐다.

"소장이 소갈딱지가 좁아서 그러는 것이 아니라, 우리가 고려 황제를 따라 개경으로 가지 않고 오랑캐 놈들과 싸우기로 결의하여 오랑국을 세운 까닭이 무엇이옵니까? 황제라는 자와 대신이라는 놈들이 나라와 백성을 오랑캐 놈들에게 갖다 바치는 꼴을 볼 수 없었기 때문이 아니옵니까?"

"그 말이 맞아. 관리는 관리대로 오랑캐들은 오랑캐대로 백성의 고혈을 빨아먹고 피둥피둥 살만 찌우는 데도, 황제는 궁녀들 몸에서 나는 훈향에 취하여 방종에 빠져 있는 꼴을 봐줄 수가 없었지. 그런데 나라를 통째로 오랑캐 놈들에게 바치니 어찌 끓어오르는 울분을 참을 수 있으리…. 나의 이런 마음이나 대장군의 그 마음이나 중랑장의 마음이나 모두 다 한가지이기 때문에 함께 싸우는 것이 아닌가?"

배중손은 공통적 견해를 피력하여 걸핏하면 감정을 앞세우는 노영희 마음을 가라앉혔다. 노영희는 은근히 죄던 마음이 누그러지자 낯간지럽고 민망한 생각이 들었든지, 돌연 태도를 바꾸어 김통정을 향해 '아직 보길도에서 봉홧불이 오르지 않았나?'라고 물었다.

"계획대로 명월포를 점령했다면 고여림이 눈치채지 못했을 것이옵니다."

김통정은 지금쯤 이문경이 동제원에 도착했을 것이라면서도, 양호를 설득하는 여부에 따라 승패가 달려 있다고 했다.

"중랑장이 이 별장을 그토록 믿는다고 하니 기대가 되나, 고작 120 군사로는 힘든 싸움이 될 것 같아서 걱정돼."

노영희는 짐짓 이문경의 저력을 믿는다면서도 얼굴에는 걱정스러운 표정을 나타냈다.

"양호가 우리 쪽으로 돌아서 준다면 바랄 것이 없지만…, 아무튼, 이 별장을 믿고 기다려 봐야지."

배중손은 이문경이 기대를 저버리지 않기를 바라는 마음이 간절했다.

"이 별장의 검술이 아무리 뛰어나다지만 너무 믿는 것 아니옵니까?"

노영희는 낙심할 수도 있을 것이니 지나친 기대를 하지 말았으면 좋겠다고 했다. 배중손은 어색히 노영희를 쳐다보고서 '그런가…?'라고는 혼잣말로 '그래도 이 별장을 믿고 싶네.'라고 했다. 그러고는 생각대로 되기를 바라는 듯 김통정을 향해 '그렇지 않은가?'라고 물었다. 김통정은 고개를 까딱 숙이며 그렇다고 대답하고는, 다소 자랑 비슷이 입을 뗐다.

"이 별장이 응양군대장군 휘하에 있을 때 검술을 눈여겨본 김방경 장군이 탐내어 수하에 두었는데…, 어느 날 오랑캐 놈들과 싸우던 중에 이 별장은 수세에 몰린 김방경 장군을 구하려고 오랑캐를 유인하다가 그만 포로가 되었습니다만 용케 탈출하기도 했고…, 또 소장이 김방경 장군의 지시를 받고 이문경에게 곽연수와 곽연희를 붙여 주어 정탐을 내보냈사온데…, 놈들의 동태를 살피고 난 뒤 돌아오던 길에 발각되어 이문경은 위험에 빠진 곽연수와 곽연희를 구했지만, 독화살을 맞은 뒤 옆구리에 칼까지 맞고 쓰러졌습니다. 어쨌든 이문경 도움으로 무사히 빠져나간 두 사람은 군영으로 돌아와서 오랑캐 놈들 움직임을 낱낱이 알려주었고, 우리는 즉시 군사를 이끌고 놈들의 허점을 파고들어 대승을 거두게 되었습니다. 전투가 끝난 뒤 소장은 곽연수와 곽연희를 앞세워 이문경의 시신을 찾아 나섰는데…, 이게 웬일인지 이문경은 정신을 잃었을 뿐이지 숨은 간당간당 붙어 있었습니다. 그것을 본 김방경 장군은 급히 곽연수와 곽연희에게 군사 30여 명을 붙여 이문경을 영통사로 옮긴 것이옵니다. 이문경을 살펴본 대사님은 상처가 너무 깊어 살릴 방법이 없다며 포기하자고 했고, 이 사실을 전해 들은 김방경 장군은 득달같이 영통사로 찾아가 칼을 잡지 못해도 좋으니 목숨만 붙어 있게 해달라며 간청했고, 또 살려 달라고 애걸복걸 매달리는 곽연희의 애원까지 듣고 보니 차마 뿌리칠 수 없었답니다. 그래서 무려 백일이 넘도록 밤낮없이 지성으로 돌보며 치료하셨는데, 부처님께서 보호하셨는지 깨어난 것이옵니다. 하지만 몸에 퍼진 독기를 풀지 못해 몸을 제대로 가누지 못했는데, 다행히 곽연수가 약초를 구해왔기에 해독을 할 수 있었사옵니다. 그 후 곽연희가 1년 넘도록 극진하게 보살폈는데, 정말 하늘이 감응했는지 점점 호전되기 시작했고, 우리가 진도를 떠나기 전 소장이 인편으로 따라오겠다는 뜻을 전달받았으나 몸이 아직 온전치 못하니 기력을 더 회복하도록 하라고만 했는데…, 뒤늦게 90여 명에 달하는 장정들을 이끌고 나타난 것도 놀라운데 전처럼 굳센 사내로 돌아오리라고는 생각지도 못했사옵니다."

김통정이 긴 이야기를 끝막고 숨을 돌리자, 수긍이 가는 대목이 있다는 듯 고개를 끄덕이던 배중손은 지난 일을 묵상하듯이 나직한 소리로 입을 뗐다.

"이 별장을 살린 이는 하늘이 아니라 여러 사람의 정성인 게로군."

"그러하옵니다만 김방경 장군 간청이 아니었다면 대사님도 포기하셨을 것이옵니다."

김통정은 김방경의 간절한 부탁이 각훈의 마음을 돌려세울 수 있었다고 했다. 배중손은 지그시 눈을 감았다 뜨고는 천천히 깨물었던 입을 뗐다.

"중랑장도 한때 김방경 휘하에서 오랑캐 놈들과 싸웠으니, 남다른 정을 느끼겠지. 하지만 어쩌겠나? 이제는 우리가 물리쳐야 할 적이 된 것을…."

14.

해가 지고 우묵한 늙은이의 침침한 눈처럼 어스레하게 땅거미가 들 무렵, 이문경이 이끄는 별초군은 별도봉에 도착했다. 이문경은 먼저 정탐꾼 대여섯을 잠입시키고, 군사를 풀어 별도봉 주변 지형을 탐색하여 형세를 익혔다. 과연 양호가 일러둔 대로 별도봉 북쪽은 바다가 아득히 내려다보이는 가파른 절벽이었다. 남쪽은 그와 반대로 몽톡한 봉우리 하나만 솟았을 뿐, 앙바틈한 소나무가 숲을 이루어 군사를 숨기기에 알맞은 곳이었다. 게다가 바위틈에서 잘금잘금 흘러나온 물로 생겨난 옹달샘은 어딘지 모르게 마음을 든든하게 했다. 옹달샘 물이 쨀쨀 흘러넘치는 아래쪽은 맨송맨송한 언덕이 있고, 그 언덕에 오르면 눈질 만으로도 훤히 동제원을 내려다볼 수 있었다. 이문경은 옹달샘 근처에 길길이 자란 억새밭에 진을 치고 군사 일부를 풀어 송진을 긁어모으도록 했다.

괴괴한 정적이 천지를 지그시 누르는 밤중이 되었을 무렵 정탐꾼이 모두 돌아왔다. 이문경은 정탐꾼이 가져온 첩보만으로도 별도봉 인근은 물론이거니와 동제원마저도 경계가 허술하기 짝이 없음을 능히 짐작했다. 더 기다릴 것도 없이 군사를 두 패로 나누어 동제원을 기습적으로 습격했다. 방어태세가 갖추어지지 않은 관군은 그야말로 추풍낙엽처럼 힘없이 나가떨어졌다. 그 바람에 손쉽게 점령하여 동제원 곳간에 쌓아둔 군량미로 밥을 지어 군사를 배불리 먹였다.
 바람 숨을 곳 없는 허허한 들판 위로 아침 해가 발끈 솟아오를 무렵, 이문경은 척후 군사 둘을 조천포로 보냈다. 그리고 전령 군사 둘을 양호에게 보내면서 한 명은 양호의 답변을 받아 돌아오게 하고, 한 명은 양호와 함께 군사를 이끌고 동제원으로 오라고 했다. 또한 군사를 세 패로 가르는 것도 잊지 않았다. 김윤서에게는 관군을 동제원 안으로 끌어들이는 유인조 역할을 맡기면서 동제원 성문에 송진을 바르도록 지시했다. 곽연수에게는 매복조를 이끌고 동제원 뒤쪽 송담천에 군사를 숨겼다가 깃발 신호에 따라 움직이라고 했다. 그러면서 자신은 본대를 이끌고 다시 별도봉으로 올라가 진을 쳤다. 군사를 전투 대형으로 배치하면서도 약한 군세를 감추기 위해 멀리서 보일 만큼 수많은 깃발을 세우는 허세를 잊지 않았다. 또한 혼동을 방지하기 위해 여러 깃발 사이에서 두드러지게 우뚝 솟구친 깃대는 전투 신호 깃발을 내걸기 위해 비워 두었다.
 군사를 전투 대형으로 배치했을 무렵 해는 바야흐로 중천에 기어올랐고, 긴장을 머금은 바람은 뻐석거리는 소리를 내며 억새 사이를 훑고 다녔다.
 "여태 한 명도 돌아오지 않는 것을 보면 아직도 놈들이 움직이지 않는 것 아니옵니까?"
 곽연희는 척후 군사를 기다리는 이문경 마음속을 더듬어 보듯이 말했다.
 "명월포와 동제원이 나가떨어졌다는 소식을 알고 충격이 크겠지. 그런 만큼 군세를 정비하려면 시간이 걸릴 것이야."

이문경은 고여림이 진용을 정돈하는 대로 총공세를 해올 것이라고 했다.

"고여림 군사가 응전 태세를 갖추는데 이처럼 늦을 줄 몰랐사옵니다."

곽연희는 관군 방비가 허술한 것을 입에 담으면서도 얼굴에는 일말의 긴장감이 어렸다.

"그렇다고 해서 만만하게 보아서는 안 될 것이야."

이문경은 고여림이 이끌고 올 일천에 가까운 관군을 얕잡아 보지 말라고 했다.

"걱정마십시오, 그 어떤 적이라 할지라도 일전할 각오가 되어 있사옵니다."

곽연희는 이문경과 함께라면 언제든 목숨을 바칠 각오가 서 있는 것처럼 말했다. 이문경은 전투를 앞에 두었을 때마다 생김새에 어울리지 않게 당차면서도 오기에 찬 모습을 드러내는 곽연희를 보노라면 마음이 아팠다. 애당초 이천의 보살핌 속에서 무술을 익히고 말 타는 법을 배울 때부터 예견하긴 했어도, 가슴이 모질게 아리는 것은 어쩔 수 없었다.

"관군이 일천이라고는 하지만…, 성주님께서 군사를 이끌고 나타날 것이오니 염려하실 일이 아니옵니다."

곽연희는 양호가 약속을 저버릴 작자가 아니라는 말로 이문경의 시름을 달래고 싶었다. 이문경은 은근한 애정이 깃든 눈빛으로 쳐다보며 '그분이 보고 싶지 않아?'라고 물었다. 곽연희는 돌연 어리둥절하게 만드는 소리를 알아듣지 못해 잠깐 정신이 어리빙빙했으나, 이내 고개를 끄덕거리고는 느슨한 목소리로 '아버님이나 마찬가지 아니옵니까?'라고 했다.

"그렇지, 우리에게는 아버님이시지…."

이문경은 이천을 아버지로 간주하는 것이 당연한 노릇이라고 하면서도, 자식의 도리를 하지 못하는 처지가 늘 마음을 무겁게 한다고 했다.

"남송으로 가신 분이시니 방도가 없지 않사옵니까?"

곽연희는 몸이 멀리 떨어져 있으니 어찌해 볼 도리가 없다는 말로 둘러댔으나, 얼굴에는 한순간 쓸쓸한 그림자가 지나갔다. 이문경은 남송으로 떠날 수밖에 없었던 이천의 억울한 심정을 잘 알고 있기에, 갑자기 울분이 끓어올라 목구멍이 싸했다.

"그곳에서도 오랑캐 놈을 무찌르시겠지요?"

곽연희는 이천과 함께 보낸 지난날들을 머릿속에 떠올리며 물었다.

"그러시려고 가신 게 아니더냐?"

이문경은 이천을 향해 발산하는 애끓는 본심을 마음속 깊이 감추고 말했다. 곽연희는 나직한 음성으로 '그리시겠지요.'라고 대답하고는 우수가 밴 눈으로 새 솜 같은 구름송이가 유유히 떠도는 파란 하늘을 바라보았다. 이문경은 곁눈으로 곽연희를 살짝 흘겨보다가, 문득 눈앞의 처자가 곽연희가 맞나 싶은 생각을 되작거렸다. 분명 지금까지 보아온 것과는 달리 사뭇 아름다움이 풍겼다. 예전과는 판판 다르게 고운 얼굴에 묻어나는 성숙한 여인의 모습, 부처가 아닌 다음에야 거절할 수 없는 어떤 힘에 끌려가지 않을 수 없는 지경이었다.

뒤죽박죽 섞여 이리 밀리고 저리 밀리는 종전의 가치관을 되찾으려고 애써 억새밭으로 시선을 던졌다. 산바람에 끊임없이 흔들리며 와삭와삭하는 억새 부딪히는 소리가, 헝클린 마음을 서걱서걱 씹어 삼켰다. 그때 곽연희가 언덕 아래를 가리키며 '이제 돌아오나 보옵니다.'라고 했다.

이문경은 잠시 동했던 마음을 가라앉히고 재빨리 몸을 돌렸다. 완만히 뻗어 오른 비탈길을 올라와 억새를 헤치고 들어서는 군사 세 명이 보였다. 이문경은 곽연희를 향해 깃발을 올려 동제원에 있는 김윤서를 별도봉으로 불러들이라고 했다. 곽연희는 싱싱하게 균형 잡힌 몸매답게 민첩한 동작으로 고개를 까딱하고서 곧장 돌아섰다.

잠시 후 바람에 휘청거리는 억새밭을 뚫고 나타난 세 명의 군사가 이문경 앞에 나란히 서서 고개를 숙였다.

"성주님께서 관군과 전투가 시작하면 배후를 공격할 것이라며, 그에 맞는 계책을 쓰라는 말씀을 전하라고 하셨사옵니다."

전령 하나가 양호가 전달한 내용을 들려주었다. 이문경은 비로소 마음속에 남아 있는 걱정 부스러기를 치웠다는 듯, 홀가분한 기분으로 옆에 있는 척후 군사를 향해 '놈들은 움직이기 시작했나?'라고 물었다.

"그러하옵니다. 놈들이 조천포에서 출발하려는 것을 보고 왔으니 지금쯤 10리 밖을 지나오고 있을 것이옵니다."

척후 군사 하나가 탐색한 것을 모본을 보고 그리듯이 말했다. 이문경은 입 주위를 씰룩거리며 '그렇단 말이지.'라고서 곰곰이 대책을 궁리했다. 그때 곽연희와 함께 나타난 김윤서가 이문경을 향해 고개를 까딱 숙였다.

"곧 이 일대가 발칵 뒤집히게 생겼으니, 응전 태세를 갖추고 동제원과 송담천 병사들에게 단단히 준비하라고 전하게."

이문경은 전투가 시작되면 모든 군사는 깃발 신호에 맞추어 일사불란하게 움직이라고 재차 강조했다. 김윤서는 전신에 긴장이 감도는지 엄숙한 얼굴빛으로 알았다고 대답했다.

"자, 모두 각자 자리로 돌아가서 단단히 준비하도록."

역도 179

이문경은 명령적 어조로 응전 태세를 갖추라고 지시했다. 김윤서를 비롯한 군사 세 명은 고개를 까딱 숙여 보이고서 돌아서서 각기 군영으로 향했다.

이문경은 자칫 최후의 일전이 될 수 있는 난관을 눈앞에 두고 보니 스스로 옥쇄할 마음을 다져 먹지 않을 수 없었다. 하지만 불길같이 맹렬한 전투가 될 것을 뻔히 알면서도, 곽연희를 전투에 참여시켜야 한다는 생각에 가슴이 울렁거렸다. 할 수만 있다면 곽연희를 여염집에서 예사롭고 단조로운 일상을 보내는 처자로 남겨두고 싶은 심정이었다. 그러나 황제가 항복하였으니 고려의 모든 것들은 몽고군 손아귀에 휘어 잡힌 꼴이 아닌가. 온갖 것들은 약탈당하고, 젊은 남자는 끌려가 몽고군이 되어 전장에서 죽어갈 것이고, 여자는 겁탈당하거나 납치당하거나 죽임을 당할 것이 뻔하니, 이렇게라도 곁에 두는 게 더 평온할 것이라는 생각 때문에 자꾸만 의분심이 복받쳐 올랐다.

"싸움이 시작되면 내 곁에서 나를 도와줄 수 있겠느냐?"

이문경은 너무 드러내 놓고 나서는 곽연희를 지켜주고 싶은 마음을 들키지 않으려고 에둘러댔다. 곽연희는 지그시 건너다보며 잔잔한 목소리로 '알겠사옵니다.'라고는, 수줍은 듯 붉어진 얼굴을 약간 수그렸다. 바람에 나풀대던 머리카락 한 올이, 조금만 힘주어 다물어도 톡 터질 것 같은 붉은 입술 위로 착 달라붙었다. 이문경은 자신도 모르게 명주실같이 부드럽고 엷은 빛깔의 머리카락을 쓰다듬어주고픈 마음이 불끈불끈했다. 하마터면 마음속에 묻어 두었던 연정을 들추어낼 뻔했다는 생각에 목구멍 속이 훗훗하게 뜨거웠다.

"놈들이 나타났사옵니다."

이문경은 침착하지만 약간 떨리는 곽연희 목소리에 대뜸 고개를 외틀었다. 엇비슷한 언덕 아래에 있는 동제원 건너 저 멀리, 희디흰 억새 이삭 물결 사이로 굼실굼실 다가오는 한 무리의 군사가 보였다. 흙바람이 부는 쪽 벌어진 들판에 운제와 투석기를 앞세우고서, 메뚜기 떼처럼 까맣게 몰려오는 관군들 앞에 말을 탄 장수 서넛 틈에 있는 자는 고여림이 틀림없었다.

이문경은 곽연희를 향해 검은 깃발을 내걸라고 했다. 곽연희는 고개를 숙였다가 빨딱 잦히고는 군영을 향해 검은 깃발을 올리라고 했다. 잠시 후 춤을 추듯 바람에 흔들리는 수많은 깃발 사이에 세워진 커다란 깃대에 검은 깃발이 내걸렸다. 그러자 별도봉 허리를 굽이감고 도는 송담천 건너 들판에 외로이 남겨진 동제원 망루에도 같은 깃발이 올라갔다. 송담천 굽어진 기슭에 매복한 곽연수는 별도봉과 동제원에 내걸린 검은 깃발을 확인하고는, 군사들을 향해 전투태세로 돌입하라고 지시했다. 군사들은 조용하고도 신속히 움직여 저마다 잡은 위치에서 사냥감을 기다리는 매처럼 눈을 빤뜩대며 끔쩍하지 않았다.

15.

"역도 군사가 대체 얼마나 되기에 저곳에도 깃발이 내걸렸단 말이오?"

김수는 눈앞에 보이는 동제원보다 뒤쪽 별도봉에 진을 친 별초군 군사가 더 신경 쓰이는 눈치였다.

"깃발만 많이 내걸렸지, 놈들은 200도 채 되지 않는다는 것을 알지 않소이까?"

고여림은 명월포로 들어온 별초군 병선이 두 척뿐이었다는 것을 상기시키고 속임수에 넘어가지 말라고 했다.

"그렇기는 하나…."

반신반의하는 말투를 뽑은 김수는 불안한 생각에 휩싸인 마음을 달래려 얕잡아서는 안 된다고 토를 달았다.

"얼마 되지 않은 조무래기를 두고 그 무슨 나약한 소리를 하오이까?"

고여림은 손쉽게 무너뜨릴 수 있다고 호언 했다.

"허나, 명월포를 무너뜨리고 전광석화처럼 달려와 동제원까지 손에 넣은 놈들이라면…. 일전에 장군께서도 진도에서 당해보지 않았소이까? 놈들은 무예가 뛰어난 정예 군사가 틀림없소이다."

김수는 한때 고여림이 별초군에게 크게 패하고 겨우 도주했던 일을 굳이 들추면서 조심해서 나쁠 것이 무엇이냐고 했다. 고여림은 돌연 몸서리치는 지난 일이 되살아난 듯이 비수에 잠긴 표정을 짓다가, 이내 얼굴을 구기며 호기스럽게 입을 뗐다.

"몇 놈 되지도 않는데, 제아무리 날고뛰는 재간을 가졌다 한들 무엇을 어쩌겠소이까?"

김수는 수적 우위를 믿고 별초군을 퍽 얕잡는 고여림 태도가 못마땅한지 이맛살을 찌푸리다가, 엉뚱하게 양호를 향한 험담을 쏟아냈다.

"성주가 군사를 내주었더라면 더없이 좋았을 텐데…, 대체 그자 속내를 모르겠소이다."

"잘되지 않았소이까? 이참에 우리 힘으로 역도 놈들을 쳐내면 칸께서 성주를 갈아치울 것 아니겠소? 그러니 여러 생각할 것 없이 군사를 둘로 나누어 단번에 결판냅시다."

고여림은 벌써 공치사를 받을 준비가 된 것처럼 의기양양했다.

"알았소이다."

김수는 고여림의 기세에 이끌려 마지못해 그러자고 했다.

"공성무기를 가진 우군은 동제원을 치시오, 나는 좌군을 이끌고 별도봉을 공략하겠소."

고여림은 기병과 창병을 이끌고 별도봉으로 향할 것이라며, 김수에게 투석기와 충차를 이끌고 동제원을 공격하라고 했다. 김수는 마땅히 그리하겠노라 대답하면서도 마음은 어딘가 어수선했다.

"좋소이다."

고여림은 호기롭게 말하고는 곧 진자화를 향해 군사를 송담천으로 이동시키라고 했다. 한눈에도 부리부리 번쩍이는 눈에서 무서운 기세가 엿보이는 진자화는, 한껏 우람한 목소리로 알았다고 대답하고는 말에서 내려 좌군을 이끌고 움직였다.

같은 때 별도봉 언덕에서 두 패로 나누어지는 관군을 지켜보던 이문경은, 옆에 있는 곽연희를 향해 흰 깃발을 올리라고 했다. 곽연희는 알았다는 몸동작을 하고는 군영을 향해 같은 지시를 했다. 곧이어 군영의 깃대에 검은 깃발과 흰 깃발이 나란히 걸리자, 동제원에서도 똑같은 깃발을 내걸었다.

"놈들이 덫에 걸릴 때까지 기다려."

송담천 풀숲에 숨어서 동정을 살피는 곽연수는 깃발을 보고 관군 움직임을 파악하여, 군사들을 향해 성급하게 굴면 일을 그르칠 수 있으니 신중하게 행동하라고 했다. 힘이 아니라 모획으로 싸워야 함을 잘 아는 군사들은 하나같이 숨소리를 죽여 관군의 움직임을 주시했다.

드디어 김수가 이끄는 우군이 공성무기를 앞세워 동제원 성벽을 향해 돌진하기 시작했고, 때를 같이하여 고여림이 이끄는 좌군도 별도봉을 공격하기 위해 함성을 지르며 송담천으로 몰려들었다. 선두에 선 진자화가 좌군을 이끌고 송담천 아래로 내려섰을 때, 이문경은 깃대에 붉은 깃발을 올리게 했다. 검은 깃발과 흰 깃발이 내려진 깃대에 붉은 깃발이 나풀거리자, 곽연수는 조금의 주저도 없이 우렁찬 목소리로 공격 명령을 내렸다. 호미처럼 휘움하게 굽어진 기슭을 울창하게 덮은 나무 사이에 숨었던 매복조 군사들은, 일제히 빨끈 일어서서 냅다 뛰쳐나갔다.

말을 탄 채 배후에서 지휘하던 고여림은 송담천 숲속에서 갑자기 나타난 별초군을 보고는, 어지간히 놀라고 당황한 나머지 말안장을 누른 엉덩이가 뜰썩거렸다. 곽연수는 얼마 되지 않는 군사를 두 패로 나누어 한패를 급히 동제원으로 보내어 성문을 봉쇄하라고 지시했다. 그리고는 나머지를 이끌고 좌군을 지휘하는 고여림을 향해 달려들었다.

동제원을 공격하던 김수의 우군은 운제도 투석기도 충차도 사용하지 않았고, 심지어 성벽 담장에 사다리조차 걸쳐보지 못한 채로 싱겁게 성문을 열어젖혔다. 하지만 별초군은 성 밖으로 빠져나간 뒤였다. 게다가 텅 빈 마구간에서 푸르르 붙기 시작한 불이 옆에 쌓아둔 조짚으로 번지면서 삽시간에 불난리가 났다. 불꽃이 톡톡 튀면서 사방으로 번지는 통에 우군은 우왕좌왕 갈피를 잡지 못했다.

김수는 별초군 기만술에 속아 넘어간 것을 직감하고는 급히 군사를 밖으로 돌렸다. 그러나 성문 앞은 이미 별초군이 쫙 에워싼 채 불화살을 내쏘기 시작했다. 우군은 성문 밖으로 나서는 족족 화살을 맞고 팩팩 쓰러졌다. 다급한 마음에 허둥허둥 성 밖으로 빠져나오다가 자빠지는 것이, 마치 어부가 둘러친 그물에 고기 떼들이 척척 걸려드는 형국이었다. 더군다나 성문에 불화살이 꽂히자 끈끈하게 발라둔 송진이 지글지글 끓으며, 시커먼 연기와 함께 시뻘건 불길을 뽑아 올리는 통에 밖으로 나설 수 없었다.

때를 같이하여 별도봉에 진을 친 별초군은 송담천 아래로 내려선 관군들을 향해 화살을 퍼붓기 시작했다. 화살을 맞아 거꾸러지고 쓰러지는 군사가 늘어나자 진자화는 군사들을 향해 군데군데 크고 작은 웅덩이와 바위틈 사이로 숨게 하고 잦아지기를 기다렸다.

곽연수는 그 틈을 타 말을 타고 있는 고여림을 향해 달려들었다. 고여림은 적이 당황하여 말고삐를 조여 잡고서 '막아라!'라고 소리쳤다. 곽연수는 단숨에 고여림이 탄 말 뒷다리 관절을 풀 베듯 싹둑 잘라버렸다. 말은 히힝 소리 내며 푹 꺼꾸러졌고, 고여림은 땅바닥에 곤두박이쳤다.
"네 이놈 여림아! 내 칼을 받아라!"
곽연수는 숨 쉴 틈도 주지 않고 고여림을 향해 달려들었다. 억지힘으로 게걸음처럼 엉거주춤 뻗디디며 일어서던 고여림은 곽연수가 휘두른 칼을 피하느라 얼른 몸을 굴렸다. 곽연수는 내리치던 칼을 재빨리 멈추고 비호처럼 날쌔게 고여림을 쫓아 몸을 날렸다. 고여림은 반쯤 굽힌 몸을 기우뚱대며 급히 일어나려 했지만 곽연수 칼끝이 먼저 가슴을 뚫었다. 한가운데에 날카로운 칼이 꽂힌 심장은 홍시처럼 툭 터졌다. 곽연수는 주저하지 않고 고여림의 목을 베어 높이 쳐들고서 '놈들의 수장 수급이 여기 있다!'라고 고함을 치며 별초군 사기를 독려했다. 동시에 별초군은 '와~아!' 소리 지르며 사기가 한껏 고무되어 칼끝에 힘이 들어갔다.
고여림 수급을 본 진자화는 눈알이 허옇게 뒤집힌 채 '장구~운!!'이라고 고함을 지르며 송담천 기슭 위로 허겁지겁 기어 올라섰다.
"오호라~. 네놈이 고여림이 아낀다던 바로 그놈이로구나."
곽연수는 입언저리가 뒤틀리면서 코웃음으로 빈정거리며 고여림 머리를 진자화 앞으로 내던졌다. 진자화는 털썩 무릎을 꿇으며 고여림 목을 집어 들고서, 울음 섞인 소리로 '장군!'이라고는 이내 조심스럽게 옆에 두고서 일어났다.
"어린놈이지만 듣던 대로 우람하고 강단이 있어 보이는군."
곽연수는 자웅을 겨루기에 손색이 없다면서 화를 돋우었다.
"이놈이~!!"
진자화는 등잔만 한 눈에서 부리부리 불을 내뿜으며 땡고함을 지르고는 가차 없이 칼을 뽑아 덤벼들었다. 곽연수는 이에 지지 않고 칼을 세워 달려들었다.

"쨍! 쨍!"

시퍼런 칼날이 번뜩이며 부딪히는 소리가 얼었던 강의 얼음판이 봄기운에 갈라지듯 쩡쩡거렸다. '끼익, 끼익.' 칼 긁히는 소리, '철커덕.' 칼 맞부딪히는 소리, '뗑경뗑경.' 엇비슷하게 내리치는 칼 소리가 차갑거나 뜨겁거나, 거물거물 춤추는 동안 싸움은 일진일퇴 호각지세를 보였다.

칼싸움은 어느새 이십여 합 이어졌고, 두 사람은 숨소리가 거칠어졌다. 두 사람이 온정신과 힘을 다해 한창 승부를 겨룰 때 멀리서 한 무리 군사가 급히 다가서고 있었다. 다름 아닌 양호가 이끌고 나타난 군사들이었다. 이를 본 관군은 지원군이 나타난 것으로 착각하고 사기가 고양되어 힘을 내기 시작했다. 기가 승한 진자화는 더욱 공격적으로 변하여 곽연수를 매섭게 몰아붙였다.

양쪽 군사들이 판가름 짓기 위해 사력을 다하는 전장을 한눈에 관찰하던 이문경은 관군을 허물어뜨릴 기회를 잡았다고 판단하고서, 군사를 이끌고 송담천으로 진격했다. 송담천에는 일제히 함성을 지르며 돌진한 별초군과 관군이 엉켜 돌면서 질러대는 요란한 함성과 비명으로 흔들리기 시작했다. 양쪽 군사가 치고받고 싸우면서 뿜는 살기가 굽이굽이 감돌았다. 이문경은 칼을 휘두르며 관군을 나무를 솎아베듯 베어나갔다. 곽연희는 이문경과 등을 맞대어 뒤로 달려드는 관군을 향해 마치 칼춤 추듯 칼을 내둘렀다. 송담천으로 흐르는 물은 양쪽 군사의 발이 담길 때마다 출렁출렁 눈물짓고, 발에 밟힌 돌멩이들은 서로 맞부딪히며 저벅저벅 울부짖었다.

같은 때 곽연수는 비호같이 날쌘 진자화 칼날을 막아내느라 손바닥에 눅진한 진땀이 배어났다. 벌써 칠십여 합을 넘어섰지만, 진자화는 지치거나 진력난 기색이 보이기는커녕 기운이 물 끓듯 펄펄 나는 기세였다. 반면 곽연수는 기력이 부치는지 점점 움츠러들었다.

"감히, 네깐 놈이 나를 상대해보겠다고 덤빈 것이냐?"

진자화는 승기를 탔다고 판단하고서 얕잡는 투의 말로 곽연수 기세를 꺾으려 했다.

"어린놈이라고 사정을 봐주었더니 기고만장한 꼴이라니…, 어디 제대로 덤벼봐."

곽연수는 기가 꺾이지 않은 채 몸자세를 가다듬었다.

"어디…."

진자화는 드디어 끝장낼 것처럼 곽연수를 잔뜩 노려보며 칼자루를 꼬나 잡았다. 곽연수는 칼을 비틀어 움켜잡고서 자세를 고치며 오른쪽 발바닥을 천천히 끌어당겼다.

"히얏!"

진자화는 짤막한 기합 소리와 함께 칼을 번쩍 쳐들고서 날렵한 몸동작으로 달려들었다. 곽연수는 일순 숨을 끊고 정신을 집중하여 발에 힘을 모아 칼자루를 가슴 쪽으로 끌어당겼다.

"얏!"

진자화가 팔을 쭉 내리뻗으며 칼끝을 곽연수 가슴을 겨냥했다. 곽연수는 몸을 살짝 비켜 세우며 막아냈다.

"쩽겅! 쩽겅!"

칼 부딪치는 소리가 요란하게 나면서 진자화 눈에 칼날보다 퍼런 서슬이 등등했다. 곽연수는 칼날을 막아내면서도 옴찔옴찔 뒷걸음질을 쳤다. 그렇게 서너 합 마주치고 났을 때 곽연수는 진자화 목을 겨냥해 칼을 휘둘렀다. 진자화는 재빠르게 몸을 낮추었다가, 곽연수 칼날이 허공을 가르자 칼끝을 곽연수 복부를 향해 뻗었다.

"윽."

곽연수는 한 손으로 복부를 파고든 칼날을 움켜쥔 채 털썩 무릎이 꺾이고 말았다. 진자화는 발로 곽연수 어깨를 밀쳐서 넘어뜨리며 칼을 뽑아내고는 이내 가슴팍을 내리그었다. 곽연수는 그 자리에서 풀썩 쓰러졌다.

"역도 놈들 별것 아니다. 지원군도 도착했으니 모두 힘을 내라!"

진자화는 곽연수를 꺾은 기세와 가까이 다가오는 양호 군사가 지원군이라는 본능적인 믿음이 더해져, 힘이 나도록 군사들을 독려했다. 두 손을 번쩍 치켜들고 소리를 지르는 진자화를 쳐다본 이문경은 그만 얼굴빛이 새파래졌다. 진자화의 한쪽 발에 밟혀 있는 자가 다름 아닌 곽연수라는 것을 알고서, 앙분하여 피가 거꾸로 치솟는 것 같았고 눈앞이 부옜다. 얼른 뒤로 돌아 곽연희가 눈치채지 못하도록 '여기를 부탁해.'라는 말을 남기고, 후다닥 부룩송아지 날뛰듯 송담천 기슭 위로 뛰어올라 단숨에 진자화 앞으로 가서 우뚝 섰다.

"네놈이 진자화였더냐?"

이문경은 차돌처럼 도진 체격과 매서운 눈빛을 보는 순간 진자화라는 것을 알아보았다.

"장수는 칼로 말하는 법, 역도 놈 주제에 말이 많구나."

진자화는 긴말할 것 없다는 듯 칼을 고쳐 잡고서 공격 자세를 취했다. 이문경은 순간 칼솜씨가 능란한 칼잡이 칼에서만 풍기는 기운을 감지하자 긴장되었다. 노영희가 맞상대할 만큼 무술이 뛰어났다고 했던 말이 허언이 아니라는 생각이 들어 몸짓 하나하나가 신경 쓰였다. 진자화 역시 살기를 강하게 띤 냉랭한 이문경 칼날에서 풍기는 기운을 감지하고는 섣불리 대하지 못했다. 둘은 동물적인 눈빛으로 서로를 노려보느라 본의 아니게 입을 꼭 다물었다. 별초군과 관군이 싸우면서 뿜어내는 고함이 주변을 길길이 날뛰어 다녔지만, 둘 사이에는 기묘한 침묵만 감돌았다.

"이얍!"

침묵을 깨뜨린 것은 이문경 입이었다. 칼을 번쩍 들어 달려들자 진자화 역시 같은 동작으로 달려들었다.

"쩔그렁! 쩔그렁!"

칼 부딪히는 소리 서너 합이 살기를 퍼트리고 둘은 서로 자리를 바꾸어 섰다.

그 사이 동제원 앞에 당도한 양호는 군사 한패를 송담천으로 보내고, 한패는 자신이 이끌고 동제원 성문 밖으로 나서려고 몸부림치는 관군을 안으로 몰아붙였다. 졸지에 이중으로 공격받게 된 김수는 몰이꾼들에게 쫓기는 토끼 신세가 되어 동제원 안으로 내몰려 꼼짝달싹 못 하는 처지가 되고 말았다. 송담천에서 싸우던 별초군은 양호의 군사가 합세하자 기세가 크게 진작되어 젖 먹던 힘까지 솟아났다. 반면 뒤늦게 양호 군사의 본색을 알아차린 관군은 기가 꺾여 응전 능력을 완전히 상실했다. 싸움판은 별초군 칼끝이 점점 날카로워지고, 관군은 속수무책으로 당하는 형국으로 치달았다. 송담천 바닥을 훑고 흐르는 물을 관군이 흘린 피로 시뻘겋게 물들었다. 관군은 나무토막처럼 맥없이 팍팍 쓰러지기 일쑤니, 싸움이 아니라 마치 귀신에게 희롱을 당하는 모양새였다. 곽연희는 별초군 승리가 확연해지자 이문경을 찾아 이리저리 두리번거렸다.

이문경은 진자화와 벌써 수십여 합을 충돌하였지만, 검술 솜씨가 비등해서 승부가 어디로 가는지 모를 정도로 혼전을 거듭했다. 두 사람의 유연한 몸놀림과 능숙한 손놀림 그리고 민첩한 발놀림이 어찌나 빠르게 돌아가는지 잘 보이지 않았다. 칼을 부딪치고 흩어질 때는 물 표면에 돌이 떨어진 듯 파장이 일고, 다시 칼부림을 시작할 때는 물의 소용돌이에 빨려들 듯 끌려들었다. 그러나 합이 거듭될수록 진자화는 엄벙거림이 눈에 띄기 시작했다. 그것은 관군이 거의 전멸되다시피 한 까닭도 있지만, 지원군인 줄 알았던 양호 군사가 별초군과 한통속임을 뒤늦게 알아차리고 받은 심적 충격을 이기지 못한 탓이 컸다. 그사이 수십 보 앞에까지 다가온 곽연희는 신경을 한곳에 모은 채 두 사람의 움직임을 지켜보았다.

진자화의 심적 타격을 간파한 이문경은 더 무자비한 공격을 퍼부었다. 발놀림이 둔해진 진자화는 수세에 몰려 방어하기에만 급급해서 이렇다 할 힘을 쓰지 못했다. 그러다가 침착성을 잃고 이문경의 단수에 말려들어 등을 보이고 말았다. 이문경은 때를 놓이지 않고 화살보다 빠른 칼놀림으로 진자화 옆구리를 베었다. 진자화는 일순 털버덕거리다가 그만 폭삭 주저앉고 말았다. 이문경은 피 묻은 칼을 땅바닥에 휙 던져 놓고는, 곧장 쓰러져 있는 곽연수를 향해 다가갔다. 곽연수는 거의 빈사지경에 이른 채 절로 감기는 눈을 끔벅였다.

"연수야!"

이문경은 털썩 무릎을 꿇으면서 부르짖었다. 그때 엎어져 있던 진자화가 땅을 짚고 비틀비틀 일어서더니, 칼 잡은 오른손을 뒤로 쭉 빼서 이문경의 등을 겨누었다. 때를 같이하여 곽연희가 나는 듯이 빠르게 달려들어 칼을 휘둘렀다. 진자화는 간발의 사이로 칼을 던지지 못하고 앞으로 폭 고꾸라졌다. 곽연희 칼날이 그은 진자화 모가지에서 검붉은 피가 주르륵 흘러내렸다. 곽연희는 그제야 이상한 느낌에 사로잡혀 고개를 휙 돌렸다. 그러자 이문경이 부둥켜안은 곽연수가 눈에 들어왔다. 순간 머리가 팽 돌면서 발걸음이 허공에 뜬 것처럼 날아서 다가갔다. 피투성이로 누워있는 곽연수를 확인하자, 혼이 반쯤 나간 것처럼 정신이 멍했다.
"오라버니~ 이~!"
곽연희는 목젖이 벌컥 뒤집히도록 곽연수를 부르며 털썩 주저앉았다.
"연…, 연희야…."
곽연수는 한 손을 힘겹게 반쯤 들어 보이며 가냘픈 소리로 곽연희를 불렀다.
"오라버니~!"
곽연희는 피 묻은 손을 부여잡고 울먹거렸다. 곽연수는 핏기가 싹 가신 얼굴로 힘없이 입술을 실룩 움직였다.
"오라버니, 나야. 나…, 연희야."
곽연희는 곧 넘어갈 것 같은 숨줄을 붙잡고자 애타는 심정으로 말을 시켰다. 곽연수는 고요히 미소를 지으며 몹시 어렵게 입을 뗐다.
"부디…, 형님을 지아비로 삼아…, 잘 살아."
"오라버니…."
곽연희는 무어라고 대꾸하지 못하고 입술만 발발 떨었다.
"형님도…, 그러겠다고…, 했어…."
곽연수는 곽연희 감정을 엉클어뜨리는 말을 남기고 목을 푹 떨어뜨렸다.
"오라~ 버니~~이!!"
곽연희는 가슴 밑바닥에 응어리져 고인 분노와 원한과 울분 그리고 슬픔이 한꺼번에 북받쳐서 폭발했다. 창자가 끊어질 것처럼 꺽꺽 울었다.
그사이 전투는 관군의 패배로 끝이 났고, 별초군과 양호 군사는 뒷수습을 짓는 중이었다. 양호는 군사 서넛과 함께 곽연수 곁으로 다가갔다. 이문경은 양호를 맞이하려고 애써 초연히 일어났다. 그러나 어깨를 들썩이며 울부짖어대는 곽연희를 보자 슬픔이 서리서리 뒤엉켜갔다.

16.

 김방경과 흔도는 12,000명의 군사에다가 400척의 병선과 신무기 철포까지 준비되자, 면밀하게 계획했던 대로 용장성 공략에 나섰다. 홍다구는 공격 개시 하루 전에 왕준이 이끄는 군사 200을 포함한 좌군을 이끌고 완도를 치는 것처럼 뱃머리를 남동쪽으로 돌렸다. 그러다가 상마도 근처에 다다르자 항해를 멈추고 바다에서 밤을 맞이했다. 나유와 고을마는 야밤을 틈타 우군을 이끌고 북서쪽으로 올라가 사슴섬을 은폐물로 삼아 병선을 숨겼다.
 밤하늘에 촘촘히 박힌 별들이 정성드뭇할 무렵 물때가 썰물로 바뀌기 시작했다. 김방경과 흔도는 철포를 얹은 병선을 앞세워 황룡이 그려진 황색 깃발을 단 병선에 몸을 싣고 벽파정으로 향했다.
 경계 군사의 보고를 받은 배중손은 긴급하게 전투태세 돌입 명령을 내렸고, 노영희와 김통정을 비롯한 장수들과 군사들은 잠을 털어내고 우르르 병선으로 몰려가 서둘러 출항했다.
 벌그스름하던 동쪽 하늘이 말쑥해질 즈음, 양쪽의 병선은 벽파정과 삼견원 중간 지점에 자리 잡은 송도를 사이에 두고 서로 전투태세를 갖추었다. 김방경은 계획대로 근접전을 피하려 철포를 쏘아대며 선수를 쳤다. 별초군은 지금까지 들어보지 못한 꽝꽝 울리는 소리에 모두 놀라는 기색이었다. 게다가 철포를 맞은 선체가 펑펑 구멍이 뚫릴 뿐 아니라, 옹기 깨지듯 파삭파삭 산산조각이 나자 몸을 가누기조차 어려웠다. 그러함에도 관군의 병선 가까이 붙으려고 사력을 다했다.

그러는 사이 밀물이 들기 시작하고, 김방경은 드디어 때가 되었다고 판단하고서 총공격 명령을 내렸다. 대각 병사가 주둥이가 크고 길쭉한 관악기를 불어대자 병선마다 돛대 끝에 깃발이 오르고 이어 북소리와 병사들의 고함이 바닷물을 사납게 흔들었다.

상마도 남동쪽에 숨어있던 홍다구가 이끄는 좌군은 운무골로 향했다. 홍다구 뒤를 따르는 왕준은 왕온을 구하고자 하는 생각만 온통 머릿속에 감돌았다. 사슴섬 북서쪽에 숨어있던 나유와 고을마가 이끄는 우군도 때를 맞추어 움직여 저항 없이 뭍에 닿았다. 나유는 군사를 두 패로 나누어 각각 다른 길을 이용하여 용장성을 향해 진격했다.

용장성은 졸지에 밀어닥친 적군을 향해 급히 응전 태세를 갖추었지만, 주력군 대부분이 벽파정으로 몰려간 탓에 위급한 처지에 놓였다. 게다가 운무골에 당도한 좌군까지 손쉽게 난골을 넘어오는 바람에 용장성 운명은 바람 앞의 등불이 되고 말았다. 병장기도 군사도 열세인 용장성 별초군은 사기가 떨어져 변변히 싸워보지도 못한 채 우왕좌왕 갈피를 못 잡았다.

방어벽은 급속도로 무너졌고, 관군과 몽고군은 함성을 지르면서 성안으로 진입했다. 성 안팎이 온통 벌집 쑤셔 놓은 듯 벌끈 뒤집혀 곳곳에서 아우성과 비명이 난무했다. 왕온은 환관들에게 이끌려 살육장이 되어 버린 용장성을 피해 뒷산으로 도주했다. 그러나 이를 모르는 왕준은 체면도 아랑곳없이 허겁지겁 뛰어다니며 '형님! 형님!'하고 소리치며 성안을 뒤집었다. 홍다구도 이신손을 앞세워 왕온을 찾아내려고 눈알을 번덕이며 성안을 휘젓고 다녔다.

구석구석을 이 잡듯 뒤지던 이신손은 왕새우 꼴로 옹크린 채 마루 밑에 숨어있던 안방열을 찾아냈다. 안방열은 이신손을 보자 손을 답삭 잡으며 '우승선! 잘 와주었소.'라며 얼싸안을 듯 반갑게 맞았다. 이신손은 애써 웃음을 지으며 반가운 척했으나, 엄연한 기색으로 왕온이 어디에 있는지 아느냐고 물었다. 곁에 선 홍다구를 보고 심상찮은 기미를 눈치챈 안방열은 왕온을 살릴 수 있도록 도우면 후한 보상을 받을 수 있다던 박천주 말 때문에 대답하기가 몹시 난처했다.

"말 안 해?"

홍다구는 쩌렁 울리도록 큰 목소리로 소리치며 냉큼 칼을 죽 뽑아 안방열 목에 갖다 댔다. 안방열은 잠깐 주춤하더니 이신손을 향해 더듬어대는 소리로 '박천주는 어디 있소이까?'라고, 은밀히 거래할 것이 있음을 알지 않느냐는 투로 물었다. 이신손은 사정을 훤히 다 알면서도 대답하기 귀찮을 듯 느릿느릿한 말투로 '오지 않았소이다.'라고 했다. 순간 안방열은 무엇이 어떻게 얽혀 돌아가는지 몰라 어리벙벙한 표정이 되었다.

"이런 놈은 없애버려야 해."

홍다구는 급한 판에 거추장스러운 존재 하나 때문에 시간을 허비할 것이 아니라며 칼을 쓱 들어 올렸다. 그러자 화들짝 놀란 안방열은 '나…, 나는…, 판태사국사 안방열이요, 상장군을 만나게 해주시오.'라고 소리쳤다.

"뭣이라…?"

홍다구는 핼끔 눈꼬리를 말아 올리며 머리를 갸웃 기울였다. 안방열은 조금 허풍 섞인 목소리로 '판태사국사를 모른단 말이오?'라며 자신은 고려의 모주(謀主)라고 했다. 홍다구는 '판태사국사…?'라며 이맛살을 찌푸린 채 안방열을 살펴보더니, 안면이 낯설지 않다는 듯이 '오호라!'라고는 불쾌한 표정을 지으며 볼통스럽게 말을 뱉었다.

"네놈은 남쪽으로 가면 새 도읍을 이룬다는 낭설로 어리석은 백성을 미혹하여 역도의 주모자가 된 놈이 아니더냐?"

안방열은 홍다구 태도로 보아 일이 고약하게 뒤틀렸다는 것이 짐작되자, 그만 사지가 오그라드는 통에 겁이 잔뜩 담긴 눈으로 이신손을 향해 '이보시오? 우승선! 뭐라고 말 좀 해보시오.'라며 몸을 부르르 떨었다. 그러나 이신손은 짐짓 의아한 표정까지 지어가며 '무슨 말을 하라는 것이오?'라며 모른 척했다.

"승화후를 살릴 방도를 마련하면, 영녕공은 물론 폐하께서도 후한 보상을 내리실 것이라고 하지 않았소?"

안방열은 박천주를 들먹이며 애발스럽게 몸부림치듯 격앙된 어조로 소리쳤다. 이신손은 별안간 눈을 반짝 빛내며 홍다구 눈치를 살피다가 창백한 안색으로 '뭐라…?'라며 시치미를 뚝 떼고는, 벌겋게 달아오른 볼을 씰룩거리며 입을 뗐다.

"내가 네놈에게 속아서 역도들을 따라온 것을 생각하면 치가 떨리는 일이거늘, 지금 무슨 소리를 지껄이는 것이야?"

순간 안방열은 둔기로 뒤통수를 얻어맞고 고꾸라질 것처럼 무릎을 휘청거리다가, '이…, 이보시오….'라며 말을 어떻게 아물려야 할지를 몰라 더듬거렸다.

"고려 족속들은 만나기만 하면 다투니…, 원."

홍다구는 못마땅하게 혀를 차다가 안방열을 향해 '왕온은 어디로 갔어?'라고 다그쳐 물었다. 안방열은 너무나 단도직입적인 말

역도 197

에 구실을 내세우지 못하고, 용장성 뒷산으로 도망쳤다고 이실직고해버렸다. 홍다구는 고개를 번쩍 들어 용장성 남쪽에 오똑 솟은 선황산 상봉을 가리키며 '저쪽으로 도망쳤단 말이지.'라고는 차디찬 미소를 머금었다. 안방열은 관대한 처분을 바라는 죄인처럼 굴며 그렇다고 대답했다. 홍다구는 시퉁스럽게 '그래?'라고는 돌연 들고 있던 칼을 휘둘렀다. 안방열은 단칼에 입에서 왈칵 피를 토하며 앞으로 푹 고꾸라졌다. 홍다구는 쓰러진 안방열 옷에다가 피 묻은 칼을 쓱 문지르고는, 군사를 이끌고 용장성 뒷산을 향해 움직였다. 이신손은 처참하게 죽은 안방열 몰골을 찌뿌둥한 눈길로 보다가 곧 외면하고는 홍다구 뒤를 따라붙었다.

그때까지 왕온을 찾지 못하여 마음이 갈팡질팡 혼란스러운 왕준은, 군사들과 용장성 뒷산으로 오르는 홍다구를 발견했다. 잠시 쳐다보다가 무슨 낌새를 눈치챘는지 군사를 이끌고 급히 뒤쫓아갔다.

한편 김방경의 관군과 흔도의 몽고군에게 몰리던 별초군은 노영희를 비롯한 수많은 군사가 죽으면서 완전히 기선을 빼앗기고 말았다. 게다가 멀리 보이는 용장성마저 불바다로 변해 버린 모습에 군사들은 전의까지 상실했다. 이에 배중손은 남은 병선들을 이끌고 남동쪽으로 도주하지 않으면 안 되었다. 후일을 도모하려 남도석성으로 가서 전열을 가다듬을 생각이었지만 그마저도 여의치 않았다. 맹렬한 기세로 뒤쫓아 오는 관군과 몽고군 병선에서 쏘아대는 철포 앞에 병선의 대열은 허물어지고 지리멸렬 사방으로 흩어졌다.

배중손은 철포를 얻어맞아 반 넘게 부서진 병선을 이끌고 벽파정 남쪽 해안가로 상륙했다. 하지만 뒤따라 상륙한 관군과 몽고군을 맞아 개펄에서 혈전을 벌였으나 중과부적이었다. 그나마 병선이 온전한 김통정이 조시적과 이순공을 비롯한 몇몇 군사들을 이끌고 남도석성으로 피할 수 있도록 진두에서 적을 막아내고 최후를 맞이한 게 다행이라면 다행이었다. 배중손은 그렇게 별초군 수장으로서 소임을 다하고 한 많은 생을 마감했다.

별초군 수군이 전멸한 울돌목에는 수없이 부서진 병선 널조각들이 물살에 휩쓸려 둥둥 떠다녔다. 승리를 굳혔다고 판단한 흔도는 계획대로 나머지 일을 김방경에게 맡기고 자신은 중군을 이끌고 송징의 별초군을 치기 위해 완도로 뱃머리를 돌렸다.

그 무렵 왕온을 맹추격하던 홍다구는 첨찰산 남쪽 기슭 다복솔밭에서 왕온 일행의 뒤꼬리를 잡았다. 호위 군사도 없이 도주하던 왕온은 이미 몸과 마음이 지칠 대로 지쳐 한 가닥 남은 배알마저도 버리고 순순히 항복했다. 그러나 홍다구는 왕온을 따라나선 환관들을 가차 없이 도륙했다. 왕온은 수하 사람들이 무참히 살육되는 모습을 지켜보면서도 감히 대항할 엄두를 내지 못했다.

"감히…, 네놈이 도망을 가?"

홍다구는 경멸하는 눈초리로 쳐다보며 회심의 미소를 지었다.

"개만도 못한 네놈에게 목숨을 구걸하고 싶지 않으니 마음대로 하거라."

왕온은 그나마 심한 열등감을 달래보겠다는 듯이 태연을 가장하여 화를 냈으나, 약하게 떨리는 입술은 파랗게 죽어갔다.

"뭐라 개만도 못한…? 뭣이 어째?"

가뜩이나 고려로부터 사람대접 못 받는 홍다구는 혈통에 대한 자격지심이 도져 목젖이 벌컥 뒤집히도록 소리쳤다.

"오늘에 이르러 내 처지가 허망스럽게 된 것이 원통하여 참을 수가 없구나."

왕온은 침착함을 유지하려 애를 썼지만 억울하고 분한 생각을 버리지 못했는지 얼굴은 일그러지고 목소리는 비통했다.

"오냐, 고려 황족 피가 흐른다고 하여, 역도가 아니라고 말하지 못할 터…."

홍다구는 마치 토끼를 앞에 둔 호랑이처럼 껍죽거리는 표정으로 쏘아보며 죽여주겠다고 했다. 왕온은 모든 것을 체념한 듯 가만히 입을 다물었으나 얼굴에는 애상이 어렸다. 그때 뒤쪽에서 '기다리시오!'라는 고함이 들려왔다. 홍다구는 휙 고개를 돌려 음충스레 쳐다보았다. 얼마쯤 떨어진 곳에서 헐레벌떡 뛰어오는 왕준이 보였다.

"저놈이 여기를 어떻게 알고…?"

홍다구는 찢어진 눈에서 냉기를 뿜으며 중얼거리다가, 문득 생각지도 않았던 재밋거리가 생각난 듯 빙긋이 웃으며 칼을 거두었다. 가쁜 숨을 몰아쉬며 헐레벌떡 뛰어온 왕준은 체면도 없이 홍다구 팔을 덥석 잡으며 쇳내가 섞인 목소리로 '형님을 살려주시오.'라며 매달렸다.

"역도 우두머리를 살려달라니? 미치지 않고서야 어찌 그리 불경스러운 소리를 입에 담을 수 있단 말이오?"

홍복원의 죽음을 꽁하게 간직하고 있던 홍다구는, 오래전부터 이런 날이 오기를 기다렸다는 듯이 얼굴에 희색이 가득했다.

"이렇게 부탁하겠소이다, 제발 너그러운 마음으로 한 번만 굽어보아주시오."

왕준은 극악 상황만을 모면하고자 위신과 자존심 따위는 개골창에 내동댕이쳤다는 듯이, 배알이 뒤틀릴 만큼 애원하는 소리로 사정했다.

"저 역도 놈이 아무리 영녕공의 친형이라 할지라도 결코, 살려두지 않을 것이오."

홍다구는 앙심을 짓씹으며 벼르고 또 벼르다가 잡은 복수의 기회를 놓이지 않을 것이라고 했다.

"개경으로 압송해서 폐하께 고하여야 옳지 않겠소이까?"

왕준은 어떻게 하든 왕온을 살릴 방도를 찾고자 시간을 벌 생각이었다. 홍다구는 가소롭기 짝이 없다는 듯 '흥!'하고 콧방귀를 뀌고는 시큰둥한 목소리로 입을 뗐다.

"대칸 칭기즈 칸께서 정벌 길에 오르신 이래로…, 즐거움이라면 복종한 나라의 여자는 베개 삼아 뒹굴고, 남자는 노소를 막론하고 죽이는 것인데, 하물며 역도 우두머리 모가지를 어찌 붙여놓는단 말이오?"

"장군! 지난날 잘못을 회죄하오이다, 제발 형님을 살려만 주시오."

왕준은 급기야 털썩 무릎까지 꿇으며 눈물을 보이고 말았다.

"그런다고 저승에 가신 내 부친이 돌아오겠소이까?"

홍다구는 원망이 가득 찬 눈으로 왕준을 내려다보며 시침을 딱 갈기고는, 말 붙일 틈도 없이 '이얍!'하는 기합과 함께 들입다 칼을 휘둘렀다. 동시에 왕온은 목이 떨어져 나가고 몸은 비스듬히 한쪽으로 기울어졌다.

"형니~ 임!!"

왕준은 목에서 피를 쏟아내는 왕온을 부둥켜안으며 오열을 터뜨렸다.

그 시각 남도석성으로 향하던 김통정은 금갑진을 지나칠 때 때마침 보길도에서 피워 올린 봉홧불을 발견했다.

"아…! 이 별장이 기어코 해냈더란 말인가?"

김통정은 격정이라고도 할 수 있는 감정의 덩어리 같은 것이 치솟아 올랐다. 그러나 죄책감과 회한이 범벅되어 눈을 감았으나 얼굴은 착잡하다 못해 부르르 떨렸다. 그것은 열 배에 가까운 관군을 물리친 이문경의 무훈에 대한 고마움과 자신의 부끄럼 때문이었다.

그에 앞서 송담천에서 대승을 거둔 이문경은 양호 군사와 연합하여 조천포에 잔존한 고여림 군사의 잔당을 물리치고 그곳에 진을 쳤다. 그러면서 김휘치에게 군사 오십을 내주어 후풍도를 점령하게 했다. 손쉽게 후풍도를 점령한 김휘치는 봉홧불을 올려 보길도에 탐라 점령 소식을 알렸고, 이에 보길도 별초군이 올린 봉홧불을 김통정이 보게 된 것이었다.

"장군, 어찌할까요?"

조시적은 뱃머리를 어느 쪽으로 잡아야 할지 궁리가 나지 않았다. 김통정은 자칫 약해질 것 같은 마음을 다잡으며 가일층 가라앉은 목소리로 남도석성으로 향하라고 했다.

"이미 용장성이 불탔는데…, 놈들이 거기까지 밀어닥치지 않았겠사옵니까?"

곁에 서 있던 이순공은 내심 걱정이 다분한 목소리로 물었다.

"한나절이 더 걸리는 거리를 무슨 수로 그사이에 올 수 있겠어? 다 망가진 병선으로는 탐라까지 가는 건 무리야. 어서 조선장으로 가서 병선을 바꾸고 남도석성에 남은 군량미와 병장기를 모두 옮겨 실어야 해."

김통정은 용장성에서 남도석성까지의 거리를 재빠르게 어림하면서 그곳에서 전열을 재정비한 후 탐라로 출발해야 한다고 했다.

17.

한편 왜로 떠났던 오랑국 사신단은 옥에 갇혔다가 임열준과 일행 모두가 참수형을 당했다. 그러나 양석도는 뛰어난 조선공인 덕에 조선장으로 끌려가 노역에 시달렸다. 그러다가 어느 날 비 오는 야밤에 감시가 느슨한 틈을 타 탈출하여, 조선장 외진 곳에 묶어둔 작은 배 하나를 훔쳐 거친 바다로 나섰다. 그러다가 태풍을 만나 말로 표현할 수 없는 고초를 겪으며 닷새를 표류한 끝에 구사일생으로 매물도에 당도했다. 그곳에서 약초와 물고기와 조개 등으로 굶주린 배를 채우며 지나가는 배를 기다렸다. 그렇게 하루하루를 보내다가 열 이틀째 되던 날 별초군 군기를 단 병선 무리를 만났다. 별초군은 합포 나루를 기습하여 몽고군 수십 명을 죽이고 병선 32척을 불태우고서, 거제현까지 습격하여 병선 3척을 불태운 뒤 현령을 붙잡아 남해도로 돌아가는 중이었다.

천신만고 끝에 구조된 양석도는 진도와 완도의 별초군이 무너졌다는 소식을 듣고는 낭패감과 실의에 뒤엉킨 절망감이 마음을 꽉 채우는 통에 숨쉬기가 힘들었다. 유존혁은 싸리비처럼 수척한 양석도를 향해 '갔던 일은 어찌 되었나?'라고 물었다.

"진도를 떠난 지 두 달 만에 하카다에 도착하여 가마쿠라 막부를 거쳐 경도에 당도했사온데…, 그곳에서 마주친 오랑캐 사신 놈들 방해로 호조 도키무네는 만나지 못했사옵니다."

 양석도는 사신단 행적을 소상하게 알리면서도 책임을 완수하지 못해 송구스럽다고 했다.

 "무엇이라…? 그놈들이…, 무엇 때문이란 말이더냐?"

 유존혁은 예기치 못한 일에 놀라 멍멍히 바라보며 물었다.

 "우리 오랑국을 따돌리기 위해 그리 한 것이옵니다."

 양석도는 고려가 별초군 사신단이 호조 도키무네와 접촉하지 못하도록 방해 공작을 편 것이라고 했다.

 "진도와 완도도 그렇고…, 내밀하게 움직인 그 일을 놈들이 어떻게 알았단 말인가?"

 유존혁은 진도와 완도가 힘없이 무너진 것과 별초군 사신단이 호조 도키무네를 만나지 못한 일련의 사태가 간자 짓이 아니면 있을 수 없는 일이라고 했다.

 "호조 도키무네는 만나지 못했으나 호조 도키스케를 만났는데…."

 양석도는 말을 잇기가 난감하기 이를 데 없다는 듯이 여짓여짓 하면서도 끝내 말끝을 흐리고 말았다. 유존혁은 눈을 빤뜩거리며 '그자는 누구란 말이더냐?'라고 문초 식으로 다그쳐 물었다. 양석도는 힘없는 소리로 '호조 도키무네 서형인 자이옵니다.'라고 대답했다. 유존혁은 눈을 한 번 끔벅 감았다 뜨고는 '그래…, 그자가 뭐라고 했나?'라고 물었다.

 "왜는 북구주 하카타만만 잘 방비하면 걱정할 일이 없다고 했사옵니다."

 양석도는 호조 도키스케가 별초군이 보낸 국서를 묵과했다고 했다.

"이것들이…?"

유존혁은 버럭 소리를 지르다가 끓어오르는 울화를 삭이고는 '대체 이유가 뭐라던가?'라고 소리쳤다.

"고려가 오래전에 보낸 서찰에는 몽고 덕을 찬양했는데, 이번에는 왜 그 반대냐고 따지기에 사신단이 알아듣도록 설명을 했사오나…, 이런저런 트집거리를 잡으며 믿을 수 없다는 것이옵니다."

양석도는 사전에 호조 도키스케를 만난 조양필과 초천익이 이간질을 놓았기 때문에 사신단 일행이 죽임을 당했다 했다.

"그러니까…, 놈들이 오랑캐 사신과 모종의 거래를 했다는 소린가?"

유존혁은 심기가 뒤틀리는지 목소리가 격앙되었다. 양석도는 고개를 끄떡이며 조양필과 초천익이 흠뻑 뇌물을 먹었기 때문이라고 했다.

"이런 빌어먹을…."

유존혁은 벌컥 화를 내다가 흥분된 마음을 짓누르고는 다음 말을 이어나갔다.

"그렇다면 왜놈이 관군과 몽고 사신 놈들 뜻을 받아들일 것 아닌가?"

"그런 일은 없을 것이니 걱정하지 않아도 되옵니다."

"어째서?"

"호조 도키무네는 사이가 좋지 않은 호조 도키스케 주장을 늘 배척하기 때문이옵니다. 나중에 호조 도키무네가 오랑캐 사신을 추방한 것을 보면, 둘 사이 반목과 대립이 얼마나 심한지 알만한 일이옵니다."

"오랑캐 놈들 사신을 추방해…? 그 까닭이 무엇인가?"

"앞서 말씀드렸듯이 뇌물을 받아먹었기 때문이라고 하는데…,

실은 호조 도키스케가 아무리 서형이라고는 하나, 자신을 제쳐두고 국사를 논한 것이 괘씸해서라고 들었사옵니다."

양석도는 호조 도키스케는 이복동생인 호조 도키무네가 자신을 제치고 싯켄이 된 것에 불만을 품으면서 다툼이 일어났다고 했다.

"그러니까…? 형제간의 반목으로 생겨난 알력 때문에 우리 계획이 뒤틀어졌단 말인가?"

유존혁은 지금까지 나눈 말들을 차곡차곡 정리했다는 듯이 이야기를 일단락 지었다. 양석도는 힘없는 목소리로 그렇다고 대답했다.

"됐어, 그만하면 할 도리는 다한 것이야."

유존혁은 자책을 느끼지 말라는 말로 위로했다. 양석도는 무겁게 고개를 숙이며 면목 없다고 말하다가, 비로소 빠트린 말을 생각해냈다는 듯이 사뭇 엄숙한 표정으로 입을 뗐다.

"조선장에서 노역할 때 들은 이야기온데…, 왜에서 물길 따라 남쪽으로 사흘 정도 떠내려가면 크고 작은 섬 여러 개가 나타나는데, 그곳을 류쿠라고 부른다고 하옵니다."

"류쿠…? 나라 이름을 류쿠라는 것이냐?"

유존혁은 별로 대단치 않은 문제라는 듯이 건성으로 물었다.

"그런 것이 아니오라…, 야만족들 섬이라 하옵니다."

양석도는 미개하여 나라에 대한 개념이 없는 사람들이 사는 곳이라고 했다.

"그래…? 헌데…, 그곳이 왜?"

유존혁은 어려운 판국에 다른 일에 신경 쓸 겨를이 없다는 듯이 성의 없이 받아넘겼다.

"진도와 완도가 무너졌다 하니, 무슨 대책이라도 세워야 하지 않겠사옵니까?"

양석도는 이참에 류쿠로 내려가 오랑국 기초를 다지는 것이 어떻겠느냐고 했다.
"탐라가 있지 않은가?"
유존혁은 이문경이 탐라를 정복했으며 김통정이 진도에서 살아남은 군사를 이끌고 내려갔으니, 그 먼 류쿠를 염두에 둘 필요가 없다고 했다.
"하오나…."
"됐어…, 우리는 군사와 병선을 수습하여 탐라로 이동할 것이니 그리 알고 쉬도록 해."
유존혁은 단숨에 말꼬리를 잘라먹고는, 남해도 별초군도 곧 탐라로 떠나야 한다고 했다. 양석도는 어리뜩한 표정으로 쳐다보며 언제쯤 떠나느냐고 물었다.
"오랑캐 놈들 때려잡고 빼앗은 병장기와 식량을 정리하고, 부서진 병선까지 고치는데 대엿새면 될 것이야. 참, 자네는 진도에서 조선장 책임자였으니 도와줘야 할 일이 많아."

그 무렵 진도에서 살아남은 군사와 병선을 이끌고 탐라에 도착한 김통정은 이문경이 이루어 놓은 일들을 보고는 감탄했다. 그도 그런 것이 이문경은 양호와 힘을 합해 조천포, 함덕포, 군항포, 귀일포, 외도포, 애월포, 명월포 등 일곱 곳 해안가에 병선을 정박시킬 수 있는 포구 공사와 포구 일대를 중심으로 석성을 쌓아가고 있었기 때문이었다.
"이 별장이 우리를 살렸어."
김통정은 이문경을 향해 큰일을 해냈다면서 극구 칭송을 아끼지 않았다. 이문경은 듣기가 면구스러운 듯 짐짓 딴전을 부리면서, 양호가 아니었다면 엄두를 못 낼 일이었다고 했다.

"당치 않소이다. 이 별장과 별초군이 오랑캐 앞잡이들을 멸살하고야 말겠다는 한마음 한뜻으로 똘똘 뭉쳤기 때문이오."

양호는 병법에 밝은 장수가 군사를 지휘했기 때문에 승리를 거둘 수 있었다며 이문경을 치사했다.

"성주님께서 계책을 일러주시지 않았더라면 우둔한 소장이 어떻게 해낼 수 있었겠사옵니까?"

이문경은 양호가 지형지물 이용과 관군의 움직임을 예측하고서 그에 맞는 병술을 알려주었기에 가능했다고 했다.

"이 별장이 말이 맞는 것 같소이다."

김통정은 이문경 말에 동조하는 태도로 은근슬쩍 양호의 공을 치켜세워 주고는 말을 이어나갔다.

"포구 공사와 포구 주변으로 둘러싼 석성만 보더라도 그렇지 않소이까? 성주님께서 탐라 군사와 거민을 동원해주시지 않았더라면 어찌 꿈인들 꿀 수 있었겠소이까? 게다가 본거지를 마련할 곳을 찾아주셨으니 참으로 고맙소이다."

"이거 참, 듣기가 거북스럽소이다."

양호는 입으로는 비쌔면서도 싫지 않다는 듯이 종전까지와는 사뭇 달라진 표정이었다.

"여기가 바로 성주님께서 알려주신 안악이온데, 동서남 삼면이 내로 둘러싸여 물 걱정이 없고 군항포와 애월포가 한눈에 들어와 본거지로서 손색이 없사옵니다."

이문경은 양호와 이미 서너 차례 둘러보았으며, 인근 지형물을 이용하여 성을 쌓는다면 용장성 못지않을 것이라고 했다.

"단기간에 성을 쌓을 좋은 방법이라도 있는 것인가?"

김통정은 내심 반전의 기회가 있기를 바라는 염원을 담은 것처럼 말했다.

"북서쪽 비탈진 곳에 자란 나무를 잘라 궁궐과 관아와 가옥, 군기고, 후망 등을 짓는 데 쓸 것이고…, 나무를 잘라낸 곳은 편편하게 다듬어 궁궐터를 만들어 돌로 내성을 쌓고, 외성은 개천 주변을 빙 두른 15리에 걸쳐서 토성을 쌓을 것이고…, 네 개의 성문을 만들 것이옵니다."

이문경은 김통정의 심정을 헤아려서 답변이 궁색하지 않도록 애를 썼다. 김통정은 다시 싸울 힘을 기를 수 있겠다는 의욕이 유연히 솟아나는지, 낯빛이 마치 취기가 도는 것처럼 볼그레했다.

"성안에 우물을 여러 개 파고 물고기를 풀어 키울 웅덩이를 만들 것인데…, 거기서 파낸 흙은 외성을 쌓는 데 보탤 것이오."

양호는 이문경 말에다가 자신이 품고 있던 생각을 보탰다.

"그만한 공사를 할 사람들이 있단 말이오?"

김통정은 뒤늦게 현실을 직시했다는 듯이, 약간은 굳어지는 표정으로 부역에 동원될 인력이 있는지 물었다.

"관군을 몰아내고 나니, 관군 등쌀에 시달리던 백성이 막혔던 숨통이 트이는 것처럼 좋아하오이다. 그런 백성에게 관군과 몽고군을 물리치기 위해서라고 한다면야…."

양호는 탐라 백성은 관헌과 몽고 주구 노릇을 하는 친몽 세력들에게 압박과 착취를 당하며 살았던 탓에, 성을 쌓는 일에 발 벗고 나설 자와 군사로 자원할 자도 많다고 했다.

"그렇단 말입니까?"

김통정은 별초군과 탐라 백성이 동병상련한 처지가 되어 함께 힘을 모은다는 말에 한껏 고무되었다.

"그러하옵니다. 그들을 단련시킬 무술 조련장도 만들어야 할 것이옵니다."

이문경은 양호를 대신하여 성곽을 쌓는 일만큼이나 병사를 훈련 시키는 일이 중요하게 되었다고 했다.
"눈코 뜰 새가 없겠어."
김통정은 이래저래 할 일은 많아진 것처럼 마음이 바쁘고 번거로우면서도 내일에 대한 희망이 서리기 시작했다.

18.

　원종과 대신들은 진도와 완도 별초군을 격파하고 돌아온 관군과 몽고군을 환연히 맞이했다. 특히 김방경과 흔도와 홍다구에게 위태로운 나라를 구한 등불과 같다며 칭송을 아끼지 않고 만찬을 베풀었다. 군사들 또한 승전을 치하하며 그에 대한 상급을 후히 내리고 큰 술판을 벌이도록 했다. 거문고 가락을 타고 난무하는 무희들의 우아한 춤사위가 밤낮없이 이어졌다. 대궐에서 춤과 노래로 흥을 돋우는 동안, 대궐 밖 관군은 만판 먹고 마시며 음식과 술의 향취를 즐겼다. 몽고군은 흥에 겨워서 마음껏 거드럭거드럭하는 것만으로는 부족한지 고려 여자는 눈에 띄는 대로 겁탈하여 욕정을 채웠다.
　몇 날 며칠 쉬지도 않고 이어지던 잔치가 끝나갈 무렵, 김방경은 무엇을 위해 동족끼리 죽고 죽이며 싸워야 했는지 울적하고 침통했다. 소수 권력자 입김이 대다수 의견인 것처럼 간주하여 벌어진 뒤틀린 욕망, 그 싸움에서 죽어간 병사들의 희생은 얼마나 하잘것없는 것인가? 그 깜깜한 허무에 묻어나오는 막연한 피로감이 마음을 괴롭혔다.
　한동안 바깥출입을 하지 않고 번민하다가 이문경을 만나보라고 했던 나유의 말이 생각나 영통사로 향했다. 오관산 꼭대기에 우람하게 솟은 다섯 개 봉우리가 내려다보는 산기슭을 거슬러 찾아간 영통사는 예전 모습 그대로 말짱했다.

"큰 공을 세우고 오셨는데…. 마음이 편치 않으니, 소승 심보가 고약한가 보옵니다."

김방경을 맞이한 각훈은 연마되지 않은 거칠거칠한 석탑 표면처럼 투박스러운 말을 뱉었다.

"소장 마음도 그러한데…, 어찌 그렇지 않겠사옵니까?"

김방경은 여러모로 울적한 심사를 짓씹으며 말했다.

"나무아미타불…."

각훈은 두 손을 합장하고는 애써 평온한 표정을 지으며 무슨 일로 찾아왔는지 물었다. 김방경은 겸연쩍은 듯 잠시 눈살을 찌푸리며 눈을 감았다 뜨고는 '이문경을 만날 수 있겠사옵니까?'라고 물었다. 각훈은 별 표정 없이 무덤덤한 어조로 '진도에서 못 보신 모양이시군요?'라고 되물었다.

"진도…? 역도들을 찾아갔다는 말씀이옵니까?"

김방경은 놀라서 그만 목소리가 높아졌다. 각훈은 대답하지 않고 고개만 끄떡해 보였다. 김방경은 거칠게 마른 입술에 침을 축이며 '언제 떠났단 말입니까?'라고 물었다.

"상장군께서 모르고 계셨다니…, 죽지는 않았나 보옵니다."

각훈은 이문경이 살아있기를 바라는 마음이 너무 앞선 탓에 그만 생뚱맞은 대꾸를 내놓았다. 김방경은 엉뚱한 대답을 듣고도 반문하기가 난처한 듯 고개를 끄떡끄떡하고는 '몸은 다 나았답니까?'라고 물었다.

"독화살을 맞고 살아남았다는 것은 무량무변하신 부처님 자비의 손길이 닿은 것이지요."

각훈은 기적 같은 일이 일어난 것이라고 했다.
"목숨을 건져도 절간에서 보내게 될 줄 알았는데…, 부처님 자비와 대사님 의술이 도저하신 까닭인가 보옵니다."
김방경은 이문경이 칼을 잡을 만큼 완쾌한 것 같아 마음이 한결 홀가분했다. 하지만 그 상서로운 느낌 한쪽에는 모호한 우려감이 고개를 들었다.
"워낙 강골인데다가 곽연수가 용케 약초를 구해왔고, 또 그자 누이가 지극정성으로 돌본 덕에 살아났을 뿐입니다."
각훈은 자신이 한 일이라고는 아무것도 없다며 곽연수와 곽연희 공으로 돌렸다.
"참, 그 두 사람은 어찌 되었습니까?"
김방경은 불쑥 곽연수와 곽연희를 까맣게 잊고 있었던 것에 대해 미안한 마음이 들었다.
"모두 함께 떠나기로 했다고 했으니, 진도로 갔겠지요."
"셋이 함께 말이옵니까?"
"그렇사옵니다. 진도로 가겠다고 했을 때 굳이 말리지 못했던 것은 소승의 욕심이 지나쳤기 때문이었사옵니다."
"욕심이라니요…?"
"재조대장경판 때문이지요."
"그것이 어쨌다는 것입니까?"
"배중손 장군에게 별초군 군사를 남해도로 보내어 몽고군으로부터 지켜달라는 당부의 말을 전달해달라고 했지요."
"그런 중차대한 일을 역도들에게 부탁하셨단 말씀이옵니까?"
"어찌하겠습니까? 거기까지 화가 미치면 누가 지킨단 말입니까?"
"그 일이 어찌 대사님만의 염원이겠습니까? 소장도 그 일을 염려하여 탈타아께 간청하여 몽고군이 남해도 근처에는 가지 못하도록 손을 써두었사옵니다."

"그것이 정말이란 말이옵니까?"

"그러하옵니다, 그러니 그 일에 대해서는 너무 신경을 쓸 것 없사옵니다."

"나무 관세음보살, 나무 관세음보살."

각훈은 한시름 놓았다는 안도감이 묻어난 얼굴로 합장하고는, 그제야 팽팽했던 표정이 조금 풀리면서 평정한 마음으로 입을 뗐다.

"진도와 완도가 저리되고 난 뒤, 쿠빌라이가 기쁜 나머지 몽고를 대원이라는 국호를 사용하기로 했다는 소식을 들었소이다만…, 그리되면 앞으로 고려는 어떻게 되는 것이옵니까?"

"글쎄요…, 아직 소장 입으로 말씀드리기에는…."

김방경은 그에 관해서는 아는 것이 없다는 듯 흐리마리했지만, 기실 마음속에는 무거운 고민 덩어리가 촛대 밑바닥을 덮은 촉농처럼 켜켜이 쌓여 있었다. 몽고는 고려가 별초군 진압을 위해 군사를 빌린 것을 빌미로 잡아, 앞으로 어떤 부당한 요구를 얼마나 해올지 생각만 해도 우울하고 슬픈 일이 아닐 수 없었다. 더욱이 쿠빌라이가 주역의 대재건원(大哉乾元)을 모방하여 국호를 대원(大元)이라 하고서, 자신은 주역에서 말하는 만물자치(萬物資治)의 으뜸인 황제라 공포하고 도읍 또한 북경으로 옮겼다. 그 후 고려 황제는 왕으로 격하되어 더는 폐하로 불릴 수 없고, 전하라는 칭호를 사용하라는 교서가 내려온 상태였다.

각훈은 얼굴빛이 흐리고 양미간에 무거운 고뇌의 그림자가 어른거리는 김방경을 보기가 어색하여 말머리를 돌렸다.

"소승이 듣기로는 남해도에 주둔했던 별초군도 탐라로 이동했다던데…, 거기까지 원정을 떠날 것이옵니까?"

"탐라는 남송의 임안에서 왜로 가는 바닷길이어서 신경을 곤두세우고 있사옵니다."

김방경은 쿠빌라이가 왜를 정복하려는 야심을 버리지 않는 한 탐라를 포기하지 않을 것이라고 했다.

"결국…, 또 동족 가슴에 칼을 겨누고야 말겠다는 것이 아니옵니까?"

각훈은 생각만 해도 억장이 무너지는지 얼굴이 창백하게 질렸다.

"이틀 전에 탐라로 초유사를 보냈으니 아직은 무어라고 단언하기는 이르옵니다."

김방경은 쿠빌라이가 별초군을 회유하기 위해 쓴 서찰을 원종에게 주었다고 했다.

"회유책이라…? 피를 흘리지 않게 된다면 그보다 다행스러운 일이 또 어디 있겠소이까?"

각훈은 어떤 기대감이 생긴 사람처럼 밝은 목소리로 말하고는, 초유사로 누가 갔는지 묻는 것으로 다소 위안으로 삼았다. 김방경은 갑자기 심기가 사나워진 듯이 달라진 어투로 금훈과 이정이 떠났다고 했다.

"이정…? 겨우 산원 벼슬을 가진 그자가 갔다는 말씀이옵니까?"

각훈은 사실로 믿기지 않는다는 듯 격앙된 이조로 소리쳤다. 김통정은 대답하기가 난처하다는 듯 고개만 끄덕 움직였다.

"힘이 장사라는 것만으로 김준에게 신임을 받았으나 김준이 죽은 뒤로 도망쳐 숨어 살다가 다시 나타나 복직했다지만, 원래 개 잡는 일이 업이었던 그 무지렁이가 얼마나 얍삽한지 다 아는데…, 그런 자를 보내다니 대체 일을 어느 지경으로 몰고 갈 생각이라는 말씀입니까?"

　각훈은 얕은꾀 부리기에 능하고 불뚝성을 가진 이정이 갔다면 일을 그르치는 것은 빤한 것이라며, 강경책을 쓰기 위한 구실을 만들려고 일부러 그런 것이 아니냐고 따졌다.

　"아직은 알 수 없지만…. 부안의 변산과 장흥의 천관산에서 대대적으로 벌목을 시작했고, 홍주, 결성, 남포 지역 백성을 고란도 조선장으로 이동시킨다고 하니 종국에는 그리되고야 말 것 같사옵니다."

　김방경은 쿠빌라이 지시로 대규모로 병선을 만들 준비를 하는 것으로 보아 틀린 말이 아닐 것이라고 했다.

　"대체 몇 척이나 만들기에 그 난리를 피운단 말이오?"

　각훈은 행여나 김방경이 잘못 알았으면 좋겠다는 요행을 바라기라도 하는 듯이 몽상했다. 그러나 김방경은 대선(大船)만 삼백 척을 건조해야 한다며 구체적으로 확인시켜주었다. 각훈은 미우간에 수심을 드러내며 '끙.'하고 앓는 소리를 하더니 부탁이 있다고 했다. 김방경은 무정한 표정으로 쳐다보며 무엇이냐고 물었다.

　"살았다면 필경 탐라로 갔을 것이옵니다."

　각훈은 이문경이 탐라에 있을 것 같은 느낌이 든다고 했다. 그러자 김방경은 이신손이 말한 군사 120명을 이끌고 남도석성으로 내려갔다던 자가 이문경일 것이라는 생각이 파뜩 솟아났다. 그러고 보니 고여림과 김수를 꺾은 자가 누구였는지 이제야 알 것 같았다. 그 모든 것이 사실이라면 이문경과 피할 수 없는 운명에 부딪히게 될 것 같아 머리가 텅 비었다. 그 기억 끝에 곽연희 생각이 언뜻 머리에 떠올라 입을 뗐다.

　"곽연희가 이문경을 보살피느라 애를 많이 썼다는 소식을 들었습니다만, 혹시 둘 사이가 좀 더 긴밀해졌사옵니까?"

"그 말씀은 마치 연분이라도 맺어지기를 바라는 것으로 들리옵니다만….”

각훈은 김방경이 다 죽게 된 이문경을 데리고 왔을 때 슬피 울던 곽연희에게, 목숨만 건지게 되면 혼인식을 올려주겠다던 말이 돌차간에 떠올라 물었다.

"난리만 아니었다면 부부의 인연을 맺었을 것이옵니다."

김방경은 두 사람은 하늘이 정해준 연분의 정을 나눌 사이가 아니냐고 했다. 그러나 각훈은 곽연희에게 깊은 정을 붙인 김찬과 이를 마다하고 이문경을 마음에 둔 곽연희, 그리고 곽연희를 냉랭하게 대하는 이문경, 세 사람의 얽힌 관계를 설명할 수 없는지라 '소승이 어찌 알겠소이까, 하지만….'이라며 말꼬리를 눙쳐놓고서 '혹여, 그 아이를 만나거든 죽이지는 마시옵소서.'라고 걱정이 섞인 눈으로 쳐다보았다. 그러나 김방경은 물음에 대한 대답이 아닌지라 대꾸를 하지 못하고 미적거렸다.

"소승의 부탁을 들어주시겠사옵니까?"

각훈은 대답을 들겠다는 듯이 애써 목소리를 높여 물었다. 그제야 말귀를 알아먹은 김방경은 울울한 기분에 빠졌던 심란한 생각을 털어내고는 찬찬히 말을 꺼냈다.

"목숨을 빚진 것은 사사로운 일이지만, 역도를 토벌하는 것은 공적인 일 아니옵니까?"

"어허~!"

각훈은 사르르 눈을 감으며 두 손을 합장하여 '나무 관세음보살.'이라고 했다.

19.

유존혁은 경상도 해안가 일대에 주둔한 몽고군 진영을 습격하여 노획한 병장기와 식량을 병선 80척에 나누어 싣고 탐라로 갔다. 역풍을 만나 순조롭지 않은 항해 끝에 애월포에 도착하니 회색빛 땅거미가 젖어 들고 있었다. 진도 별초군이 무너진 한스러움이 가득 담긴 무거운 마음으로 도착했으나, 막상 와서 보니 뜻밖에도 오랜 장마 끝에 햇빛을 본 것 같이 마음이 맑게 개었다. 도대체 믿을 수 없는 일이 벌어진 것처럼 전열이 재정비된 별초군을 보노라니 김통정에 대한 존경심이 우러났다. 하지만 김통정은 환해장성과 항파두리성은 이문경과 양호가 별의별 수단을 다 동원하여 이뤄 놓은 것이지 자신은 한 일이 없다고 했다.
"아무리 그렇기로서니 중랑장이 중심이 흔들리지 않고 잘 이끌어 나갔기 때문이 아닌가?"
유존혁은 김통정이 새삼 다시 보이는지 말투마저 온건하고 부드러웠다.
"좌승선께서 오셨으니, 이제부터는 소장 이하 군사들은 좌승선 뜻을 따를 것이옵니다."
김통정은 배중손을 대신하여 별초군을 이끌어 나가달라고 했다. 유존혁은 위아래 입술을 꾹 다물고서 '으음….' 신음을 뱉으며 눈을 감았다.

"진도와 완도에서 패배한 전철을 밟지 않으려면 좌승선의 지도력이 필요하옵니다."

김통정은 남해도를 위시한 경상도 해안 일대와 낙동강 수계까지 장악했던 유존혁의 통솔력이 절실하다고 했다. 유존혁은 천천히 눈을 떠서 고개를 가로저으며 입을 뗐다.

"이제부터는 중랑장이 이끌어 나가는 것이 순리를 좇는 일일 것이오."

숫제 말씨까지 공대말로 대꾸하자, 김통정은 놀라서 휘둥그레진 눈으로 쳐다보며 '자…, 장군.'이라고는 입을 다물지 못했다. 유존혁은 수연한 눈길을 주며 엷은 미소를 머금고는, 궤멸 된 거나 다름없이 타격을 입은 별초군 전열을 재정비한 사람이 누구냐고 물었다.

"장군. 그…, 그것이…."

"그만하구려."

유존혁은 김통정의 말허리를 꺾고는 통분과 회한이 범벅이 되는지 몹시 어두운 표정으로 말을 이어나갔다.

"폐하께옵서 승하셨으니, 오랑국도 끝난 것이나 다름이 없지 않소이까? 이제 우리가 해야 할 일은…, 이리 떼같이 잔악한 오랑캐 놈들과 그놈들 개노릇하는 놈들 독아 밑에서 신음하고 있는 백성을 구하는 길이오이다. 그러자면 두말할 필요 없이 노쇠한 나보다는 중랑장이 적임자일 것이오."

김통정은 통수 능력을 믿는다는 말을 듣고 보니, 양어깨에 겹쳐져 얹히는 책임감 때문에 그만 '대장군.'이라며 고개를 떨어뜨리고 말았다.

"앞으로 군량미와 병장기가 상당하게 필요하지 않겠소? 나는 남해도와 경상도 해안 일대를 훤히 꿰뚫고 있으니, 군사를 이끌고 거기로 가는 것이 할 일인 것 같소."

유존혁은 개경으로 향하는 세곡선과 남해 해안 일대 몽고군 진지를 습격하여 군량과 병기를 탈취하겠다고 말하고는, 문득 어떤 생각이 짚이는지 눈빛을 반뜩이며 말을 이어나갔다.

"경상도 해안 일대에 왜를 정벌하기 위해 준비해 둔 병선이 있다고 들었는데, 그것들이 여차하면 우리에게로 올지도 모르는 일…. 사전에 모두 불태워버려야겠소."

"정 그러하시다면 상장군 자리를 맡아서 군사를 통솔하여 주시옵소서."

김통정은 유존혁의 확고부동한 결심을 꺾을 수 없었다. 유존혁은 그러겠다며 고개를 끄떡이고는 '탐라성주는 어디에 계시오?'라며 양호를 만나보고 싶은 마음을 드러냈다.

"동제원의 무너진 성벽 개축과 불타버린 건조물을 다시 짓고 있으며, 또한 함덕포와 조천포에 환해장성을 쌓느라 눈코 뜰 새가 없사옵니다."

김통정은 양호가 바쁘다고 하면서도 기별을 보내겠다고 했다. 유존혁은 '그럴 것 없소이다.'라며 손을 저어 말렸다.

"허면, 나중에 따로 자리를 만들어 드리겠사옵니다."

김통정은 민망한 듯 공연히 쓴웃음을 입가에 띠고 말했다.

"신경 쓸 것 없소이다. 그건 그렇고…, 이 별장은 병법도 밝고 병마를 통솔하는 것이나 검을 다루는 솜씨 또한 뛰어난 장수이니, 중랑장을 잘 보필하겠더이다."

유존혁은 이문경이 있으니 마음이 든든하다면서 고개를 조금 기우려 두리번거렸다.

"곽 산원을 보내고 난 뒤로 힘들고 괴로운지, 해 질 무렵이면 자주 찾아가옵니다."

김통정은 이문경이 곽연수 무덤으로 갔다고 했다.

"굳이 해질 때가 다 되어서 갈 게 뭐란 말이오?"

유존혁의 말투는 아쉽다는 것인지 걱정스럽다는 것인지 의미가 분명치 않았다.

"낮에는 여기저기 돌아봐야 할 일도 많고, 군사 훈련에다가 눈코 뜰 새 없이 바쁘다 보니 그런가 봅니다."

김통정은 이문경이 바쁜 와중에도 관연수를 찾아가는 일은 소홀하지 않다고 했다.

"둘 사이가 친형제처럼 긴밀하다니 그럴 만도 하겠지. 허나…, 너무 오래가지는 말아야 할 텐데…."

유존혁은 안타까워하면서도 하루빨리 진통을 가라앉히고 다시 일어나기를 바란다고 했다.

"오랑캐 놈에게 원한을 갚겠다고 벼르기 위함이니 염려하실 일이 아니옵니다."

김통정은 이문경이 곽연수 무덤으로 찾아가는 것은 비장한 각오와 투지를 다지려는 행동이라고 했다.

"고려 땅 천지에 오랑캐 놈들에게 원한과 증오가 사무치지 않은 백성이 어디에 있을꼬."

유존혁은 벼슬아치 횡포에 시달리는 것도 벅찬데, 몽고군에게 잔인하게 짓밟히며 살아야 하는 백성의 삶은 그야말로 생불여사와 같다고 했다.

같은 때 이문경은 푸른 풀이 담상담상 돋은 언덕 위로 말을 타고 오르는 중이었다. 피를 토하는 듯 발갛게 물든 구름 덩이는 어스레하게 땅거미가 들면서부터 자취를 감추었다. 돌 틈에서 뛰쳐나온 처량한 벌레 우는 소리가 풀잎에 걸리고, 풀잎을 스치는 맑은 밤바람은 달그림자를 흔들었다. 달을 등지고 천천히 올라가던 중에 볼록한 무덤 앞에 앉아 있는 곽연희를 발견하고는 그 자리에 멈추어 섰다. 교결히 빛나는 달빛에 젖은 채 끅끅 흐느끼는 소리가 발걸음을 붙잡아 세운 것이다. 말에서 내려 묵묵히 지켜보자니 마음이 처연한 것이 울울한 심회를 금할 수가 없었다. 그러나 달빛과 음영의 미묘한 대조와 파리한 얼굴은 오히려 처연한 아름다움을 발산하여 애가 달쳤다.

소리죽여 흐느껴 울던 곽연희는 소소한 바람 소리에 묻어나는 미세한 인기척을 느끼고 주위를 둘러보았다. 저만치에서 말갈기를 쓰다듬으며 서 있는 이문경을 발견하고는 제풀에 얼굴이 발개져 황급히 일어났다. 이문경은 약간 무안하여 '흠흠.' 헛기침과 함께 천천히 다가갔다. 곽연희는 도도록한 뺨을 붉게 물들이며 갸우듬하게 고개를 숙여 인사했다.

"또 혼자 왔더냐?"

이문경의 목소리는 여태까지와는 다르게 인정미가 넘치게 울렸다. 곽연희는 이문경의 삽삽한 태도에 그만 가슴이 울컥 뜨거웠다.

"연수가 가버린 뒤로 내 가슴이 이리도 찢어지게 아픈데…, 네 마음은 오죽할까?"

이문경은 곽연희가 겪는 아픔이 오롯이 가슴에 전염되었다는 듯이 안타까워했다.

"소녀는 괜찮으니 마음 쓰지 마셔요."

곽연희는 가슴에 북받쳐 오르는 감정을 애써 묵새겼다. 이문경은 그런 곽연희를 대하기가 여간 미안하지 않았다. 그러면서도 다른 한쪽으로는 무덕진 향기를 내뿜는 국화가 달빛에 구슬프게 조응된 것 같은 청수한 아름다움에 도취 되었다. 잠시 넋을 잃은 듯이 바라보다가 홀린 정신을 가다듬기 위해 손바닥으로 얼굴을 쓸어내고는 '저세상에서는 편안한 곳에 자리 잡았을 것이야.'라고 위로했다.

"부모님께서도 허무하게 가셨는데…."

곽연희는 곽연수마저 속절없이 떠나 서럽고 원통하다며 눈물을 지르르 흘렸다.

"멸시와 천대뿐인 희망 없는 고려를 떠났으니, 하늘에서는 모멸과 굴욕을 당하지 않고 행복하게 지낼 것이야."

이문경은 죽어야 비로소 몸뚱이를 의탁할 곳이 생기는 고려 백성의 불운을 한탄하면서도 마음을 굳게 다잡으라고 했다. 곽연희는 그러겠노라며 고개를 끄떡였지만 잠시만이라도 이문경의 품에 안겨 실컷 울고 싶었다. 그동안 골난 사람처럼 무뚝뚝했던 이문경을 대할 때마다 믿음직스러우면서도 어려웠다. 하지만 지금처럼 살가울 때는 여태껏 품고 눙치며 삭여왔던 연모의 정이 우르르 끓는 것 같아 몸과 마음을 가늠하기가 힘들었다.

"그만 내려가."

이문경은 곽연희 마음속을 아는지 모르는지 무덤덤한 어조로 말했다. 곽연희는 야속하고 섭섭하다는 듯이 빤히 쳐다보았다. 이문경은 눈을 마주치기가 난감하다는 듯이 고개를 돌려 말고삐를 잡았다.

"나리."

곽연희는 두 팔을 벌려 등을 와락 끌어안았다. 이문경은 잠에서 깨듯 흠칫하면서도, 파뜩파뜩 솟아나는 감정의 격발을 감추기 위해 아랫입술을 안쪽으로 감아 들여 물었다.

"나으리."

곽연희는 넓은 등에 얼굴을 묻고 입술을 바르르 떨었다. 이문경은 손바닥으로 곽연희 깍짓손을 가볍게 토닥거리며 '가야지.'라는 짧은 소리를 건조하게 뱉었다.
"소녀의 마음을 받아 주셔요."
곽연희는 떨리는 목소리로 간신히 말했다. 이문경은 마침내 오고야 말 순간이 와 버린 것을 느꼈는지 급히 마른침을 꿀꺽 삼켰다. 곽연희는 드솟는 흥분을 누르기라도 하듯 얼굴을 등에 꾹 눌렀으나 숨소리는 시근거렸다. 등을 타고 심장으로 흘러드는 그 소리가 미묘하게 이문경의 심금을 휘저었다.
"이제부터는 애만 태우지 않을 것이옵니다."
곽연희는 오래전부터 품어왔던 연정을 더는 마음속에만 담아두지 않을 것이라 했다. 이문경은 죽어가던 곽연수가 곽연희 마음을 받아달라고 했을 때 그러겠다고 했던 말이 머릿속에 맴돌았다. 곽연희에게 '형님을 지아비로 삼아 행복하게 잘 살아.'라던 마지막 말까지 겹쳐지면서 감정이 엉클어졌다.
"나는…, 나는 말이야…."
이문경은 기어드는 말끝에 뒤돌아서서 가느다란 한숨을 내쉬고는 형형한 눈빛으로 쳐다보았다. 곽연희는 대답을 기다리는 듯이 묵묵히 바라다보았다.
"언제 죽을지 모르는 별초군 장수가 아닌가?"
이문경은 자신이 죽은 뒤 홀로 온갖 세파를 다 겪다가 불행에 빠질 곽연희를 생각하면 마음을 받아 줄 자신이 없다고 했다. 곽연희는 대뜸 밝아진 표정으로 '소녀가 마음에 없는 것이 아니라는 말씀이시옵니까?'라고 물었다. 이문경은 본색이 걷어지고 숨겨진 감정이 노출된 듯 난처한 표정이 되더니 이내 잠긴 목소리로 그렇다고 했다.
"소녀…, 죽어도 여한이 없사옵니다."

곽연희는 감격과 흥분이 일시에 몰려드는 통에, 될 수 있는 데까지 감정을 눌러서 한다는 말이 이 모양이었다. 게다가 눈웃음이 잠시 비껴간 눈가에는 이슬까지 맺혀 들었다. 이문경은 하잘것없는 곰살궂은 인정에도 감동하는 모습을 보자 여지없이 마음이 흔들려 그만 왈칵 끌어안고 말았다. 곽연희는 오래전부터 이런 날이 오기를 기다렸다는 듯이 양팔로 목을 힘껏 끌어안았다. 이문경은 두 손으로 뺨을 감싸 쥐고서 말끄러미 쳐다보았다. 무슨 말인가를 하려고 달싹이는 입술이 과히 육욕적이어서 그만 입술을 포개고 말았다. 곽연희는 생리적 갈증이 아니라 이를테면 마음의 공허 같은 갈증을 해갈하려는 듯이 입술을 거칠게 핥았다.

두 사람은 질식할 것처럼 격렬하고도 찔레 순처럼 달콤한 입맞춤을 나누었다. 이문경은 이대로 색정을 불태우며 질펀한 신음을 퍼지르고 싶은 욕정이 맹렬하게 솟아나는 통에, 기어코 허리를 끌어당겨 쓰러뜨리고 말았다. 곽연희는 목을 끌어안은 채 풀밭에 드러누웠다. 생풀 향기가 두 사람 코끝으로 몰씬몰씬 찾아와 허파 속으로 파고들었다. 잘 익은 복숭아처럼 발그스름히 물든 얼굴로 쌔근쌔근 가쁜 호흡을 쉬는 곽연희는 숨이 맥동할 때마다, 봉곳하게 솟은 젖가슴이 달싹달싹 보풀어 올랐다. 오관을 활짝 열어 이문경을 받아들이자 난데없이 북받쳐 오르는 울음을 참으려고 입술을 깨물었다. 그러나 입술은 곧 지그시 열렸고 그 사이로 오그라드는 소리가 흘러나왔다. 그 신음의 밑바탕은 슬픔이 뭉친 울음과 감정이 용솟음치는 기쁨이 한데 뒤엉키어 힘껏 뒹구는 안반뒤지기에서 비롯되었다.

두 사람이 벌이는 정사를 휘영청 밝은 달이 고즈넉하게 내려다보고, 저만치 서 있는 말은 앞발 하나를 구부려 들고 코를 푸륵거리며 지켜보았다.

20.

　원종은 별초군을 회유하기 위해 초유사로 삼은 금훈과 이정이 탐라로 향하던 중 후풍도에 주둔한 별초군에게 붙잡혔다가, 가까스로 도망쳐 나왔다는 보고를 받았다. 그러나 사실과 다르게 금훈과 이정은 박천주와 함께 진도에 갔던 두원외처럼 혹여 죽임을 당하지 않을까 두려운 나머지, 보길도에서 여러 날을 허비하다가 돌아왔을 뿐 애당초 탐라로 향한 일조차 없었다. 그러함에도 원종은 이 사실을 문제 삼았다가 되레 입장만 곤란할까 전전긍긍할 뿐이었다. 그것은 나라의 안위보다 자신들의 영예와 영달에만 급급한 자들의 뜻을 거슬렀다가는, 자칫 왕 자리마저 잃어버릴지 모른다는 강박으로 행동거지가 불안정한 까닭이었다. 이처럼 주변에 비열한 음모가 난무하고 음험한 작당들이 에워싸고 있어, 제대로 숨도 못 쉴 지경이었다. 그런 까닭에 처지가 허망스럽고 치욕스러워 왕 자리를 던져버리고 싶었다. 하지만 그마저도 마음대로 할 수 없어 결국 병을 얻어 몸이 극도로 쇠약해졌다.
　금훈과 이정이 잔꾀를 피우고 돌아온 뒤로, 대신들 사이에서 탐라로 내려간 별초군 처리 문제로 이러자 저러자 의견이 분분하였으나 귀일점은 찾지 못했다. 당장 쿠빌라이의 성화를 피하려 공격해야 한다는 의견이 우세했으나 문제는 군사였다. 병선과 군량은 백성의 고혈을 쥐어짜서 충당한다지만, 나라 안에는 강제로 끌어모을 장정들이 바닥난 지 오래였다. 하여, 궁여지책으로 채 철들지 않은 사내아이는 물론 심지어 노약자까지 끌어모을 심산이었다. 하지만 그마저도 촉박한 시일과 부족한 병장기와 훈련 등 뚫어나갈 일이 첩첩난관이었다.

원종은 할 수 없이 대신들 의견에 따라 쿠빌라이에게 별초군이 금훈과 이정이 가져간 서찰을 읽지 않고 찢어버렸다고 거짓으로 알렸다. 그러면서 완강한 태도로 나오는 별초군 잔존 군사를 정벌해야 한다며 원병을 요청했다. 하지만 남송을 공격 중인 쿠빌라이는 번성(樊城)과 양양성(襄陽城)을 포위하기 위해 그가 신임하는 바얀에게 10만 대군을 내어준 까닭에, 한 명의 군사와 한 척의 병선이 아쉬운 판국이었다. 거기다가 남송 수군의 수로를 봉쇄하기 위해 진도 공략에 동원했던 군사와 병선까지 불러들여, 양양성과 번성 주변 뱃길에 배치했기 때문에 원종의 요구를 들어줄 처지가 못 되었다.

쿠빌라이는 원병을 보낼 수 없다면서도, 고려가 왕실을 보존할 생각이라면 독자적 힘으로 탐라를 정복하라는 엄포까지 놓았다. 이에 원종은 고려의 실태를 적나라하게 밝히면서도, 별초군이 왜에 사신을 보낸 내용도 빠뜨리지 않았다. 그것은 별초군이 왜는 물론 남송과도 연합할 수 있음을 알림으로써, 탐라 정벌에 필요한 원병을 지원받고자 하는 노림수였다. 이러한 계책에 말려든 쿠빌라이는 남송의 양양성과 번성을 함락시키는 동안 탐라에 초유사를 다시 보내라고 했다.

원종은 별수 없이 초유사로 누구를 보내야 할지 논의하고자 대신들을 불러 모았다. 하지만 선뜻 나서기는커녕 서로 눈치만 보는 대신들이 지긋지긋하게 싫었다. 그렇다고 아무에게 떠밀었다가는 금훈과 이정 같은 자가 또다시 나오기라도 한다면, 이만저만한 낭패가 아니기 때문에 이러지도 저러지도 못했다.

"대원 황제의 명인데, 이러고만 있을 것이오?"

원종은 급기야 제품에 언성을 높여 누구를 보내야 좋을지 말하라고 했다. 대신들은 공연히 어색하고 겸연쩍어서 헛기침하거나 상대에게 떠넘기듯이 고개를 돌려대기만 했다. 그러던 중에 송보인이 한 걸음 앞으로 나서서 원종을 향해 허리를 숙이고는 '전하, 시어사 김찬을 보내면 어떨까하옵니다.'라고 했다. 원종은 싸늘해진 표정으로 송보인을 내려다보며 '그자는 역도 김통정 조카가 아니오?'라고 다그쳐 물었다.

"지금으로서는 그런 것을 따질 때가 아니옵니다."

송보인은 제아무리 역도라지만 친족은 죽이지 못할 것이라고 했다. 원종은 듣고 보니 일리가 있는지 눈에 띄게 얼굴빛이 누그러지면서 그렇게 하라고 했다. 송보인은 다시 허리를 숙이며 '하오시면 이소와 오인절, 환문백을 딸려서 보내도록 하겠사옵니다.'라고 했다. 원종은 막혔던 숨통이 확 터지는지 기대에 부푼 표정으로 '좋소, 좋소이다.'라며 기쁜 빛을 감추지 못했다. 그때 환관 하나가 안으로 들어서더니 남도 지방에서 올라온 급한 장계라며 두 손으로 서찰을 들어 올렸다. 원종은 쥐를 보고 놀란 닭처럼 찔끔 어깨를 떨고는 시선을 내리깔며 가져오라고 손짓했다. 환관은 고개를 숙인 채 다가가 공손하게 건넸다. 원종은 장계를 받아들고서 급히 펼쳤다. 갈쭉한 글씨체로 탐라 별초군이 기습했음을 적은 장계에는, 합포와 거제, 남해, 낙안, 탐진 등 남쪽 해안 일대에 50여 척의 병선이 불탔으며 수십 명의 관군과 몽고군이 죽었고, 창이며 칼이며 활 같은 병장기와 군량이 탈취당했고, 심지어 왜를 정벌하기 위해 준비해 둔 병선도 7할 이상 파손되었고, 개경으로 올라오던 세곡선 여섯 척도 나포되었다는 내용이었다.

 장계를 읽고 난 원종은 모욕당한 것처럼 붉어진 얼굴로 '이…, 이러언! 역도들이 활개를 칠 동안 현령들은 대체 뭘 하고 있었단 말인가?'라고 소리치다가 그만 충격을 이기지 못하고 힘없이 쓰러졌다.

21.

 양석도는 왜에서 살아 돌아온 뒤로 온평 환해장성 근처에 자리 잡은 조선장으로 가 배 짓는 일을 맡았다. 병선 만드는 일로 하루 하루를 보냈지만, 머릿속에 맴도는 류쿠에 대한 생각은 아무래도 떨쳐낼 수 없었다. 왜에서 주위들은 대로라면 전쟁도 약탈도 겁탈 도 착취도 탐관의 탐학과 횡포도 없는 곳이 틀림없었다. 그야말로 백성이 태평세월을 구가하기에는 더없이 좋은 곳이었다. 하지만 그 말을 들은 이문경도 유존혁과 같은 말만 뱉을 뿐이어서 낙담 과 실의의 나날을 보냈다.
 오늘은 애월포에 있는 낡은 병선에 손볼 일이 있어서 가는 길 에, 자신의 지견을 다시 말해보기로 마음먹고 먼저 이문경의 집으 로 향했다. 항파두리의 외성으로 들어서서 성 한쪽 귀퉁이에 빠듯 이 발붙임을 한 초라한 돌담집 앞에 섰다. 말에서 내려 돌담에 그 림자를 비죽이 기댄 나무에 말고삐를 비끄러맸다. 안으로 들어서 려다가 마침 물을 길어 오는 곽연희를 발견하고서 냅다 '형수님!' 하고 소리치며 다가가 속을 파낸 통나무 물통을 받아들었다. 곽연 희는 괜찮다고 하면서도 싫지 않아서인지 반가워서인지 아무튼 환히 웃었다. 양석도는 물통을 집안으로 들이면서 '형님은 어디

가셨나요?'라고 물었다.
 "환해장성 주변에 쌓을 목책 성에 필요한 나무 때문에 나가셨는데…, 지금쯤은 상장군을 맞이하러 가셨을 것 같아요."
 곽연희는 양석도를 마치 친동기간처럼 도타운 정이 든 듯이 살갑게 대했다. 양석도는 놀램과 반가움이 뒤섞인 표정으로 '상장군께서 돌아오셨답니까?'라고 물었다.
 "이따가 물때 맞추어 애월포로 들어오신다나 봐요."
 곽연희는 군량과 병장기 등을 구하기 위해 전라도와 경상도 해안 일대를 습격하러 간 유존혁이 후풍도에서 떠났다는 봉홧불이 대관탈도에서 올랐다고 했다.
 "그렇다면 이제 그곳에는 아무도 없겠군요?"
 양석도는 김휘치와 별초군이 철수한 것인지 물었다.
 "오늘 올라온 봉홧불이 마지막이라나 봐요."
 곽연희는 후풍도와 대관탈도에 주둔했던 별동대가 철수한다고 했다.
 "그렇다면…, 상장군께서 심상치 않은 조짐을 느끼신 모양입니다."
 양석도는 유존혁이 관군과 몽고군의 수상한 동태를 감지했기 때문에 돌아오는 길에 별동대를 철수시키는 것 같다고 했다.
 "그런 일을 대비해서 목책 성을 쌓기 시작했는데…."
 곽연희는 목책 성을 다 쌓기 전에 관군과 몽고군이 쳐들어오면 걱정이라고 했다.
 "그러게나 말입니다. 온평 환해장성 앞에도 하루빨리 목책 성을 쌓아달라고 해야겠습니다."
 양석도는 조선장의 중요성을 강조하다가 목이 탔는지, 물통 옆에 놓인 질자배기로 물을 듬뿍 떠서 벌떡벌떡 들이켰다. 곽연희는 걱정이 섞인 어조로 '그래야겠지요.'라고는 질자배기를 받아들었다. 양석도는 주먹으로 입언저리를 쓱쓱 문지르고는 집을 휘둘러보며 새삼 공손해진 말투로 '부럽네요.'라며 시샘을 냈다.

"이런 집을 가지게 될 줄 몰랐어요."

곽연희는 더없이 만족스러울 만큼 포근한 보금자리를 가진 것이 꿈같다고 했다.

"집보다는 형님이 더 좋아서 그러신 것 같은데요?"

양석도는 짐짓 퉁바리를 놓고는 짓궂게 빙글빙글 웃으며 쳐다보았다. 곽연희는 속마음을 들켜 얼굴을 붉혔으나 입가에는 웃음기가 떠올랐다.

"진즉 두 분이 이렇게 되어야 했는데…, 그동안 형님께서 너무 무심하셨지."

양석도는 곽연희 애간장을 태운 이문경을 탓하듯 말하고는 곽연수가 살아있다면 얼마나 좋아했겠느냐고 했다. 곽연희는 늘 슬픔이 고여 있는 마음 한구석에 돌멩이 하나가 털벙하고 떨어진 것처럼 출렁거렸다. 양석도는 눈빨리 변하는 표정을 읽어내며 '제가 괜한 소리를 했나 봅니다.'라고는 딴말을 꺼내려 했지만 잘되지 않았다.

"서방님과 함께 오라버니 뫼에 자주 가는 것을요."

곽연희는 곽연수 무덤에 찾아갈 때마다 뱃속에 든 아이만큼은 전쟁 없는 평온한 세상에서 살도록 해달라고 빈다고 했다. 양석도는 그 말에 류쿠 생각이 퍼뜩 머리를 쳤으나 입밖에 비치지 못했다.

"애월포에 가보지 않을래요?"

곽연희는 유존혁이 도착하기 전에 가보면 어떻겠느냐고 했다.

"그렇지 않아도 애월포에 있는 병선을 손볼 일이 있어서 왔습니다. 나무를 구해서 다듬고 하려면…, 며칠은 이곳에 있어야 할 것 같아요."

양석도는 말을 마치고 나서 돌아서려다가 '아 참, 그냥 갈 뻔했네.'라고는 말안장에 묶여있는 헝겊 조각을 끌러 건넸다. 곽연희는 멀뚱히 바라보며 뭐냐고 물었다.

"맛은 매옴해도 입덧하는 데는 좋데요."

양석도는 생강 몇 뿌리를 챙겨왔다고 했다. 곽연희는 민망한 듯 고마운 듯 수줍음이 담긴 미소가 도는 얼굴로 '어머나, 이를 어째?'라며 받아들었다.

"그럼, 저는 이만 애월포로 갑니다."

양석도는 싱긋 웃고는 말 등에 냉큼 올라타더니, 말고삐를 포개어 잡고는 '이랴!'하고 발로 옆구리를 찔렀다. 말은 한번 뒷발질하더니 히힝 소리를 지르며 굽으로 땅을 차고 달리기 시작했다.

같은 때 유존혁은 전리품을 실은 병선 12척을 이끌고 애월포로 들어섰다. 병선에서 하선하는 400여 명의 별초군 모습은 오랜 항해 도중 겪은 고초를 잘 말해주듯, 하나같이 매우 지치고 험한 몰골들이었다. 그에 반해 그들 사이 섞여 있는 김휘치를 비롯한 후풍도와 대관탈도에서 철수한 별동대는 탐라를 떠날 때와 조금도 다름없는 모습이었다.

"상장군, 노구를 이끄시고 얼마나 고생이 많으셨사옵니까?"

김통정은 유존혁을 향해 절을 하듯이 넙죽 허리를 숙이며 공손하게 인사했다.

"나야 뱃놀이하다가 왔는데 고생이랄 것이 뭐가 있겠소이까? 해안 곳곳에 석성을 축조해야지…, 목책성도 지어야 하고 게다가 항파두리성까지 쌓는데, 훈련도 해야 하는…, 중랑장을 비롯한 별초군 모두가 힘에 버거운 일을 하느라고 고생이 심하지요."

유존혁은 어려움을 내색하기보다는 별초군을 격려했다.

"상장군께서 이처럼 발 벗고 나서서 도와주시니 어려운 줄 모르옵니다."

김통정은 군량과 병장기를 조달해주는 유존혁이야말로 별초군 버팀목이라고 했다. 유존혁은 듣기가 멋쩍은지 손사래를 치고는 걱정이 다분한 목소리로 '허나…, 당분간은 나가기가 어려울 것이오.'라고 했다.

"별동대 군사를 모두 철수시킨 것이 그 때문이옵니까?"

이문경은 후풍도와 대관탈도 군사를 철수시켰다면 뭔가 낌새를 알아챈 것이 아니냐며 그 까닭을 물었다. 유존혁은 고개를 주억거리고는 '여기서 이럴 것이 아니지 않은가?'라고 했다. 이문경은 제풀로 무안을 타는지 여자처럼 볼이 빨게지며 '송구하옵니다.'라고는 목책성 안으로 인도했다.

이문경은 방호소 아래에 자리 잡은 목조 건조물 안으로 들어서고는 유존혁에게 먼저 자리를 내주었다. 유존혁은 얼굴에 어려 있는 피곤한 기색을 감추겠다는 듯이, 턱을 아래로 당겨 길게 심호흡을 한 번 하고서 자리에 앉았다. 뒤따라선 김통정을 비롯한 몇몇 장수들이 차례로 앉았고 나머지는 그들 뒤에 나란히 섰다. 유존혁은 장수들을 한 번 휘둘러보고서 '놈들 냄새를 맡았냐고 물었지?'라고 했다. 이문경은 고개를 까딱 숙이며 '그러하옵니다.'라고 대답했다. 유존혁은 장수들의 마음을 하나로 묶을 심산인 듯 긴장감이 어리는 얼굴로 천천히 입을 떼기 시작했다.

"여기서 떠난 뒤 관군과 오랑캐 동정을 알아보기 위해 해남으로 탐망군사를 보냈었지. 그리고 우리는 합포, 거제, 남해도 여러 곳을 습격한 후 마지막으로 해남현을 습격했어. 그때 그곳에서 탐망

군사와 합류했는데, 그들이 알아본 바로는 부안의 변산과 장흥의 천관산에서 대규모 벌목이 시작되었다는군. 어린 사내는 말할 것도 없고 늙은이까지 끌어모아 군사를 만들고, 군량미 조달한답시고 백성이 먹고살겠다고 솥에 안치는 쌀까지 빼앗아 간다는 것이야."

"그 말씀이 사실이라면, 필경 이곳으로 들이닥칠 준비를 하는 것이 아니옵니까?"

김통정은 방어태세를 갖추는 일이 시급하게 되었다고 했다. 유존혁은 그렇다며 고개를 끄떡이며 '뿐만이 아니요.'라고는 아직 하지 못한 말들을 털어놓겠다는 듯이 큼큼 생기침을 토해내고서 말을 이어나갔다.

"고려왕에게 군사 5천과 병선 300척과 배를 부릴 수수 3천 명을 따로 준비하라고 했다는 것이오. 해서, 지금 백성은 말할 것도 없거니와 산속에서 먹고 놀기만 하는 중들이며, 산관들과 4품관 이상 벼슬아치들에게는 종 2명과 말 다섯 필에 달하는 군량을 내놓으라고 했다고 하니…, 쿠빌라이가 여기 쳐들어올 작심을 하지 않고서야 이럴 까닭이 없지 않겠소?"

"고려왕이…, 쿠빌라이가 쥐고 있는 숨줄이 끊어질까 전전긍긍한다는 말씀이시군요?"

김통정은 원종의 행태에 배알이 꽤 뒤틀린다는 듯 찜부럭한 얼굴로 눈을 흘기며 물었다. 유존혁은 여러모로 마음이 우울한지 가을바람에 서로 비벼대는 벼 이삭처럼 무겁게 고개를 끄덕였다.

"하오면 놈들이 병선을 건조하기 전에 조선장을 습격하여 불태우면 어떻겠사옵니까?"

이문경은 변산과 천관산에서 벌목한 목재가 옮겨질 고란도와 합포를 기습하자고 했다.

"그건 어렵게 됐어."

유존혁은 관군과 몽고군이 합포를 비롯한 남쪽 해안 일대에 만반의 태세를 짜 놓았으니, 군사를 함부로 움직이다가는 낭패를 당할 수 있다고 했다.

"고려에서 초유사를 보낸다고 하지 않으셨사옵니까?"

이야기를 가만 듣고 있던 김휘치는 답답한 마음이 쥐구멍만큼이라도 뚫릴까 해서, 병선을 타고 오는 동안 들었던 이야기를 들추어냈다.

"일찍이 진도에서 당해봤으니, 귀담아듣지 않는 것이 좋아."

유존혁은 별초군 마음을 해이케 하고 또 온갖 내밀한 것을 탐지하려는 술수에 넘어가서는 안 된다고 했다.

"초유사를 보낸다는 것이 대체 무엇이옵니까?"

김통정은 유존혁과는 다른 생각을 품었다는 듯이 물었다.

"우리를 타일러서 굴복시키겠다는 속셈이 아니요? 오랑캐 놈들에게 나라를 갖다 바친 놈들이 대체 무슨 낯짝으로 누구를 타이르겠다는 것인지 이거야 원."

유존혁은 심사가 좋지 않은지 언성이 방패를 뚫지 못한 화살처럼 튕겼다.

"소장 생각으로는 초유사를 받아들이는 것이 좋을 듯해서 드리는 말씀이옵니다."

김통정은 한 가지 생각해 둔 바가 있다는 듯이 말했다. 유존혁은 어이가 없다는 듯 힐끗 몸을 틀어 불퉁스러운 목소리로 '박천주 그놈을 살려 보냈다가 당한 일을 잊었소?'라고 물었다. 김통정은 공손한 몸가짐으로 머리를 까딱 숙여 보이고는 정중한 말씨로 말문을 열었다.

"초유사를 받아들이고자 함은, 심문하여 놈들의 사정을 세세히 알아내고자 함이옵니다. 그런 연후에 한 놈도 빠짐없이 목을 잘라 버릴 것이옵니다."

　유존혁은 결사 항전 의지를 굽히지 않는 말을 듣고 나자 마음이 놓인다는 듯이, 부드러운 표정으로 '대엿새 후면 이곳에 당도할 것이오.'라고서 곡해했던 것에 대한 미안한 마음을 중화시켰다.

　그사이 애월포에 당도한 양석도는 목조 건조물 밖으로 흘러나오는 이야기를 다 듣고서 '아…, 탐라가 거대한 살육으로 피비린내가 진동하게 생겼어, 후우~.'라고는 깊은 한숨을 몰아쉬었다. 그 한숨 뒤에는 이제까지 미온했던 류쿠에 대한 관심을 적극적으로 알려보겠다는 의식이 움텄다.

22.

    닷새 후 원종이 보낸 초유사 일행이 애월포로 들어왔고, 김통정은 목책성 목조 건조물 안에서 초유사를 맞이했다. 이소와 오인절, 환문백을 이끌고 들어서는 김찬을 본 김통정은 그만 얼굴빛이 딱딱하게 굳어지며 양미간에 무거운 고민의 그림자가 비쳤다. 조카가 오리라고는 생각지도 못한 터여서 속으로 아차 하고는 머릿속이 산란했다. 감정적 굴절을 겪는 미묘한 반응은 알짜배기 피붙이에 대한 어쩔 수 없는 사사로운 감정 때문이었다. 김찬 역시 눈빛만으로도 서로 기맥이 상통하는 관숙한 사이답게, 숙부의 마음을 안다는 듯이 허리 숙여 '무탈하게 잘 지내셨사옵니까?'라는 의례적인 인사말을 뱉을 뿐이었다.
    "그대들은 무슨 일로 여기까지 왔는가?"
    김통정은 혈육 간의 애틋한 정을 떼치기가 어려운 듯 목소리가 평탄하지 않고 흔들렸다.
    "스스로 죄를 뉘우친다면 용서하시고 옛 관직에 복귀시켜주신다는 대원 황제 폐하의 크나큰 은혜가 담긴 교서를 가져왔사옵니다."
    김찬은 쿠빌라이 뜻을 전달하고자 먼 길을 찾아왔다고 했다.

"네 이놈! 지금 은혜라고 하였느냐? 네놈은 정녕, 오랑캐 놈들에게 도륙당한 수많은 백성을 보지 못했더란 말이냐? 어디 할 말이 없어서 오랑캐 우두머리 놈이 은혜를 베푼다는 그따위 막말을 해대는 것이더냐?"

유존혁은 불붙는 분기를 억누를 수 없는지, 눈을 뒤룩거리며 주먹 하나를 버쩍 쳐들고 발끈 화를 냈다. 김찬은 유존혁을 향해 허리를 숙여 '무탈하신 장군을 뵈니 반갑사옵니다.'라는 물음에 대한 대답을 두루뭉수리 넘어가려 했다.

"이런 고얀 놈! 늙은이를 놀려?"

유존혁은 못마땅하여 눈을 오긋하게 뜨고 노려보며 고함을 질렀다. 김찬은 '곡해 마시옵소서.'라며 다시 허리를 숙였다. 그 모습을 바라보는 김통정은 강화도를 떠날 때 이문경의 서찰을 받고는, 김찬이 곽연희를 좋아하는 것을 가탁하여 별초군에 합류하도록 좋은 말로 잘 꾀어보라고 했던 기억이 되살아났다. 그러나 곽연희는 이문경의 배필이 되었고, 더욱이 김찬이 별초군에 끌리는 마음이 하나도 없다는 걸 알아버린 이상 미련을 두지 않기로 마음을 굳혔다.

김찬은 김통정 마음속을 아는지 모르는지 무관심한 눈길로 쳐다보다 곧 유존혁을 향해 태연하게 입을 뗐다.

"소인이 어느 안전이라고 감히 함부로…."

"요사스러운 말은 그만하면 되었다."

김통정은 김찬의 행동을 더 두고 보지 않겠다는 듯 말을 잘라먹고는, 앉은자리에서 몸을 곰작하고서 그예 작심하고 있었던 말을 끄집어냈다.

"고려의 왕이라는 자가 오랑캐 우두머리에게 머리를 조아리며 나라와 백성을 갖다 바치더니 이젠 개가 되지 않았더냐…, 참으로 통탄을 금할 길이 없도다. 그처럼 천하의 못난 자를 왕으로 받드는 그대들 또한 오랑캐 놈들과 다를 것이 하나도 없다. 하여, 나는 네놈들이 가져온 오랑캐 우두머리 요설이 담긴 서찰을 받지 않을뿐더러 네놈들을 살려두지 않을 것이다. 여봐라! 이놈들을 당장 끌고 나가 목을 쳐라!"

서릿발같이 엄한 말이 끝나자마자 정작 놀란 것은 유존혁이었다. 관군과 몽고군 동태를 알아내고자 초유사를 심문하겠다고 했던 김통정이 단박에 죽이라는 소리를 했으니 그럴 만도 했다. 하지만 혈육의 목까지 베라는 단호한 결단에 이의를 달고 나설 수 없었다.

병졸 여럿이 달려들어 우악스럽게 어깻죽지를 움켜잡자 이소와 오인절과 환문백은 '이놈들! 이 손 놓지 못하겠느냐?'라고 악다구니를 부리며 몸부림쳤다. 하지만 김찬은 김통정을 향해 꾸벅 목례를 하고서 순순히 끌려 나갔다. 이를 지켜보고만 있던 이문경은 성큼 앞으로 나서서 한쪽 무릎을 꿇고 오른손을 접어 주먹으로 가슴을 탁, 치며 '장군! 시어사를 참해서는 아니 되옵니다.'라고 소리쳤다. 김통정은 시름에 젖은 눈으로 이문경을 내려다보면서 '나서지 말게.'라고 했다.

"소장이 영통사를 떠나 진도로 갈 때까지 도움을 준 자가 바로 시어사이옵니다."

이문경은 김통정을 설득시키겠다는 듯이 우람한 목소리로 말했다. 그러자 유존혁이 무심했던 표정을 달리하며 '그것이 무슨 말인가?'라고 물었다. 이문경은 별초군에 대한 김찬의 능동적인 마음가짐을 알려야겠다는 마음으로 입을 뗐다.

"사공과 배는 물론, 금강고를 털어 빼낸 군량미와 화약까지 마련해주었으며, 고여림이 군사를 이끌고 탐라로 갔다는 것도 알려주었기에 우리가 탐라에 거점을 마련할 수 있었사옵니다."

"무어라…? 그게 사실이더냐?"

유존혁은 얼굴에 놀라는 표정이 확 피어올랐다. 김통정은 안도감이 묻어나는 얼굴로 눈을 지그시 감으며 짧게 한숨을 내쉬었다.

"뭣들 하느냐? 당장 김찬을 불러들여라."

유존혁은 마음이 조급했던지 벌떡 일어나며 소리쳤다. 김윤서는 빠른 동작으로 고개를 까딱 숙여 보이고는 급히 돌아서서 밖으로 나섰다.

"그런 사실을 왜 진즉 말하지 않았느냐?"

유존혁은 이문경을 향해 은근히 나무라는 투로 말했다.

"그가 초유사로 올 줄 몰랐사옵니다."

이문경은 김찬을 이처럼 얄궂게 맞닥뜨릴 줄은 꿈에서도 몰랐다고 했다.

"이거…, 하마터면 큰 실수를 할뻔하지 않았나?"

유존혁은 딱 정색한 표정을 지으며 김통정의 기색을 살폈다. 그때 밖으로 나갔던 김윤서가 김찬과 함께 안으로 들어섰다.

"이 별장에게 모든 것을 들었네. 애초 말했더라면 험한 꼴을 당하지 않았을 것 아닌가?"

유존혁은 오해한 게 미안했던지 가벼운 말투로 마음을 달래려 했다.

"구차스러운 변명은 대장부가 할 짓이 못 되는 것으로 아옵니다."

김찬은 대장부 기개를 운운하며 말했으나, 항복한 원종이나 그 결정에 반기를 든 별초군이 서로 정당성을 주장하며 혈투에 혈투를 거듭하는 적대 행위가 못마땅했다. 그 때문에 이편이든 저편이든 어느 한쪽으로만 편향된 태도로 나서는 것이 싫었다.

"꼭 만나고 싶었습니다."

김찬을 향해 한걸음 나서서 허리를 숙이며 은혜를 입었다고 말한 이문경은 한때는 비난했었고, 한때는 마음이 상했었고, 한때는 언짢았었고, 한때는 만나고 싶은 마음과 만나고 싶지 않은…, 자기모순에 빠졌던 심리적 부담감 때문인지 마음속으로는 만감이 교잡하였다.

"이야기를 많이 들어서 알고 있었습니다."

김찬은 아무런 표정도 어떠한 감동도 없는 어조로 대꾸했다.

"이런 날, 박주(薄酒)로 배배 꼬인 창자도 풀고, 숙부와 조카 사이 쌓이고 쌓였던 옛 회포를 풀어야 하지 않겠나?"

유존혁은 벌떡 일어나서 김윤서를 향해 기쁨을 나눌 축하의 술자리를 마련하라고 했다. 김윤서는 고개를 까딱 숙이고는 곧 돌아섰다. 유존혁은 김통정을 향해 '뭐하시오? 조카님 손이라도 잡아보지 않고.'라며 김찬을 따뜻이 맞이하라고 했다. 김통정은 벌떡 일어나 유존혁과 정면으로 마주 보며 약간 고개를 숙여 보이고서 김찬 곁으로 다가갔다. 김찬은 그제야 냉큼 고개를 숙이며 '숙부님, 절 받으시옵소서.'라고는 엎드려 절을 올렸다.

"내가 저승에 계신 형님께 용서받지 못할 죄를 저지를 뻔했구나."

김통정은 자신의 손으로 김찬을 죽이지 않게 되었음이 여간 고마운 것이 아니라며, 뿌듯하게 차오르는 기쁜 마음을 감추지 못했다.

"연회가 준비되는 동안 두 분께서 오붓한 시간을 가지시죠."

이문경은 두 사람이 자리를 옮겨 흉금을 펴놓고 이야기를 나누라는 말을 남기고 유존혁 뒤를 따라붙었다. 김통정은 진즉부터 그러고 싶었다는 듯이 그저 고개를 주억거리며 김찬 팔뚝을 움켜잡고서 자리를 옮기자고 했다. 김찬은 김통정 손에 이끌려 천천히 움직였다.

목조 건조물 밖으로 나서자 그사이 처형된 이소와 오인절과 환문백의 수급을 매단 장대가 보였다. 김찬은 발걸음을 멈추고 초점 잃은 멍한 눈으로 바라보았다.

"우린 고려왕이 오랑캐에게 바친 모든 것을 되찾고 말 것이다."

김통정은 명분 없는 싸움을 하는 것이 아니라며 김찬의 마음을 달랬다. 김찬은 돌덩이처럼 단단히 굳은 표정으로 '숙부, 곡해 마시옵소서.'라는 말로 전제를 한 자락 깔아 놓고서, 항복하는 것이 모두가 사는 길이 아니겠느냐고 했다. 김통정은 눈살을 찌푸리며 침울한 기색을 나타냈지만, 조금도 고깝지 않다는 듯이 부드러운 음성으로 입을 뗐다.

"목숨이 아까웠다면 애초 이 길로 나서지 않았을 것이다. 더욱이 항복은 고려 백성과 먼저 죽어간 별초군을 배신하는 것이니 그럴 수 없느니라."

"그 마음을 몰라 드리는 말씀이 아니오라 난국에 처한…."

"무슨 말을 하려는 것인지 안다."

김통정은 더 들을 생각이 없다는 듯이 말허리를 자르고는 소신을 굽히지 않겠다며 호기스럽게 말을 이어나갔다.

"아무리 망해가는 나라라 할지라도 반드시 충신은 있기 마련이니라. 충신이라면 왕의 잘못을 사간해야 옳지 않은 것이더냐?"

"별초군이야말로 충신이라는 말씀이옵니까?"

"고려왕은 역적이라 할지 모르지만, 고려 백성에게는 충신이지 않더냐?"

"왕과 백성이란 본시 하나 이온데, 우리는 왜 고려 이름으로 하나가 되지 못한답니까?"

"왕이 하늘을 버렸기 때문이 아니더냐?"
"어찌하여 그런 생각을 하시는 것이옵니까?"
"백성의 하늘이 밥인 것처럼 왕의 하늘은 백성이라는 뜻이다. 왕이 하늘인 백성을 버렸으니, 백성이 왕에게 등을 돌린 것이지."
"하지만 이런 사산분리는 모두가 떼죽음을 당하는 파국에 이르고 말 것 아니옵니까?"
"오랑캐가 우리 시신을 가져갈 수 있을지언정, 결단코 우리 얼을 정복할 수 없다는 것을 보여주어야 하지 않겠느냐? 그리해야 우리 정신이 더러워지지 않을 것이고 또 고려 사내로서 양심이 부끄럽지 않을 것이다."

김통정은 깊은 의미가 담긴 말끝을 마무르고는 '나는 너도 그런 사내라고 믿고 싶다.'라는 부언으로 김찬 마음을 얻으려 했다. 김찬은 기탄없는 이야기를 나누고 보니, 김통정 마음을 알 것 같았지만 죽음을 재촉하는 숙부를 보기가 안타까웠다.

"관군과 오랑캐 군사가 어찌하고 있는지 말해줄 수 있겠느냐?"

김통정은 갖은소리로 속내를 털어놓으니 마음이 후련하다는 듯 표정이 차분해졌다.

"이미 물을 엎질렀으니 되돌릴 수도 없게 되었사옵니다."

김찬은 말하지 않고 배길 도리가 없다고 하면서도, 몇 겹 더 짊어진 마음의 부담만큼이나 표정이 어두웠다. 김통정은 고마운 마음이 화살같이 날고 싶었다. 그러나 편안치 못한 김찬을 생각하여 내색을 감추려 딴청을 피우다가 저만치 앞선 이문경을 불렀다. 이문경은 뒤돌아서서 성큼성큼 다가와 고개를 까딱 숙이며 '하문하실 말씀이 있사옵니까?'라고 물었다.

"두 사람도 할 말이 많을 것 같으니 함께 가게."

김통정은 이문경을 향해 함께 이야기를 나누자고 했다. 이문경은 달가운 표정으로 알았다고 대답하고는 잠시 옆으로 비켜섰다가 김통정 뒤를 따라붙었다.

김통정은 자신의 거처로 들어서자, 비로소 마음을 놓고 빙긋이 웃으며 두 팔을 벌려 김찬을 와락 부둥켜안았다. 김찬은 남의 눈치를 볼 일이 없다는 듯이 격한 목소리로 '숙부님.'하고 불렀다. 이문경은 두 사람을 물끄러미 쳐다보기가 무안한지 하릴없이 천장을 올려다보았다. 김통정은 그런 이문경을 보기가 겸연쩍다는 듯 '앉지 않고…?'라고 한마디 붙이고는, 김찬을 향해서도 앉기를 권하고서 자신도 앉았다.

이문경은 이야깃거리를 찾느라 잠시 머릿속을 뒤지다가 '한때나마 곡해했던 것이 부끄럽습니다.'라고 입을 뗐다. 김찬은 그렇지 않다며 패기와 신념이 약해서 뚜렷한 줏대도 주관도 없는 자신은 지탄받아 마땅하다고 했다. 이문경은 고분고분한 언사로 '그리 말씀하시지 않아도 다 아옵니다.'라고 대꾸하고는 김통정도 들으라는 듯이 한층 목소리를 높여, 관군을 피해 다니는 곽연수를 도와준 일에서부터 진도로 내려갈 수 있도록 도와준 일까지 낱낱이 훑어 열거하고는 고맙기 짝이 없다고 했다.

이야기를 다 듣고 난 김통정은 감회가 깊은지 김찬을 향해 경탄의 눈빛을 보냈다. 김찬은 애써 시선을 피하고서 이문경을 향해 '함께 내려온 곽연수와 양석도는 어디 있소?'라고 물었다. 그러나 그 이면에는 곽연희 안부가 더 궁금했으나 입 밖으로 나오지 않았다. 지레짐작으로 눈치를 채고 있었던 이문경은 곽연수의 죽음도 그렇거니와 곽연희와 혼인한 그 어떤 것도 말할 자신이 없었다. 김통정은 목젖을 옥죄이고만 있는 이문경을 물끄러미 쳐다보다가 조용히 입을 열었다.

"양석도는 조선장 책임자야. 병선을 수개하려고 여기 왔을 테니 어디에 있을 것이야."

김찬은 알만하다는 듯이 가벼운 투로 '그예 그리되었군요.'라고 는 '곽연수는 장수가 되었겠사옵니다.'라고 했다. 김통정은 비에 젖은 눅눅한 말투로 '곽 산원은 우리 손에 탐라를 넘겨주고 먼저 떠났어.'라고 했다.

"그것이 무슨 말씀이옵니까?"

김찬은 저절로 목덜미가 움츠러들었다. 가만있던 이문경은 침통한 목소리로 곽연수가 용감하게 싸우다가 숨을 거두었다고 했다.

"그토록 무예가 뛰어났건만 대체 어쩌다가…."

김찬은 쉽게 믿어지지 않는지 목소리가 떨렸다. 이문경은 엷은 우수에 잠긴 얼굴을 하고 진자화와 불꽃 튀는 대결을 벌인 끝에 숨을 거둔 일을 뭉뚱그려 들려주었다.

이야기를 듣고 난 김찬은 안타깝고 애달픈 마음이 여북한지 숙연히 눈을 감았다.

"곽 산원 원혼을 위로하기 위해서라도 물러나지 않을 것이야."

김통정은 곽연수 넋을 달랜다는 말을 앞세워, 관군과 몽고군 동태를 알고 싶다는 암시를 깔았다. 김찬은 한 마디 풍기는 말에도 눈치를 챘다는 듯이 '이미 엎질러진 물이라고 말씀드리지 않았사옵니까?'라고는 천천히 말을 이어나갔다.

"쿠빌라이가 자신을 무위하는 군사 3천과 패망한 한족 4천을 흔도와 홍다구에게 내주어 이미 고려 땅으로 출발시켰사옵니다. 또한 고려 조정에서는 김방경 장군에게 관군 8백을 주었고, 반남현 포구에는 이들 군사를 태워 갈 병선 160척과 수군 3천이 있사온데…. 양쪽 군사는 반남현 포구에 집결하여 군량과 병장기를 실을 것이옵니다."

이야기를 듣고 난 김통정은 생각할 것이 너무 많아 머릿속이 칡덩굴처럼 얼키설키 뒤얽혔다. 관군과 몽고군이 연합하여 협공해오는 것은 분명한 일이 되었으니 본격적인 방비 태세를 취해야 했다. 그러나 적의 공격을 제대로 막아내려면 명월포에서부터 함덕포에 이르기까지 단단한 방어태세가 갖추어져 있어야 가능한 일이었다. 하지만 환해장성 성곽 축조는 겨우 반을 넘겼고, 목책성마저도 나무가 모자라 애월포만 완성했다. 나머지는 이제 축조를 시작한데다가 항파두리성은 내성만 석성일 뿐, 외성은 흙과 돌덩이를 모아 쌓았기 때문에 적이 운제를 앞세워 들이닥친다면 막아낼 방도가 없었다.

"숙부님?"

김찬은 석불 같은 모습으로 골똘한 상념에 잠긴 김통정의 머리를 흔들었다. 김통정은 퍼뜩 제정신을 찾고는 '음…, 그런데 말이야.'라며 어두운 생각을 지우고서 입을 뗐다.

"듣자 하니, 쿠빌라이는 남송을 정벌하느라 고려에 빼돌릴 군사가 없다고 하던데…."

"쿠빌라이는 애초 남송을 정벌한 후 이곳 탐라에다가 왜로 향하는 전초대를 배치할 생각이었사옵니다. 그러자 고려 조정에서 별초군이 남송이나 왜와 연합하여 원나라를 공격하게 될 것이라고 부채질을 해대자, 쿠빌라이는 남송 수군의 수로를 봉쇄하는데 필요한 병선과 군량미를 바치면 탐라를 치겠다고 했는데, 고려 조정에서 이를 들어준 것이옵니다."

김찬은 원종이 부안의 변산과 장흥의 천관산에서 벌목한 나무로 건조한 병선 300척 중 절반에다가, 백성의 뒤주를 탈탈 털어 긁어모은 곡식으로 마련한 군량미를 쿠빌라이에게 갖다 바친 대가로 몽고군이 다시 움직이게 되었다고 했다.

"왕이라는 자가 꼭 그런 짓을 해야 한다던가?"
 김통정은 원종의 행태가 너무 악랄하다고 성토했다.
 "상장군과 대책을 논의해야 할 듯하옵니다."
 이문경은 대응책 강구를 위해 유존혁을 비롯한 장수들과 회합하자고 했다. 김방경은 엄중한 어조로 '물론 그리해야지.'라고는 양미간을 찌푸리며 생각하는 표정을 지었다. 그때 양석도가 안으로 들어서며 김통정을 향해 허리를 숙여 인사를 하고는 '시어사 나리께서 오셨다는 소식을 듣고 달려왔사옵니다.'라고 했다.
 "그렇지 않아도 보고 싶어 하던 차였는데, 마침 잘 왔어."
 김통정은 반갑게 맞이하고는 띵한 머리를 식혀야겠다며, 몸을 일으켜 이러저러한 이야기를 나누라며 혼자 밖으로 나섰다. 양석도는 김통정 뒷모습이 채 사라지기 전에 김찬을 향해 성큼 다가서며 '시어사 나리!'라고 소리쳤다. 김찬은 반갑게 양석도 손을 잡으며 '무사하니 다행이야.'라고 했다.
 "소인은 밖에 걸린 수급을 보고 시어사 나리께서 화를 당하신 줄 알고 얼마나 놀랐는지 모릅니다."
 양석도는 이마에 뿌지직 배인 땀을 손등으로 문지르며 기겁했던 기분을 말했다. 김찬은 입가에 애써 헛웃음을 띠며 양석도 어깨를 두드리고는 비로소 곽연희는 어찌 되었는지 물었다. 양석도는 얼굴을 빤히 들여다보며 '아직 모르셨어요?'라고는 이내 고개를 들어 이문경을 맞바로 쳐다보았다. 이문경은 무어라고 말하기가 겸연쩍은 듯 어색한 표정으로 가만있었다.
 "형님 아내가 되었…, 아니지. 제 형수님이 되셨어요."
 양석도는 자랑거리를 말하듯이 익살을 부렸다. 순간 김찬은 깜짝 놀란 표정을 감추지 못했으나 감정의 파동이 일지 않는 듯이 태연하게 이문경을 쳐다보았다.

"어찌하다 그리되었습니다."

이문경은 멋쩍은 웃음을 보이며 공연히 우물우물 말했다. 김찬은 침착하게 '네.'라고 대꾸했으나 남의 아내가 된 여인에 대한 예를 갖추어야겠기에 양석도를 향해 '건강하시더냐?'라고 물었다.

"그럼요, 며칠 전에도 만나 뵈었습니다만…."

양석도는 볼멘 투로 말꼬리를 흐리더니 이문경을 힐끔 쳐다보았다. 김찬은 긴요한 말은 못 들은 미진한 느낌을 맛보고도 채근하지 못했다.

"시어사 나리께서는 류쿠에 대해 들으신 바가 없사옵니까?"

양석도는 아직 다하지 못한 이야기를 마저 털어 버리고 싶은 욕심에 도사렸던 말꼬리를 묘하게 풀어나갔다. 김찬은 조양필과 초천익에게 들은 것이 많다고 했다.

"소인이 왜에 갔다가 그 두 사람을 보았사옵니다."

양석도는 반가운 일이라도 생긴 것처럼 웃는 낯으로 말했다. 김찬은 어리뜩한 표정으로 '네가 어떻게 왜에…?'라며 눈을 끔벅거렸다.

"왜에 오랑국 사신단이 갔을 때 소인이 뱃길을 잡았사옵니다."

양석도는 바닷길을 찾아가는 것은 소 등에 걸터앉기보다 쉽다며 기량을 과시하듯 말했다. 김찬은 양석도라면 응당 그럴 것이라는 듯이 고개를 끄떡이면서도 궁금한 것이 많은지 눈알을 할금 돌렸다. 그때 김윤서가 들어서며 연회 준비가 끝났다고 했다. 이문경은 고개를 끄떡이고는 김찬을 향해 함께 나가자고 했다.

23.

　닷새 뒤 김통정의 요구로 모든 장수가 항파두리성으로 모여들었다. 해가 중천에서 약간 기울 무렵 군항포, 귀일포, 외도포, 애월포, 명월포 방비 임무를 맡은 장수들이 모였고, 조금 지나 함덕포와 조천포 방비를 맡은 양호가 도착했다. 서로 떨어져 있다 만난 장수들이 이런저런 인사말을 나누고 있을 때 김통정이 몹시 어두운 표정으로 나타났다. 장수들은 김통정이 자리에 앉자 좌우편으로 갈라 앉았다. 김통정은 '모두 잘 들으시오!'라고서 시선을 끌어모으고는, 좌중을 압도하는 형형한 눈빛으로 말을 이어나갔다.
　"관군과 오랑캐 군사가 지금 전라도 반남현 포구에 집결했소. 사세가 심상치 않으니 제장들에게 이를 대처할 방비책을 듣고자 하니 말해보시오."
　장수들은 격양의 빛이 도는 얼굴로 이마를 맞대고 수군대기 시작했다.
　"놈들 수가 얼마나 되는 것이옵니까?"
　김윤서는 심각한 국면에 접어든 만큼 말투가 심중했다.
　"정탐꾼이 알아낸 바로는 병선 160척에다가 군사가 1만3천인데,

문제는 쿠빌라이가 오랑캐 정예 군사로 악명 높은 바토르를 3천5백 명 넘게 보냈다는 거야."
　김통정은 얼굴을 마주하고 앉은 장수들을 휘둘러보며 말했다.
　"바토르라면…, 사생결단으로 날뛰는 돌격대가 아니오?"
　유존혁은 일찍이 겪어보았던 만큼 환하게 꿰뚫고 있었다.
　"하온데, 이번에 구성된 바토르는 죄인들이 많다고 하옵니다."
　김통정의 목소리는 심기가 편치 않음을 짐작할 수 있을 만큼 무거웠다.
　"음…, 그렇다면 죄지은 놈들을 화살받이로 내세워 살아남으면 형벌을 면제해주겠다고 했을 테고…, 필경 죽기 살기로 덤벼들 테니 힘겨운 싸움이 될 것이야."
　유존혁은 사태가 심상치 않음을 짐작하는 듯 눈빛을 반짝이다가, 장수들 사기 고취를 위해 공연히 호기스럽게 말을 이어나갔다.
　"그만한 군사와 말과 병장기를 160척에 다 태우고 실으려면 중맹선으로는 어림없으니 필경 대선일 터인즉, 놈들이 해안으로 발을 붙이지 못하도록 한다면 승산이 있어."
　"그렇사옵니다. 암초가 많은 탐라 해안으로 접근하려면 불가피하게 병선이 한곳으로 모이게 되고, 그리하면 서로 부딪히게 될 것이니 이때를 놓여서는 안 될 것이옵니다."
　김통정은 용골이 없고 바닥이 평평한 대선은 얕은 곳으로 들어서면 허점을 드러내고 말 것이라고 했다.
　"그렇소. 게다가 탐라 해안은 진도와 다르게 병선을 숨길 섬이 없어 훤히 트여 있으니, 놈들이 뭍으로 오르는 것을 막아낸다면 파도가 거세어지는 날에는 그야말로 바닷속으로 가라앉는 살풍경이 벌어질 것이오."
　유존혁은 말을 하다 스스로 고취되는지 한술 더 떠 자신감이 붙은 표정으로 승리까지 장담했다.

"하오나, 적들이 어디로 쳐들어올지 모른다는 것이 문제이옵니다."

이문경은 여러 패로 나눌 군사가 턱없이 모자라는 것이 걱정이라고 했다.

"언제부터 오랑캐를 무찌름에 있어 군사 수가 많고 적음을 따졌단 말인가?"

유존혁은 별초군은 강한 각오와 불굴의 투지를 가졌으니 병술만 잘 전개하면 승리할 것이라고 했다.

"열악한 병장기로는 몇 배나 많은 적의 공격을 막아내기에는 한계가 있사옵니다."

이문경은 적은 군사와 부족한 무기로 적을 상대하려면 군사를 요처에 잘 배치하는 것이 관건이라고 했다. 유존혁은 턱수염을 쓸며 '음….'이라고는 양호를 향해 '어디로 들이닥칠지 짚이는 바가 없소?'라고 물었다. 양호는 잠시 어리둥절한 표정이었으나 이내 눈빛을 반짝이며 입을 뗐다.

"육지를 떠난 배들은 모두 조천포로 들어오니 조천포가 첫 번째요, 조천포와 가까우면서 해안이 모래로 덮여서 대선을 접안시키기 좋은 함덕포가 두 번째요, 후풍도에서 가장 가깝기도 하지만 우리 수군 본거지이자 항파두리성 관문이기도 한 애월포가 세 번째요, 항파두리성에서 멀리 떨어졌다 하나 병선을 숨길 수 있는 비양도가 있는 명월포가 네 번째 같소이다."

마치 약석지언처럼 귀담아듣고 난 김통정은 심각한 어조로 '결국 예측하기가 힘들다는 말씀이군요?'라고 했다. 양호는 그렇다고 대답하고는 군사를 어느 한 곳에다가 집중시킬 수도 없거니와 어느 한 곳도 소홀히 할 수 없다고 했다. 김통정은 대꾸 없이 사르르 눈을 감았다가 번쩍 뜨며 '놈들은 세 곳으로 나누어 쳐들어올 공산이 크오.'라고 했다.

"세 곳이라면…? 어디 어디란 말이오?"

유존혁은 깜짝 놀랐는지 뜨물 먹은 나귀처럼 컬컬한 목소리로 물었다. 김통정은 악몽 같았던 진도에서의 패배를 떠올리기가 언짢은 듯이 머리를 숙이고 침음하다가 입을 뗐다.

"용장성이 무너질 때 놈들은 중군, 좌군, 우군으로 나누어서 속임수를 썼는데, 이번에도 김방경과 흔도와 홍다구가 앞장을 섰다면 필시 그 병술로 덤벼들 것이옵니다."

"그러하옵니다, 소장 생각도 같사옵니다."

조시적은 김방경을 거들고는 그에 대해 대비하는 것이 좋겠다고 했다.

"허나…. 동쪽 함덕포에서 서쪽 명월포까지는 300리가 넘는데, 놈들이 어디로 들이닥칠지 모른 채 군사를 어디로 움직인단 말인가?"

유존혁은 군사를 몰아서 배치하기가 여간 난감한 일이 아니라고 했다. 김통정은 무거운 짐을 짊어진 노인처럼 몸을 한쪽으로 약간 배틀거리다가, 결단을 내리겠다는 듯이 '이렇게 하시지요.'라고는 장수들을 쭉 휘둘러보고서 말문을 열었다.

"제장은 군영으로 돌아가는 대로 군량을 모두 항파두리성으로 옮기시오. 그리고 모든 포구와 항파두리성 안에 있는 노인과 부녀자, 아이들은 온평 환해장성으로 이동시키고, 모든 장졸은 지금부터 먹을 때나 잠잘 때를 막론하고 갑옷 입은 채 싸울 태세를 갖추시오."

"하오나…, 노인과 부녀자 중에도 싸우다가 죽겠다는 자들이 많은 줄로 아옵니다."

김윤서는 모두가 오랑캐에게 맺힌 원한이 너무 깊어 죽기를 각오하고 항전할 것이라고 했다. 김통정은 김윤서를 향해 대뜸 '호랑이를 사냥할 때 중요한 것이 무엇인지 아는가?'라고 물었다. 김윤서는 준엄한 표정으로 김통정을 쳐다보며 입술을 실룩 움직였다. 김통정은 열기 오른 목소리로 '무서움이 없어야 해.'라고는 새로운 각오를 다지겠다는 듯이 단호한 어조로 말을 이어나갔다.

"호랑이를 두려워하면 잡지 못한다! 두려움을 없애려면 마음이 홀가분해야 한다. 우리가 오랑캐 대군을 맞이하여 티끌만 한 두려움이라도 생긴다면, 그것은 우리 가족의 무사 안녕을 염려하기 때문일 것이다."

"맞는 말씀이오이다. 배수의 진을 치고 결사적으로 싸우기 위해서는 노인과 아이들은 피신시켜야 마땅하오이다."

유존혁은 용맹하게 싸우자고 가세했다. 장수들은 수긍이 가는 듯 고개를 끄덕이기도 하고, 전에 없이 굳은 표정으로 입을 꾹 다물거나, 엄한 눈빛을 지으며 결의를 다지기도 했다.

"한데…, 가만 생각 해보니…."

유존혁은 그밖에 또 뭔가 생각난 것이 있다는 듯이, 말꼬리를 끌다가 김통정을 향해 '화약을 이 사람이 사용해도 되겠소이까?'라고 물었다. 김통정은 그러라고 대답을 하면서도 어디에 쓸 것인지 말해달라는 듯이 의아한 표정을 지었다.

"애월포는 우리 수군 본거지이자 항파두리성 관문이니 놈들이 가만 놔두지 않을 것이오."

유존혁은 자신이 애월포 방어를 맡겠다며 화약을 사용할 일이 있을 것 같다고 했다. 김통정은 고개를 끄덕대고서 좌우를 둘러보며 다른 의견들이 있는지 물었다. 장수들은 하나같이 이해했다는 표정으로 고개를 까닥 숙였다.

"지금 조선장에 있는 배가 몇 척이나 되오이까?"

양호는 함덕포에 추가로 배치할 수 있는 여분의 병선이 있는지 물었다.

"양석도가 조선공을 독려하여 밤낮 가리지 않고 힘을 합한 덕에 서른일곱 척이 마련되어 있습니다만…."

김통정은 말끝에 어떤 소리를 꺼낼지 궁리하는 표정이 역력했다. 양호는 무심코 왜 그러냐고 물었다.

"아, 아니올시다."

김통정은 정신을 가다듬어 대답하고는 기탄이 없이 말을 이어나갔다.

"함덕포에 다섯 척, 조천포에 아홉 척, 애월포에 일곱 척, 명월포에 세 척을 보태겠소."

"나머지 열세 척은 어쩌시려고요?"

양호는 고개를 갸웃거리며 물었다.

"그건 전투상황에 따라 쓰일 때가 있을 것으로 봅니다."

김통정은 양호 입에서 딴소리 나오지 않도록 서둘러 갈무리를 하고는, 결론을 내겠다는 듯 처음과는 달리 차분하게 가라앉은 말투로 이어나갔다.

"자, 그러면…. 상황을 살펴 가며 그때그때 봉홧불을 피우거나 전령을 보내 군사 배치나 이동을 알릴 것이니, 제장은 각자 군영으로 돌아가 군사들의 임전 준비에 소홀함이 없도록 만반의 태세를 짜놓도록."

장수들은 한꺼번에 일어나 주먹손을 가슴에 대고 김통정을 향해 고개를 숙여 보이고는 돌아서서 밖으로 나섰다.

김찬은 밖으로 나서자마자 이문경을 향해 다가가 '이야기 좀 나누겠소?'라고 물었다. 이문경은 목을 비스듬히 젖히고 쳐다보다가 함께 집으로 가지 않겠느냐고 했다. 김찬은 '또 가도 괜찮겠소?'라며 쾌히 응했다. 이문경은 눈가에 가벼운 웃음을 머금고는 돌아서서 길을 잡았다.

항파두리 내성을 나서서 외성 성벽을 따라 얼마쯤 걷다가 나타난 작은 돌담집 안으로 들어섰다. 좁은 부엌간과 돌담 사이에서 돌절구에 수수를 담아 공이질을 하던 곽연희는, 두 사람을 발견하고서 굽적 인사를 했다.

"또 찾아왔습니다."

김찬은 반갑게 인사를 했다. 곽연희는 앞서 왔을 때는 반가운 나머지 경황이 없어 어떻게 했는지 모르겠다며 미안해했다. 김찬은 입가에 담뿍 미소 지으며 괜찮다고 했다.

"박주가 남아 있소?"

이문경은 술을 장만해줄 수 있느냐고 했다.

"지난번에 두 분께서 드시다가 남긴 것이 조금 있사옵니다."

곽연희는 조신스러운 몸가짐으로 대꾸했다.

"일전에 시어사께서 좁은 방 안이 갑갑했을 것이오, 오늘은 마당에다가 내주시오."

이문경은 곰살갑게 미소를 지으며 말했다.

"곧 준비해드리겠사옵니다."

곽연희는 부부의 연을 맺은 후로 다정다감하게 대해주는 이문경이 몹시 고마웠다. 그런 만큼 늘 몸도 마음도 편하게 해주려고 애를 썼다.

"두 분께서는 전생에서부터 정해진 것처럼, 인연이 참으로 지중해 보이오."

김찬은 곽연희 뒷모습을 바라보며 백 년을 같이 누려 해로하기를 바란다고 했다.

"우리 두 사람이야 아무렴 어떻겠소? 단지 뱃속에 든 아이가 살아갈 세상이 평안하기를 바랄 뿐이오."

이문경은 작금의 나라 꼴을 탄식하듯 불퉁스럽게 말을 뱉었다.

"그래서 말씀인데…."

김찬은 한층 낮추어진 목소리로 입을 떼고는 뒷말을 잇기가 멋쩍은지 입술을 씰룩거렸다. 이문경은 김찬 속내를 짐작할 수 없어 '하고자 하는 말씀 있으시오?'라고 물었다. 김찬은 고개를 한번 끄떡하고는 '류쿠에 대해 들었지요?'라고 물었다.

"양석도에게 들은 바가 있었으나, 귀담아 두지 않았소만…?"

"탐라에서 류쿠까지 비록 1,500리가 넘는 길이라지만…, 바람을 잘 만나면 사흘이면 닿고 그렇지 못해도 이레면 된다고 합디다."

"그 말씀을 하시는 까닭이 무엇이오?"

"뱃속에 든 아이가 살아갈 세상이 거기 있기에 하는 말이오."

"뭐라고요?"

"어제 숙부님과 말씀을 나누다가…, 숙부님께서는 지금이 꼭 진도가 무너질 때와 같은 기운이 서린다고 하시면서, 살릴 수 있는 사람들은 살리고 싶다고 하셨소."

"그런 말씀을…?"

"그래서 노인과 부녀자와 아이들을 온평 환해장성으로 이동시키자고 한 것이오."

"병선 열세 척을 남긴 까닭이…, 류쿠로 가고자 한다는 말이오?"

"그렇소."

"그 멀고 험한 뱃길을 노인과 부녀자들로 어찌 감당할 수 있다고 그러시오?"

"양석도와 조선장에 남은 조선공들이 다 갈 것이오."

"그들만 살아남는다고 뭐가 달라진다고 그런 결정을 하셨단 말이오?"

"숙부님께서는 누구든 살아남아서 후세에 우리 이야기를 전해줄 수 있어야, 우리가 이기는 길이라고 하셨소."

"그리 마음을 굳히셨다면 도리는 없겠지만…. 허나, 소장은 따를 수 없소이다."

"오랑캐 놈들에게 원한이 뼈에 사무쳤다고 해서, 태어날 자식까지 죽음으로 내모는 것은 능사가 아니라고 하셨소."

김찬은 말끝에 서찰을 끄집어내어 '이것을 전해드리라고 하더이다.'라고는 건넸다. 이문경은 받아들자마자 빠르게 펼쳐 들고 읽어나갔다.

[어떻게 천상의 칼을 가져다가 단번에 오랑캐 머리를 자를까나, 시퍼런 칼날로 모조리 떨어뜨려 둥근 공 차듯 굴려 버릴까나, 아니면 큰 바닷물을 갖다 대어 떠내려가게 하고 고기와 자라가 되게 하여 회쳐서 우리 백성이 먹게 하려나.]

"이건…?"

"그렇소이다. 백운거사 삼혹호 선생께서 쓰신 글이외다."

"왜 이글을 내게 주셨단 말이오?"

"오랑캐와 싸우다가 죽은 장졸들 혼백은, 지친 백성이 내일을 가질 수 있는 밑거름이 될 것이라고 하셨소이다."

"우리 백성이 오랑캐를 갈기갈기 찢어 회쳐서 먹는 그런 날을 말하는 것이오?"

김찬은 고개를 끄떡하고서 '그러니까 부녀자와 아이들은 살려야 하지 않겠소?'라고 했다. 때마침 술상을 차려 나오던 곽연희는 야트막한 돌담 모퉁이에서 걸음을 멈춘 채, 두 사람이 주거니 받거니 하는 새옹득실 같은 말을 빠짐없이 듣고 있었다.

24.

　반남현 포구에 집결하여 전열을 재정비한 관군과 몽고군은, 풀럭대는 여러 깃발이 걸린 병선 160척에 나누어 타고서 이른 새벽에 영산강을 따라 바다로 흘러갔다. 우불구불 이어진 강줄기를 따라 내려가 포구를 벗어나자 때마침 불어오는 바람이 반겼다. 순풍을 맞는 돛은 팽팽하게 부풀고 병선은 미끄러지듯이 남쪽으로 나아갔다. 무리를 이룬 병선들이 뱃길을 따라 250리를 내려간 끝에 만난 후풍도에서 밤을 보냈다.
　다음날 동이 트자마자 중군을 지휘하는 흔도가 먼저 출항할 준비를 마치고 김방경과 홍다구를 번갈아 쳐다보며 당부의 말을 던졌다.
　"잊지 말고 해가 뉘엿뉘엿할 무렵 출발해야 할 것이야."
　"염려 마시옵소서. 장군께서 바토르 결사대를 이끌고 먼저 애월포를 치면, 역도 놈들은 틀림없이 애월포로 허겁지겁 몰려들 것이고 그리되면 함덕포와 명월포는 텅 비어 있을 터인데…, 야밤에 도착하여 육지에 오른다면 그야말로 힘들일 게 뭐 있겠사옵니까?"
　홍다구는 이보다 더 신나는 일이 세상에 또 있겠느냐며 주둥이를 나불거렸다.

"너무 낙관적으로만 생각해서는 안 될 것이야."

"하오나 이번 전투는 승패가 이미 결정 난 것이나 다름없질 않사옵니까?"

"어허…, 해체한 공성무기를 실은 병선은 한식경이 지난 후 보내는 것도 잊지 말고."

"그리하겠사옵니다."

"그때쯤 애월포에 있는 역당들은 전의를 상실하여 날개 꺾인 새와 진배없을 터…."

홍다구와 주거니 받거니 술잔을 비우듯 사설을 늘어놓던 흔도는 김방경을 향해 입을 열어 '보아하니, 상장군은 할 말이 없는 것 같구려.'라고 일침을 놓았다. 김방경은 심기가 언짢은지 어금니를 깨물고 숨을 크게 들이마셨다가 훅 내뿜고는 '중군행영병마원수께서 친히 바토르 돌격대를 이끄시는데, 소장이 무슨 할 말이 있겠소이까?'라고 했다. 흔도는 불편한 시선으로 쳐다보다가 이내 천연한 표정을 지으며 '그렇소?'라고 대꾸했다.

"장군, 대장기를 바꾸어 달고 나서시지요."

홍다구는 얼굴에 어색한 웃음이 엉겨 있는 둘 사이를 비집고 들었다. 그렇지 않아도 기분이 얄궂은 흔도는 대뜸 화난 표정으로 '대장기를 바꿔?'라고 소리쳤다.

"어쩐지 소장은 이상스러운 느낌이 드옵니다."

홍다구는 대장선을 위장하는 게 좋겠다며 그렇게 하라고 했다. 흔도는 뜻밖의 말에 고개를 갸웃거렸다.

"장군."

홍다구는 거듭 단단히 부탁했다.

"그것도 방도이긴 하겠어."

흔도는 못 이기는 체하고 홍다구 청을 받아들이고는, 뒷일을 부탁한다는 말을 남기고 병선으로 향했다.
 흔도는 곧 걸출한 장수 하나를 골라 중군행영병마원수 갑옷을 입혀 흰색 바탕에 용과 구름이 그려져 있는 중군 대장기를 단 병선에 태우고, 자신은 마보군(馬步軍) 장수 갑옷을 입고 보조 병선에 올랐다. 곧 저마다 각기 다른 호기(號旗)를 단 70여 척의 병선이 일제히 출항하여 애월포로 향했다.

 후풍도를 떠난 흔도의 병선대(兵船隊)는 50리 뱃길을 단숨에 내려가 애월포 외항에서 기민하게 전열을 가다듬고서, 별초군이 숨 돌릴 틈을 주지 않고 맹포격을 퍼부었다. 북소리와 함께 기수가 휘두르는 붉은 독전기 움직임에 따라, 수를 헤아리기 힘든 수많은 불화살이 포물선을 그리며 날아갔다. 애월포에 우박처럼 쏟아진 부들방망이 같은 불화살이 목책성 여기저기에 꽂히면서 불기둥이 뻗쳐올랐다. 목조 건조물 지붕 갓머리는 불길에 휩싸이면서 서까래가 무너지더니 기둥마저 풀썩 주저앉는 게 다반사였다. 흔도의 군사가 쏘아대는 불화살은 바람을 타고 하늘로 치솟아 올라 포물선을 그리며 병선과 목책성 위로 빠르게 쑥쑥 떨어졌다. 불꾸러미가 바람을 타고 날아다니며 별초군 군사들 옷에 옮아 붙는 게 예사였다.
 반면에 파리떼처럼 새까맣게 모여든 몽고군 병선으로부터 졸지에 공격을 당한 유존혁은 군사를 꽁꽁 뭉쳐 반격했으나, 육지를 떠난 화살은 바다에서 거센 역풍에 꺾여 대부분 적의 병선에 닿지 못하고 떨어졌다. 시간이 흐를수록 빗발치듯 날아오는 불화살을 당해낼 재간은 없고 피해만 늘어가자, 유존혁은 최후의 일전을 결할 수밖에 없었다. 이대로 가만히 당한다면 애월포에 정박 된 17척에다가 며칠 전 조선장에서 올라온 일곱 척을 합한 24척의 병선이 적의 불화살로 사라져버릴 게 빤했다. 그럴 바엔 이제라도 병선을 이끌고 바다로 나가 싸우는 게 옳을 듯했다. 화약을 실은 두 척이 용케 적진을 뚫어 적의 대장선을 없앨 수 있다면, 그사이 봉홧불을 보고 달려온 지원군이 능히 적을 격파시킬 수 있다고 믿었다.

유존혁은 군사들을 독려하여 병선을 출항시켰고, 화약을 실은 병선에 올라타 지휘했다. 병선은 애월포구를 빠져나가는 동안 네 척이 불화살 공격을 받아 불탔으나 요행히 화약을 실은 두 척은 나머지 병선들과 함께 무사히 빠져나갔다. 선두에 나선 돌격병선 세 척과 좌우의 호위병선 세 척이 화약 실은 병선 두 척을 뱅 에 워싸고 적진을 향해 돌진했다. 몽고군 병선에서 퍼붓는 수많은 불화살에 큰 희생을 당하면서도 굽히지 않고 물살을 가로질러 다가갔다.

어렵게 적진을 파고들어 대장기가 매달린 병선을 향해 달려들었다. 화약을 지고 불 속에 뛰어드는 그 답답하고 무모함은 별초군 보루를 지키고자 하는 단심의 발로였다. 별초군은 필경 죽을 줄 알면서도 거리낌 없이 화약심지에 불을 붙였다. 두 척이 몽고군 대장선 양쪽으로 접근하자 심지를 타들어 가던 불이 마침내 화약에 닿았다. 순간 화약이 터지면서 꽝꽝거리는 소리가 요란하게 나고 섬뜩한 불벼락이 화산 분출물처럼 솟구쳐 올랐다. 병선 두 척이 몽고군 대장선과 함께 폭파되면서, 바다에는 파편이 사방으로 튀어 흩어지고 하늘에는 화염이 퍼져 가득했다.

"까딱했으면 황천길로 갈 뻔했군."

멀찍이서 이 광경을 지켜보던 흔도는 대장기를 바꾸어 달고 나서라던 홍다구 말을 되새겼다. 생각할수록 속이 달아오르면서 한편으로는 홍다구 통찰력에 놀라워했다.

"단 한 놈도 남김없이 모조리 바닷물 속으로 처넣어라!"

흔도는 치미는 분노를 참지 못하고 거센 공격을 가하라고 소리치고는, 슬그머니 손으로 모가지를 매만졌다. 바토르 결사대는 일제히 환호성을 지르며 별초군을 향해 벌떼같이 달려들었다. 별초군은 이에 맞서 처절하게 싸웠으나 치열한 공방전은 시간이 갈수록 바토르 결사대가 우월해지고, 별초군은 방어진이 허물어지면서 급격히 열세를 보였다. 별초군은 전세를 뒤집을 여력이 미치지 못함을 알고도 물러서지 않고 차례차례 숨져갔다. 유존혁과 별초군은 평소 가졌던 굳건한 신념대로 장렬한 죽음을 맞이했다.

잠시 후 애월포에서 솟아오른 봉홧불을 보고 뒤늦게 달려온 항파두리성과 함덕포, 조천포, 명월포의 지원군은 전열을 갖추고서 적을 맞이할 태세를 갖추었다. 그러나 이미 상륙한 바토르 결사대와 맞서 싸우기에는 역부족이었다. 불리한 전세가 나아질 기미가 없자 별초군은 항파두리성으로 후퇴하고 말았다. 별초군이 철수하고 난 애월포는 연기를 뿜으며 얼거리만 겨우 부지하고 있는 구조물과 온통 시꺼멓게 그을린 흙담이 마마 자국처럼 더덕더덕 엉긴 모습은 그야말로 쑥대밭이었다.

때맞추어 공성무기를 실은 30여 척의 병선도 도착하자 흔도는 이래저래 힘이 솟아났다. 서둘러 병선을 접안시켜 차질없이 공성무기를 내린 뒤, 바토르 결사대는 다음 전투를 위해 전열 재정비를 서두르게 하고, 보군(步軍)과 군마는 해체된 공성무기 부분품을 나누어 항파두리성으로 옮길 준비에 들어가도록 지시했다.

한편 해가 서쪽으로 기울 녘에 후풍도를 떠난 김방경과 홍다구의 병선은 사방이 어두워질 무렵, 각자 목적지를 향해 방향을 틀었다. 좌군을 지휘하는 홍다구는 병선 30척을 이끌고 명월포로 향하고, 우군을 지휘하는 김방경 역시 병선 30척을 이끌고 함덕포로 향했다.

우군이 함덕포 앞바다에 도착했을 때는 적막만이 가득 찬 깊은 밤중이었다. 어둡고 잔잔한 밤바다에는 죽음과 같은 정적만 맴돌아 무엇 하나 거리낄 것이 없었다. 김방경은 모래가 두둑하게 쌓인 해변으로 병선을 몰아 손쉽게 접안에 성공했다. 병선에서 첨벙첨벙 물가로 뛰어내린 관군은 어느새 해안가를 가득 메웠다.

"지체하지 말고 빨리 움직여."

김방경은 나유를 향해 선두에서 길을 잡으라고 했다. 나유는 짧고 무거운 소리로 알았다고 대답하고 앞장섰다. 관군은 나유 뒤를 따라 해안을 끼고 서쪽으로 진군하기 시작했다.

그 시각 애월포 별초군 패배로 가뜩이나 갈피를 잡지 못하고 허둥대던 양호는 뒤늦게 관군이 상륙했다는 보고를 받았으나, 병력 대부분이 이미 애월포로 지원 나간 뒤여서 우왕좌왕 어찌할 바를 몰랐다. 몇 안 되는 별초군은 출기불의로 아닌 밤중에 난데없이 쳐들어온 관군에게 손 써볼 틈도 없이 무너지고 양호는 쉽게 목숨을 잃고 말았다. 조천포를 방어하던 소수의 별초군도 관군에 맞서 고군분투했으나 수적 열세를 극복하지 못하고 어둠 속으로 뿔뿔이 흩어져 달아났다. 파죽지세로 별초군을 몰아낸 김방경은 먼동이 훤해질 무렵에 애월포로 향했다.

좌군을 이끌고 명월포로 들어간 홍다구도 거침없었다. 명월포를 방어하던 이순공 역시 애월포로 지원군을 보낸 터여서, 적을 막아내지 못하고 항파두리성으로 물러나고 말았다.

김방경의 우군과 홍다구의 좌군이 애월포에서 흔도의 중군과 합류할 즈음 해는 중천을 비켜서고 있었다.

함덕포와 명월포까지 무너졌다는 보고를 받은 김통정은 군항포와 귀일포와 외도포에 흩어진 방어망도 소용없음을 깨닫고서 모두 항파두리성으로 불러들였다. 이제 남은 것은 군사를 총결집시켜 죽을 각오로 맞서 싸우는 길밖에 없었다.
"성 안팎의 방어태세는 어떻게 되어가는가?"
김통정은 김찬을 향해 생각해두었던 뒷일을 실행에 옮길 일이 급해졌다고 했다.
"여러 환해장성에서 모여든 군사의 조직과 전열을 재정비하여 성안 곳곳에 배치하는 것은 마무리가 되었으나, 성문 앞과 주변에 마름쇠를 뿌리고 거마창과 거마목을 세우는 일, 성벽 위 군데군데에 석포와 대나무 물총에 분뇨를 넣은 분포와 분뇨를 담은 항아리를 배치하는 일은 아직…."
김찬은 노인과 부녀자와 아이들까지 힘을 합쳐 손을 보태지만, 만만히 끝날 일이 아니라고 했다.
"해를 보아하니 놈들이 곧 이곳으로 몰려들겠어, 어서 떠날 준비해."
김통정은 방어태세 준비가 벅차더라도 떠나야 할 사람들은 따로 한곳으로 모으라고 했다.
"꼭 그리하셔야 하겠사옵니까?"
김찬은 안타까움을 금하지 못하겠는지 표정이 돌처럼 굳었다.
"저들이 싸우다가 죽겠다는 그 충직한 마음은 알겠으나, 더는 도리가 없으니 어서…."
"하오나 지금 온평 환해장성으로 가기에는 너무 늦었사옵니다."
"내가 이미 전령을 보냈으니, 양석도와 조선공들이 지금쯤 강정포로 가기 위해 병선에 물과 식량을 싣느라 정신이 없을 터인즉 강정포로 가면 그곳에서 만날 것이야."

"숙부님…."
 김찬은 말문을 틔우지 못한 어린아이처럼 입술만 옴죽거렸다.
 "벌써 놈들이 나타났군, 서둘러 시간이 촉박해."
 김통정은 산그늘이 내리기 시작하는 북쪽 언덕배기를 가리켰다. 과연 언덕 아래에서 굼실굼실 나타나는 군마의 선두에 말을 탄 장수들이 보이고, 그 뒤로 중군기, 좌군기, 우군기를 위시해서 여러 군기(軍旗)를 잡은 군사가 따라붙고, 뒤를 이어 무리를 지은 수많은 군사가 언덕 위로 꾸물꾸물 올라왔다.
 "놈들이 죄다 몰려왔나 보군."
 김통정은 핏기가 도는 눈으로 노려보며 옥쇄할 각오를 다지듯 말하고는 김찬을 향해 '뭐해?'라고 꾸짖듯 호령했다. 김찬은 대뜸 주먹손을 가슴에 대고 고개를 숙인 채 '숙부님….'이라며 잠시였으나 애틋한 여운을 남기고 돌아섰다.

 어느새 관군과 몽고군은 항파두리성 앞으로 구름같이 모여들었고, 서산에 해가 넘어간 지도 이슥히 지나 사방에 어둠이 밀려왔다. 여기저기 횃불이 하나둘 내걸리더니 이내 대낮같이 밝아지고 관군과 몽고군은 운제, 충차, 목만, 전호차 등 공성무기를 짜 맞추느라 바삐 움직였다.
 김찬은 노인과 부녀자와 아이들을 포함하여, 전투를 수행할 수 있는 역량이 부족한 자들을 모두 한곳으로 모았다. 사람들은 강정포로 피신한다는 말에 뒷일을 걱정하는 표정들이었다.
 "서방님을 두고서 혼자 떠날 수는 없사옵니다."
 곽연희는 그럴 바엔 차라리 함께 싸우다가 이문경과 죽겠다고 했다.
 "나를 우리 아이를 지키지 못한 못난 아비로 만들지 말아주시오."
 이문경은 눈에 띄게 불러 진 곽연희 배를 쳐다보며 고집부리지 말라고 했다.
 "저와 아이를 위하여 죽음을 불사하신다고 하시지만, 서방님께서 안 계시면 그것이 다 무슨 소용이 있다고 그러시옵니까?"
 곽연희는 이문경이 없다면 아무것도 소용없다고 했다.
 "어느 하늘 아래 살아만 있다면, 나는 혼백이 되어서라도 부인과 우리 아이를 찾아갈 것이오. 그러니 제발 떠나시오."
 이문경은 애당초 무엇 때문에 마음을 받아주지 못했는지 잘 알지 않느냐고 했다.
 "이 별장 뜻을 따라주시지요, 그리해야 마음 편히 싸울 수 있을 것입니다."
 옆에서 가만히 듣고 있던 김찬은 두 발쯤 앞으로 나서더니 아이를 살리는 일은 곧 이문경의 뜻을 잇는 일이라고 했다. 곽연희는 그만 확 북받치는 슬픔을 참지 못하고 두 손으로 얼굴을 감싸고 울먹거렸다.
 "시어사께서 잘 안내할 것이오. 양석도와 조선공들이 곧 온평환해장성을 떠나 강정포로 향한다잖소, 어서 가시오."
 이문경은 김찬의 말에 힘을 얻어 사뭇 높아진 목소리로 곽연희를 위로했다.
 "서방님…."
 곽연희는 상반신을 숙이고 발끝을 내려다보며 울먹였다. 이문경은 곽연희 턱을 들어 올려 발갛게 상기된 뺨으로 흘러내리는 눈물을 닦아주며 약간 쉰 음성으로 나직이 입을 뗐다.
 "백성이 있어야 내일이 있고, 그리해야 나라가 있다고 했던 내 말을 기억하시오?"

곽연희는 눈물이 징 솟는 눈으로 쳐다보며 고개를 끄떡였다.
"당신이 살아야 우리가 사는 길이라는 소리오."
이문경은 뱃속에 든 아이가 살아야 앞날을 기약할 수 있다고 했다. 곽연희는 울컥 울음이 솟구치는 후끈한 목울대를 간신히 세워 입을 뗐다.
"하오나 서방님께서 안 계시면…."
"그러면 됐소."
이문경은 손바닥으로 곽연희 입을 막고서 자애가 가득한 눈으로 바라보며 '시어사와 양석도가 있지 않소? 잘 돌봐줄 것이오.'라고 했다.
"서방님…."
곽연희는 마침내 와락 울음을 터뜨리고 말았다. 이문경은 갈댓잎처럼 바짝 여윈 곽연희 얼굴에 범벅이 된 눈물을 보자 마음이 아팠다. 하지만 이대로 정에 휩쓸려서는 안 되겠기에 김찬의 손을 덥석 잡았다. 김찬은 두 손을 움켜쥔 채 강렬하게 응시하는 이문경의 복잡한 안광을 빤히 쳐다보았다. 이문경은 불안이 감돌고 희망이 서리는 그야말로 기막힌 대비를 이루는 표정으로 '시어사.'라고 부르고는, 긴장되는지 손등을 쓰다듬으며 '연희와 아이를 잘 돌봐주시오.'라고 했다. 김찬은 이문경 가슴에 맺힌 한 같은 게 자신의 가슴에도 뭉클 와닿는 통에 그만 눈시울이 화끈거렸다.
"시어사만 믿겠소, 잘 부탁하오."
이문경은 고개를 약간 숙여 무거운 소리로 말하고는 곧장 돌아서서 자리를 떴다.
"서방님!"
곽연희는 빠른 걸음으로 뒤쫓아 가 등짝을 와락 껴안고서 얼굴을 비비며 울었다. 이문경은 입술을 깨물고서 목멘 울음을 가슴속으로 삼키고는 두 손으로 곽연희의 깍짓손을 풀고는 발걸음을 뗐다. 곽연희는 그 자리에 풀썩 주저앉아 울음을 그치지 않았다.
"자, 모두 잘 들으시오!"
그때 김통정이 사람들 앞에 나서서 큰소리로 한번 외치고 나서 말머리를 꺼냈다.
"오랑캐 놈들이 공성무기를 다 짜 맞추어 성을 공격하려면 날이 밝을 것이오. 놈들이 공격하기 전에 여러분은 이 성을 빠져나가야 하오. 오늘 밤중으로 남문으로 빠져나가 큰오름을 넘어 강정포로 가면 여러분들을 태우고 갈 병선 열세 척이 기다릴 것이오. 자! 시간이 없소이다. 서두르시오!"
사람들은 김통정이 하는 말이 무엇을 뜻하는지 간파하고 있는지라 저마다 슬픔과 근심에 잠겨 웅성거렸다.
"어서 출발해."
김통정은 김찬을 향해 당장 떠나라고 했다. 김찬은 비장한 각오를 다지는 표정으로 고개를 까딱 숙여 보이고는 곧 돌아섰다. 이문경은 어둠이 짙은 성벽 한 귀퉁이에 서서 사람들 틈에 덧묻어 사라지는 곽연희를 지켜보았다.

25.

　다음 날 날이 밝자마자 김방경과 흔도와 홍다구는 밤새워 짜 맞춘 공성무기를 앞세워 항파두리성을 공격했다. 별초군은 사력을 다해 싸워 세 번의 공격을 막아냈지만, 이순공과 조시적을 포함한 절반에 가까운 군사를 잃는 등 피해가 극심했다. 하지만 전열을 가다듬을 사이도 없이 적의 격렬한 공격이 다시 시작되었다. 별초군은 지친 몸을 다그쳐 다시 상하 일체가 되어 싸웠다.
　적은 중군이 빠지면 우군을 보내고, 우군이 빠지면 좌군을 보냈다. 번갈아 가며 퍼붓는 공격을 막아내기 바쁜 별초군은 잠시도 쉴 틈이 없었다. 몸은 지칠 대로 지쳐 그 자리에 쓰러질 것 같은데도, 적을 무찌르겠다는 신념에 젖은 정신은 삐쭉삐쭉 솟아났다. 골수에서 우러나는 저항심으로 뭉쳐진 별초군 앞에, 관군과 몽고군이 밀어붙이는 운제와 전호차 여럿이 불타고 무너졌다. 그러함에도 시간이 흐를수록 더욱 야만적으로 달려드는 날카로운 기세를 감당하기 어려운 지경에 이르렀다. 일진일퇴하던 전투는 해가 지고 사방이 침침해지며 지척을 분간하기 어렵게 되었을 때 잠시 멈추었다.
　아침부터 쉬지도 못하고 싸운 별초군은 기진맥진하여 두 무릎을 세우고 쪼그리고 앉거나, 아예 땅바닥에 아무렇게 널브러져 드러누웠다. 김통정이 장졸들과 병장기를 살펴보니, 살아남은 자라고는 장수 서넛과 군사는 고작 1,000여 명에 불과했다. 그중 절반은 전투를 수행하기 어려운 부상자여서, 남은 공격을 막아낼 가능성은 아예 없었다. 절벽 같은 절망감에 사로잡혀 고민하다가 이문경을 불렀다.

이문경은 마치 범에게 물리고 긁힌 것처럼 온몸과 얼굴이 피투성이가 된 채 나타났다. 김통정은 매가리가 없는 표정으로 쳐다보며 '이 별장도 많이 상했군.'이라고 했다. 이문경은 빤히 쳐다보며 '장군께서는 괜찮으시옵니까?'라고 물었다. 김통정은 얼굴에 억지웃음을 흘리며 '나야…'라고는 이내 착 가라앉은 낯빛이 되어 '군사를 딸려 보내지 않은 것이 마음에 걸려.'라고 했다.

"어디에 무슨 군사 말씀이옵니까?"

이문경은 실수한 것처럼 말하는 김통정을 이해할 수 없었다.

"시어사에게만 맡기는 것이 아니었어."

김통정은 남문으로 빠져나간 사람들이 강정포에 도착하기 전에 위험에 처할지 모른다며, 김윤서를 비롯한 군사 15명을 이끌고 뒤를 쫓아가라고 했다.

"장군, 어찌 그런 말씀을…"

이문경은 끝까지 싸우다가 죽을 것이라고 했다.

"바보 같은 소리…, 아직도 그런 소리를 한단 말이더냐?"

김통정은 화난 목소리로 답답한 소리 그만두라고는, 성을 빠져나간 사람들을 보호하라고 했다.

"장군."

이문경은 할 말을 잊고 입술을 꾹 깨물었다.

"하늘이 우리 뜻을 저버렸다고 통탄만 해서 되겠는가? 이제 우리에게 남은 것은 그들뿐이야, 그리고….”

김통정은 뇌수에서 감정의 유발이 중지되는지 말끝을 되채지 못하고 입술만 잘끈 깨물다가, 이윽고 이문경의 어깨에 손을 얹고는 곽연희 뱃속에 든 아이를 꼭 살리라고 했다.

"장군, 그들 곁에는 시어사가 있지 않사옵니까?"

이문경은 목소리가 조금 떨렸지만 분명하고 힘이 있었다.

"곧 날이 밝아올 것이니 시간이 없어, 어서 뒤쫓아 가."

김통정은 아무 말 말고 뜻을 따라달라고 했다.

"장군…."

이문경은 고개를 푹 숙이며 말을 잇지 못했다. 김통정은 이문경의 어깨를 도닥거리며 '그들이 살아남는 게 우리의 유일한 희망이야.'라고 했다. 이문경은 어딘가 거절할 수 없는 힘이 느껴지는 말을 듣는 순간, 부처의 은덕을 잊지 말고 중생들 복을 빌라던 각훈의 말이 머리를 스쳤다. 이어 김통정의 명을 따르는 것이야말로 십바라밀(十波羅蜜)을 쫓는 일이라 생각되자 착 가라앉는 목소리로 '알겠사옵니다.'라고 했다.

"고맙네."

김통정은 잘 생각했다면서 서둘러라고 했다. 이문경은 잠시 몸 매무새를 추스르고는, 오른팔을 뻗쳐 올려 구부려 주먹을 가슴에 대면서 시선을 착 내리깐 채 가만히 있었다. 김통정은 무겁고 나직한 목소리로 '그들을 꼭 살리게.'라고 했다. 이문경은 고개를 숙인 채 입술을 꾹 눌렀다.

"날이 밝으면 놈들이 총공세를 펼칠 것이고, 우리는 놈들을 열광적으로 맞이할 것이야."

김통정은 이문경이 사람들을 강정포로 이끌고 갈 때까지 관군과 몽고군을 항파두리성에 묶어둘 것이라고 했다.

"그 희생이 헛되지 않도록 하겠사옵니다."

이문경은 속울음을 씹으며 허리를 곧추어 하직 인사를 하고서 돌아섰다. 김통정은 이문경의 뒷모습을 눈에 담듯이 한참 바라보다가 돌아섰다.

이문경은 곧장 김윤서를 포함한 날쌘 군사 15명을 모아 마구간에서 말을 꺼내어 남문으로 몰래 빠져나갔다. 말을 이끌고 개울을 넘어서고서야 말 등에 올라앉아 채찍으로 말 궁둥이를 후려갈겨 금덕 쪽을 향해 내달리기 시작했다. 말은 땅을 차며 빠르게 달려 희붐하게 일어서는 어둑새벽을 가르고, 말 등의 군사들은 바람을 흔들며 한라산 서쪽 기슭을 붙든 큰오름을 향해 치달렸다.

동녘 하늘이 엷게 밝아오자 관군과 몽고군은 다시 항파두리성을 공격하기 시작했고, 별초군은 사력을 다해 버텼다. 하지만 공성무기를 앞세운 적들이 성벽 위로 까맣게 올라붙는 것을 막기에는 역부족이었다. 적군은 담 무너지듯 우르르 성안으로 뛰어내리고, 뒤이어 성문도 부수뜨려 노도처럼 밀려들었다. 별초군은 별수 없이 성안 곳곳으로 흩어져 악전고투했다. 김통정은 남은 군사들과 사생결단하고 싸웠으나 시간이 지날수록 와락와락 몰려드는 적의 공격을 상대하기에 힘에 부쳤다. 혈투에 혈투를 거듭하던 중에 결국 무참한 최후를 맞이했다.

지칠 대로 지친 별초군은 김통정이 숨지자 싸울 기력을 잃고 항복하고 말았다. 승패를 결정지은 흔도는 성을 빠져나간 사람들이 있다는 것을 알고서 홍다구를 향해 추격하라고 했다.

"알겠사옵니다."

홍다구는 전투에 지친 몸을 달래줄 재밋거리라도 찾은 듯이 야릇한 표정을 지었다.

"고려인 사정을 잘 아는 소장이 추격하는 게 나을 것이오."

김방경은 동족의 일이니 스스로 처리하겠다며 자처하고 나섰다. 그러나 그 속내는 조금도 망설임 없이 왕온의 목을 자르던 홍다구의 잔악무도한 짓거리로 보아, 흉악하게 타고난 본성으로 저지를 살육만은 막고자 한 것이었다.

"동족이니 알아서 하시겠다 이 말이오?"

흔도는 인아족척(姻婭族戚) 동색이냐고 몰아쳤다.

"그렇다기보다…, 이곳 지형은 우리 군사가 잘 알지 않겠소이까?"

김방경은 흔도가 짐작하여 알아듣도록 둘러댔다. 흔도는 딴은 그럴듯한 말이기도 하여, 홍다구를 힐긋 쳐다보면서도 김방경에는 '그렇게 하시오.'라고 했다.

"알겠소이다."

김방경은 딴은 그 말이 고마우면서도 일변으로는 마음은 편치 않아, 영 어색한 자신의 모습을 애써 감추어 말하고는 곧 돌아섰다.

"장군!"

홍다구는 재밋거리를 빼앗긴 놈처럼 눈알을 곤두세워 멀어지는 김방경의 뒤통수를 노려보았다.

"어허, 훨씬 더 즐거운 일들이 기다리고 있거늘…."

흔도는 정복자로서 누려야 할 일이 그득한데, 굳이 귀찮은 일에 나설 게 뭐냐고 했다.

"하오나, 소장이 바토르 결사대 수십 명만 이끌고 가면 단숨에 요절낼 일을…."

홍다구의 거친 말투에는 불만이 가득했다.

"독 안에 든 쥐를 잡는데 오합지졸이면 되었지, 굳이 정예군을 보낼 게 뭐 있나?"
 흔도는 홍다구의 불편한 심기를 달래고자 관군을 비하하는 말로 순하게 매듭지었다.

26.

　이문경 일행이 무인지경의 들판을 달려 큰오름 중턱에 올랐을 때, 김윤서가 말 등에서 뒤를 돌아보았다. 어느새 아득히 멀어진 성에서 매서운 기세로 치솟는 검은 연기가 보였다.
　"장군, 성이 무너진 듯하옵니다."
　김윤서는 큰 소리로 말하고는 말을 세웠다. 급히 말고삐를 당기어 돌아선 이문경은 눈앞에 펼친 광경에 '아…' 하고 탄식이 절로 흘러나왔다.
　"장군! 저기를 보시옵소서."
　김윤서는 때마침 항파두리성 남문 밖으로 나서는 일련의 군사를 가리켰다. 거리가 너무 멀어 관군인지 몽고군인지 분명치 않으나 족히 백 명은 되어 보였다.
　"이러고 있을 때가 아니야, 서둘러!"
　이문경은 거북살스러운 마음으로 말하고는 말머리를 돌렸다. 군사들도 일제히 이문경 뒤를 따라붙었다. 몹시 급한 말발굽은 뽀얀 먼지를 일으키며 질주해나갔다.
　한참을 달려 한라산 남서쪽 기슭을 거쳐 색달천에 이르렀을 때, 저만치 앞서가는 사람들이 눈에 띄었다.

"이랴!"

이문경은 마음속에 걸채여 있는 무언가를 털어내려는 듯이 발로 말 옆구리를 힘껏 질렀다.

곽연희는 땅을 무겁게 두드리는 요란한 말발굽 소리에 뒤를 돌아보았다. 맨 앞에 선 자가 이문경임을 알아보고는 단박에 표정이 밝아졌다. 필경 오랑캐를 무찌르고 다시 왔으리라는 허무맹랑한 생각이었으나, 그 짧은 행복이 가져다주는 감정은 형언조차 하기 어렵게 설레었다. 그러나 급히 다가온 이문경은 말에서 훌쩍 내리자마자 김찬을 향해 무작정 '이제부터 소장이 이끌겠소.'라고 했다. 김찬은 뭔가 안 좋은 예감에 휘감긴 표정으로 '이렇게 빨리 무너지고 말았단 말이오?'라고 물었다. 이문경은 '놈들이 쫓아오니 서둘러야 하오.'라는 소리만 급히 뱉을 뿐이었다. 김찬은 암담한 눈빛으로 쳐다보며 '결국…'이라고는 고개를 떨어트리고 말았다.

"발걸음이 굼뜨지 않게, 말은 노인과 아이들에게 내줘."

이문경은 김윤서를 향해 군사는 말에서 내려 사람들 앞뒤를 호위하라고 했다. 김윤서는 알았다는 대답과 함께 군사들을 향해 서두르라고 했다. 군사들은 재빠르게 움직여, 몸이 무거운 곽연희를 비롯한 거동이 불편한 사람은 말에 태웠다.

말 등 위에 올라탄 곽연희는 정신없이 몸을 움직이는 이문경과 잠깐 눈길이 마주치자 울음을 꿀꺽 삼켰다. 이문경은 할 말이 목젖을 옥죄는 걸 참을 겨를도 없이 군사와 사람들을 통솔하여 걸음을 재촉했다.

해가 중천에 걸려 번들거릴 무렵, 저 멀리 푸른 바다가 펼쳐진 포구가 나타났다. 마음이 급해진 이문경은 사람들 발걸음을 몰아붙였다. 사람들은 너도나도 발걸음을 재우 놀려 포구로 향했다. 포구를 품은 언덕에 다다르자 아래쪽 바다에 떠 있는 병선 열세 척이 보이고, 양석도와 조선공들이 손을 흔들어댔다. 사람들이 소리 지르며 황급하게 뛰기 시작하자 자욱하게 일어나는 흙먼지가 주변을 뒤덮었다. 곽연희는 말고삐를 잡은 김찬의 도움을 받으며 움직였다. 발걸음을 옮길 때마다 뒤를 돌아보고 또 돌아보아도 이문경은 보이지 않았다.

"내가 가서 알아보겠소."

곽연희의 의중을 헤아린 김찬은 차분한 음성으로 불안한 마음을 눅어지게 하고는, 말고삐를 다른 사내에게 건넸다.

그사이 이문경은 언덕 위로 올라가 사방을 두루 훑어 살피는 중이었다. 한눈에 들어오는 해안가는 영 딴 세상처럼 아름답기만 했다. 이런 곳에 튼튼한 집을 짓고 곽연희와 아이를 갖고 오순도순 살 수만 있다면 원도 한도 없을 것만 같았다. 잠깐 달콤한 꿈같은 생각에 잠겼을 때 김찬이 다가와 '사람들은 곧 배에 오를 것이오.'라고 했다. 이문경은 잠시 빠져들었던 극락정토에서 벗어나듯 고개를 끄떡이며 뒷일을 부탁한다고 했다.

"뒷일이라니, 함께 가야 하지 않겠소?"

김찬은 진정으로 이문경이 함께 떠나기를 바랬다.

"우리는 추격대를 막아야 하오."

이문경은 고개를 가로저으며 추격대가 곧 당도할 거라고 했다.

"하지만, 만삭인 부인을 혼자 저리 보낼 수는 없지 않소?"

김찬은 사람들을 이끌어 줄 장수가 필요하니, 추격대는 군사에게 맡기고 함께 가자고 했다.

"그럴 수 없소이다."

이문경은 표정이 준엄하게 바뀌며 냉정한 목소리로 말했다. 그때 뒤쪽을 경계하고 있던 김윤서가 다가와 흐린 기운이 도는 어두운 낯빛으로 '장군, 놈들이 나타났사옵니다.'라고 했다. 이문경은 냉큼 몸을 돌려 후미 쪽으로 향했다. 멀리서 먼지구름을 일으키며 달려오는 말을 탄 여러 장수와 그 뒤를 따라붙은 수많은 군사가 보였다.

"놈들이 너무 빨리 나타났어."

이문경은 초조한 눈빛으로 추격대를 바라보다가, 고개를 돌려 경사가 심한 비탈길도 아랑곳하지 않고 급하게 내려서는 사람들을 바라보았다.

"이 별장, 다시 생각을…."

곁으로 다가온 김찬은 애틋한 심정으로 재차 함께 떠나자고 했다.

"시어사에게 맡길 수밖에 없으니, 미안하구려."

"하지만, 이렇게 마지막을…."

"피할 수 없는 운명이니 어쩌겠소?"

이문경은 애끓는 마음을 감추고 돌아섰다. 김찬은 숙연하게 지그시 눈을 감았다 뜨고는 '알겠소이다, 그러시다면 태어날 아이 이름자라도….'라고는 기어이 눈시울이 젖고 말았다.

"이름이라…."

이문경은 잠시 생각에 잠겼다가 '별초(別抄).'라고는 다시 돌아서서 나지막하게 말을 이어나갔다.

"사내가 되었든 계집이 되었든 그렇게 불러주시오, 이별초 말이오. 별초가 장성하면 이 아비가 어떻게 죽었는지도 꼭 전해주시오."

김찬은 무구한 눈빛으로 쳐다보며 '이 별장….'이라고는 목이 꽉 메어와 말문을 열지 못했다. 그때 김윤서가 다가서며 '장군, 놈들이 눈앞까지 다가왔습니다.'라고 했다. 이문경은 고개를 끄떡이고는 김찬을 향해 입을 뗐다.

"우리의 이야기가 후세에 전해지는 것은 시어사에게 달렸소이다. 놈들은 우리가 막을 테니 어서 가시오."

김찬은 등을 떠미는 이문경에게 대꾸할 엄두를 못 내고 발걸음을 뗐다. 이문경은 언덕길 아래로 내려가는 김찬을 물끄러미 쳐다보다가 곧 군사를 일렬횡대로 세우고 추격대를 기다렸다.

추격대가 가까워질수록 말발굽 소리가 점점 느려지더니 급기야 어정어정 다가오기 시작했다. 점점 다가오는 추격대를 지켜보던 이문경은 풍채가 늠름하고 검고 거친 얼굴을 덮은 점잖은 수염을 보고, 한눈에 지휘 장수가 김방경인 것을 알고는 숨이 꽉 막히면서 눈앞이 아뜩아뜩했다.

"장군, 관군이옵니다."

몽고군이 아니라는 김윤서 말이 복잡한 심경을 더한층 쓰리게 만들었다.

어느덧 성큼 다가선 추격대는 저만치에서 걸음을 멈추더니, 장수 하나가 백기를 묶은 창을 든 채 다가오기 시작했다.

"나유 같사옵니다."

김윤서는 말 탄 장수를 알아보았다.

"그래도…, 무작정 덤벼들지는 않을 모양이군."

이문경은 일희일비한 마음으로 중얼거리고는 때깍때깍 말발굽 소리를 내며 다가오는 나유를 바라보았다.

천천히 다가선 나유는 백기가 묶인 창을 힘껏 땅바닥으로 내리치고, 큰소리로 투항하면 목숨을 보호해 주겠다며 항복을 종용했다. 그 같은 소리를 들은 이문경은 울울한 심회를 금할 수가 없었다. 한때나마 김방경 휘하에서 목숨을 걸고 몽고군 침탈에 대항했던 옛정에 걸맞은 동색은 못되어도, 서로 적이 되어 대치하는 현실이 너무도 모질어서 가슴이 갈기갈기 찢기는 듯했다.
"나유, 네 이놈! 오랑캐 놈 개 노릇을 하다니, 조상과 하늘을 보기가 부끄럽지 않더냐?"
김윤서는 나유가 하는 짓이 가살궂기 짝이 없는 듯 목청을 높였다.
"뭐라…? 막돼먹은 그 언사가 네놈 숨줄을 끊어놓을 수 있음을 몰랐더냐?"
나유는 표정이 순식간에 붉으락푸르락 여러 가지 색깔로 변하며 소리쳤다.
"나야말로 네놈을 고여림처럼 모가지를 잘라주마."
김윤서는 분하고 노여운 감정을 그대로 드러냈다.
"오냐! 정 맞서겠다면 원대로 해주마."
나유는 오만스레 소리치고는 말고삐를 조여 잡았다.
"잠깐!"
이문경은 돌아서려는 나유를 불러 세우고서 김방경을 만나고 싶다고 했다.
"상장군께서 네놈을 만나실 까닭이 없다. 항복할 것이냐? 말 것이냐?"
나유는 거듭 투항하는 것만이 살길이라고 윽박질렀다.
"네놈도 한때 나와 함께 상장군을 모시고 오랑캐를 무찌르지 않았더냐? 그러하거늘 어찌 내 말을 잘라 막는 것이더냐?"
이문경은 무례한 행동을 나무라듯이 호되게 집어셌다.
"오호라…. 옛정을 꼬투리 잡아 살려달라 하소연이라도 해보겠다 이거야?"
나유는 이문경 말을 비꽈서 들었다는 듯이 숫제 몸까지 비틀며 능갈치게 코웃음을 치고는 다시 말고삐를 불끈 쥐고 돌아섰다.

"장군, 어떻게 할 요량이옵니까?"

김윤서는 무슨 꿍꿍이가 있는지 궁금했다. 이문경은 천천히 뒤돌아서서 눈앞의 병선을 향해 아등바등 뛰어가는 사람들을 지켜보며, '저들이 무사하게 배에 오를 때까지 시간을 벌어야 하지 않겠나.'라고 했다. 김윤서는 사뭇 엄숙한 표정으로 '그렇군요.'라고 힘없이 대꾸했다.

"김 교위, 미안하구나."

이문경은 갑자기 잘못을 저지른 것처럼 굴었다.

"그것이 무슨 말씀이시옵니까?"

김윤서는 깜짝 놀라 눈알을 힘있게 굴렸다. 이문경은 최후의 담판을 목전에 두고 보니 자신을 따라준 부하들에 대한 죄책감이 가슴을 후비는 것 같다고 했다.

"그런 말씀 마시지요. 무슨 놈의 조화인지 몰라도 소장이 칼을 잡고 오랑캐와 싸우는 동안만큼은 답답했던 속이 다 후련했사옵니다."

김윤서는 별초군을 선택한 자신의 삶이 비록 고난과 역경의 연속이었을지언정, 한 치의 부끄러움이 없기에 기쁘게 죽을 수 있다고 했다. 이문경은 미처 생각지 못한 대답에 할 말을 잃고 잠시 생각에 잠겼다. '오랑캐 놈들과 싸우더라도 다치지 말고 몸 성히 돌아오기를 천지신명님께 지성으로 빈다고 전해주어.'라던 노파의 그 말이 귓전에 맴돌았다.

"하지만…, 꼭 살아서 돌아올 아들을 기다리시는 자네 자당을 생각하니 마음이 아프네."

"어머니께서도 제가 살아 돌아가는 것보다 지금의 제 모습을 더 자랑스러워하실 것입니다."

김윤서는 애써 담담한 표정으로 말했다.

"고맙군, 자기 연민에 빠지지 않아서 정말 고맙네."

이문경은 역경 앞에 굴하지 않고 당당한 기개를 보이는 김윤서가 자랑스럽다는 듯이 말하고는, 잔파도가 핥아대는 모래톱 위로 모여드는 사람들을 바라보았다. 그들 앞에 꿈실거리는 파도 위에 떠 있는 병선 열세 척에서 조선공들이 밧줄을 내거는 광경도 보였다. 비로소 조금이나마 마음이 놓이는지 착 가라앉은 목소리로 '이제 배에 오르기만 하면 되겠어.'라고는, 우렁우렁한 언성으로 다시 입을 열었다.

"자, 이제부터 저들이 무사히 이곳을 빠져나갈 때까지 죽지 말고 싸우세."

김윤서는 군령다짐 하듯 고개를 주억거리며 '알겠사옵니다.'라고 했다.

27.

 갈매기 떼가 허연 날개를 퍼드덕거리며 몰려오는 하늘 아래에, 바람에 밀려온 모래가 만들어낸 언덕이 보인다. 그 언덕배기에는 소금기 짙은 바닷바람에 꼬부랑꼬부랑 휘어 자란 키 작은 나무들이 뒤엉켜 있다.
 이문경은 이따금 햇빛을 받아 반짝이는 모래를 말발굽으로 짓이기며 다가오는 김방경을 발견하고는, 군사를 언덕 끝 절벽으로 이동시키라고 했다. 김윤서는 배수를 등에 진다는 것은 곧 죽음이라는 의미를 알면서도 군말 없이 따랐다. 이문경은 혼자 김방경을 맞이하러 천천히 걸어갔다.
 김방경은 말을 세우고서 먼지가 팔팔 날리는 흙길 위로 다가오는 이문경을 바라보았다.
 곧 김방경 앞에 멈추어 선 이문경은 정중한 태도와 엄숙한 어조로 '무탈하셨사옵니까?'라고 인사했다.
 "대사님께 용장성으로 내려갔다는 말은 들었다만, 여기서 이렇게 볼 줄은 몰랐구나."
 김방경은 한때 끈끈히 뭉쳐졌던 동료애와 안개처럼 서리는 만감을 누르고 말했다.

"상장군께서 용장성을 무너트렸다는 소식은 듣고 있었사옵니다."

이문경의 대꾸는 원망기가 섞인 껄끄러운 말투였지만 결코 무례한 태도는 아니었다.

"네놈의 원망이 바다만큼 깊겠구나."

김방경은 가시 돋친 말을 감정의 동요 없이 예사롭게 받아넘기면서 말에서 내렸다.

"소장이 상장군께 무슨 원망이 있겠사옵니까?"

이문경은 단지 고려의 못난 왕과 탐관들에게 맺힌 원한 때문이라고 했다.

"그 마음을 모르는 것은 아니나 다 끝난 일…, 무기를 버리고 투항하라. 그리하면 목숨은 끊지 않겠다."

김방경은 실로 이문경이 죽는 것을 원치 않는다고 했다. 이문경은 얼굴빛 하나 고치지 않은 채 '부탁이 있사옵니다.'라고 했다. 김방경은 담담한 눈빛으로 쳐다보며 '말해보아라.'라고 했다. 이문경은 고개를 돌려 해안가에서 병선으로 오르기 시작하는 사람들을 가리키며 '저들을 쫓지 말고 그냥 두시옵소서.'라고 했다.

"결국 나와 싸우다가 죽겠다는 말이더냐?"

김방경은 슬픈 생각이 울컥 솟구치는 것을 누르느라 침을 삼켰다. 이문경은 비통한 심정으로 김방경을 쳐다보며 한때나마 함께 적진을 누볐던 부하의 간곡한 청을 거절하지 말아 달라고 했다.

"아무리 그러하나…, 어찌 역도들을 살려 보낸단 말이더냐?"

김방경은 백성에게 경각심을 일깨워주려면 어쩔 수 없는 일이라고 했다.

"누구를 가리켜 역도라 하옵니까? 나라를 오랑캐 칼끝에 맡긴 대가로 목숨을 부지한 것도 모자라, 사지로 내몰린 백성을 때려잡는 왕과 탐관들이 역도지, 어찌 죄도 없고 힘도 없는 저들이 역도란 말이옵니까?"

이문경은 나라를 이 지경으로 만든 왕과 벼슬아치에게 반기를 든 백성이 과연 역도인지 따져 물었다.

"대체 무엇이 네놈의 마음을 그토록 뒤틀리게 했더란 말이냐?"

김방경은 사리에 어그러진 말을 서슴없이 쏟아내는 이문경이 딱하고 측은하여 여간 마음이 아프지 않았다.

"그런 말씀 마시옵소서. 지금 소장 눈앞에 고려 왕이 있다면 당장 그 목을 베어버릴 것이옵니다."

이문경은 백성을 헌신짝 같이 버린 원종을 가만둘 수 없노라고 했다.

"네~ 이놈! 왕은 하늘이 내리는 것이거늘, 감히 네놈 따위가 어찌 그런 참담한 말을 입에 담을 수 있더냐?"

김방경은 전에 없이 버럭 화를 내며 턱없이 큰 소리로 말했다.

"대체 어떤 빌어먹을 하늘이 왕을 내린단 말이옵니까? 걸주(桀紂)도 하늘이 내렸다고 하겠사옵니까? 백성을 버린 왕이라면 걸왕과 주왕과 다를 게 무엇이옵니까? 백성은 자신들을 헌신짝 버리듯 한 왕을 역도라 하는 것을 정녕 모르셨사옵니까? 그 같은 자를 왕으로 내리는 게 하늘이라면 소장은, 그 얼빠진 하늘까지 베어버릴 것이옵니다."

이문경은 나라의 근본은 백성이니 왕은 곧 백성이 내린 것이며, 이에 왕의 하늘은 백성이므로 왕은 마땅히 하늘이 아니라 백성을 섬겨야 한다고 소리쳤다.

"네놈의 말이 우악스럽고 지나쳐 들을 수가 없구나."

김방경은 심기가 심히 언짢고 불편한지 목소리가 몹시 갈라졌다.

"지나칠 게 없사옵니다. 백성을 저버린 고려왕의 눈에는 우리가 역도로 보이겠으나, 우리는 피골만 남은 백성을 지키고자 다짐한 백성의 군사일 뿐이옵니다."

이문경은 별초군이 궐기한 필연성과 당위성이 뚜렷한 현실을 굳이 부인하지 말라고 했다.

"네놈과 계접스러운 말장난을 치는 내 꼴이 참으로 우습게 되었구나."

어지간히 당황한 김방경은 육십 당년에 이런 꼴은 난생처음이라며 도저히 참을 수가 없다고 했다.

"어찌 소장의 참말을 말장난이라 하오십니까? 이제 고려는 나라가 없으니 법도 없어졌고, 오직 오랑캐 말만이 법이 되지 않았사옵니까?"

이문경은 스스로 삶을 누려 나갈 자주 세력을 빼앗긴 나라를 나라라고 할 수 있는 것이냐고 물었다. 김방경은 조금도 내색하지 않았으나 틀리지 않는 말이 칼처럼 가슴을 찌르는 것 같아 '너와 내가 갈 길이 이리도 다르더란 말이더냐.'라는 말로 비통한 심정을 드러냈다.

"길이 다른 것이 아니오라, 애초부터 왕과 탐관들의 마음가짐이 틀렸던 것이 아니옵니까?"

이문경은 나라가 어려울 때 백성이 힘을 합칠 수 있도록 이끌어야 할 벼슬아치들의 탐욕이 백성의 마음을 뿔뿔이 흩어놓았다고 성토했다.

"검불 하나로 꽁꽁 얼어붙은 강물을 다 녹일 수 있다고 보느냐?"

김방경은 많은 희생을 치르며 싸웠으나 대세를 뒤집지 못하고 벼랑 끝으로 내몰린 나라가 할 수 있는 최선이라고 했다.

"그러시오면, 장군께서는 이제 소장 목을 가져가실 일만 남은 듯하옵니다."

이문경은 이러쿵저러쿵 벌이는 입씨름은 그만두는 게 좋겠다고 했다.

"네놈 뜻이 정 그렇다면 더는 어쩔 수가 없게 되었구나."

김방경은 자신의 말을 따르지 않는 이문경이 안타까운지 목소리가 사뭇 비통했다. 이문경은 김방경을 원망하지 않겠다는 듯이 다시없이 경건하고도 엄숙한 자세로 고개를 숙였다. 김방경은 그런 모습을 보자니 가슴이 갈기갈기 찢어지듯 아팠다. 이문경은 고개를 들어 '저 사람 중에 아이를 가진 아녀자도 있사옵니다.'라고는, 추격하지 말아 달라고 했던 말을 상기시켰다. 김방경은 기억이 자극을 받아 '혹, 연희가 네놈 내자가 되었더냐?'라고 물었다. 이문경은 팽팽하게 반발하는 의지와는 딴판으로 떨리는 목소리로 간신히 '그러하옵니다.'라고는 목례를 했다. 김방경은 짙은 감회가 서린 얼굴로 '그에…, 그렇게 되었던 게로구나.'라고는, 두 사람을 혼인시켜주고자 했던 옛 기억을 더듬으며 천천히 입을 뗐다.

"난리 중에도 부부의 연을 맺은 것을 보니 이미 점지되어 있던 인연인 게로구나."

이문경은 마음속으로 만감이 교잡하는지 돌처럼 굳은 표정으로 가만히 있었다. 김방경은 밝지 못한 얼굴빛을 보자니 심경에 어떤 변화가 생겨나는지, 분노도 원망도 사그라진 담담한 표정으로 바닷가를 주시했다. 밀려오는 잔파도를 막아내며 구슬 같은 포말을 쏟아내는 병선 열세 척으로 오르는 사람들이 보였다.

"저들이 어디로 가는 것이더냐?"

"더는 고려에 발을 붙이지 않을 자들이오니 해를 끼칠 일은 없을 것이옵니다. 하오니…, 물 따라 바람 따라 흘러가도록 내버려주시옵소서."

"후~ 우…. 정녕, 이길 밖에 없겠느냐?"

"소장도 죽은 호걸보다 산 겁쟁이가 되어, 태어날 아이와 함께 세세연년 화평하게 살고 싶사옵니다."

"그러할 진데, 왜 살려달라고 하지 않는 것이냐?"

"이 땅을 짓밟고 온갖 행악을 부리는 오랑캐 놈들에게 무릎을 꿇는다면…. 비겁한 아버지가 될 것인데, 그 부끄러움을 어찌 감당하라고 그러시옵니까?"

"그렇다고 그렇게 원한을 품은 채 죽는다면 후회가 되지 않겠느냐?"

"권력을 가진 자가 지키지 못한 이 나라를, 업신여김만 당하면서도 질기게 살아온 민초들이 지키겠다는 일념으로 흘린 피가 너무 억울할 뿐입니다. 소장은…, 그 민초를 위해 싸우다 가니 여한이 있을 까닭이 없사옵니다."

이문경은 나라를 위하여 감연하게 싸우다 죽는 것으로 족하다는 말로, 할 말을 다 했다는 듯 가지런한 몸짓으로 '부디 만수무강하시옵소서.'라고는 이내 무릎을 꿇고 큰절을 올렸다. 김방경은 잠시 당혹했으나 마음을 억누를 길 없이 애틋하고 절절하여 그만 눈언저리가 뜨거웠다. 이문경은 천천히 일어나 허리를 굽혔다가 돌아서서 절벽으로 향했다. 김방경은 아쉬움이 섞인 눈빛으로 쓸쓸하기가 그지없는 뒷모습을 지켜보다가 말고삐를 잡고서 말 등에 올라앉았다.

절벽으로 다가선 이문경은 주변을 압도하는 형형한 눈빛으로 군사를 휘둘러보고는 큰소리로 입을 뗐다.

"우리는…! 오랑캐 놈들에게 굴복하여 목숨을 구걸하지 않고 싸우고자 뜻을 모았으니, 그 강건한 기개가 곧 고려의 얼이다. 정신

역도 289

이 꺾이지 않는다면, 우리는 오늘 죽을지언정 고려는 영원할 것이다. 그러므로 두려워 말고 결연하게 싸우자!"

별초군은 끓어오르는 통분을 쏟아내겠다는 듯 입을 굳게 다문 채 굳은 결의가 서린 얼굴이었다.

"모두 방어태세를 취하라!"

이문경은 손을 번쩍 들어 소리쳤다. 별초군은 기동성 있게 움직여 뒤에 절벽을 등진 채 창과 방패를 앞세워 관군을 맞이할 준비를 마쳤다.

"장군, 놈들은 절벽을 등졌사옵니다. 궁수를 배치하는 것이 어떻겠사옵니까?"

별초군 움직임을 살펴보던 나유는 궁지에 몰린 쥐가 고양이를 물듯이 결사적으로 덤벼들 것이라고 했다.

"저들이 비록 역도이기는 하나…, 장엄한 최후를 마치도록 하게."

김방경은 한때 수하 장수였던 이문경에게 도리를 다하고자 그리 말했으나 심회가 어지러웠다. 나유는 알았다는 듯 군말 없이 관군 앞으로 나서서 진격을 명령했다. 100여 명의 관군은 일사불란하게 별초군을 향해 나아갔다.

"공격하라!"

명이 떨어지자 관군들이 칼과 창을 들고서 일제히 함성을 지르며 돌격전으로 뛰어들었다.

"던져!"

이문경은 분연히 소리쳤다. 별초군은 일제히 몸을 벌떡 뒤로 젖히면서 관군을 향해 힘껏 창을 내던졌다. 앞서 오던 관군 여럿이 목과 가슴과 복부에 창을 맞고 나자빠지거나 버르적거렸다. 때를 같이하여 돌격하라는 이문경의 일명에 따라 별초군이 일제히 날쌘 동작으로 칼을 뽑아 들고 관군을 향해 돌진했다. 우렁찬 함성과 함께 뛰쳐나간 별초군은, 떼구름처럼 몰려오는 관군을 향해 칼을 휘둘렀다. 댕가당댕가당, 쟁겅쟁겅 칼 부딪치는 소리가 요란해지면서, 뒤죽박죽 베고 찔리는 난장판이 벌어진 곳에 아우성이 먼지처럼 푹석푹석 일어났다. 물 빠진 좁은 웅덩이 속의 올챙이 떼처럼 뒤엉킨 관군은, 아득바득 이를 악물고 휘두르는 별초군 칼에 픽픽 쓰러져 갔다. 그러나 시간이 갈수록 별초군은 힘에 밀려 피투성이가 된 채 점점 절벽 끝으로 몰렸다. 더는 물러설 곳이 없는 별초군은 좁혀 들어오는 관군을 향해 마지막 힘을 다해 칼을 휘둘렀다. 양쪽 군사의 칼과 칼이 맞부딪힐 때마다 햇귀를 받은 칼날에서 검광이 번쩍거렸다.

"서방님…"

병선에 올라탄 곽연희는 먼 절벽 위에서 서릿발같이 번쩍거리는 칼날 빛을 보자, 가슴이 조여들고 애달아서 안절부절못했다.

"이 별장…"

함께 그 모습을 바라보는 김찬도 가슴이 아픈 나머지 말을 잇지 못했다. 양석도와 조선공들은 사력을 다해 노를 저어댔다. 일제히 힘 모아 젓지만 좀처럼 속도가 나지 않아 애가 탔다.

"있는 힘을 다 쏟아내시오!"

양석도는 목이 찢어지게 고함을 지르며 독려하고, 어느새 노군(櫓軍)으로 변해버린 사내들은 죽을힘을 다해 노를 저었으나 나아질 기미가 보이지 않았다. 그때 곽연희가 손바닥으로 눈물과 먼지로 얼룩진 얼굴을 닦아내더니 노래를 불렀다.

"살어리 살어리랏다 청산(靑山)애 살어리랏다, 멀위랑 다래랑 먹고 청산(靑山)애 살어리랏다, 얄리얄리 얄랑셩 얄라리 얄라…."

 구슬프고 애달픈 가락의 노래가 흘러나오자 순간 병선 위가 쥐 죽은 듯 괴괴하더니, 곧 여자들 속에서 흐느끼는 소리가 흘러나왔다. 이내 병선은 흐느끼는 소리로 가득 차고, 곽연희는 노래를 멈추지 않았다.

 "우러라 우러라 새여 자고 니러 우러라 새여, 널라와 시름 한 나도 자고 니러 우니로라, 얄리얄리 얄라셩 얄라리…."

 김찬이 호응하여 뒤따라 불러대자 한 사람, 두 사람…, 모두가 따라 부르기 시작했다.

 "가던 새 가던 새 본다 믈 아래 가던 새 본다, 잉무든 장글란 가지고 믈 아래 가던 새 본다, 얄리얄리 얄라셩 얄라리 얄라…."

 노래가 이어질수록 사람들 마음에 서러움이 얽혀갔다. 한곳에서 시작되었던 노래는 어느새 열세 척으로 번졌고, 사람들 가슴속에서 잔물결을 일으켰던 슬픔은 바닷물에 스며들어 감파랗게 변했다

 절벽 위에서 까맣게 몰려드는 관군과 혈전을 벌인 별초군은 워낙 중과부적이라 차례차례 쓰러지고 김윤서마저 장렬히 목숨을 잃었다. 혼자 살아남은 이문경은 복부와 어깨에 칼을 맞은 부상과 지칠 대로 지친 몸을 이끌고 외롭게 싸웠다. 잠시도 늦추지 않고 이심스럽게 몰아붙이는 관군을 베고, 베고 또 베면서 얼굴과 갑옷이 온통 피투성이가 된 채 아슬아슬한 벼랑 턱 구석으로 내몰리고 말았다.

 "모두 물러서!"

 나유는 군사들을 물리고 앞으로 나서서 기진맥진 초주검 꼴이 된 이문경을 향해 힘껏 창을 던졌다.

"픽!"

가슴에 정통으로 창을 맞은 이문경은 몸을 버르적거리다가, 벼랑 끝으로 쏴르르 무너져 내리는 돌덩이와 함께 아득한 낭떠러지 아래로 떨어졌다. 마치 신선처럼 옷자락을 나풀거리며 표홀히 사라지자 북서쪽으로부터 잔바람이 불어왔다.

뜻하지 않게 부드러운 여풍을 받은 병선은 돛이 한껏 부풀면서 서서히 앞으로 나아갔다. 이에 힘을 받은 양석도는 노군들을 향해 큰소리로 '어여차, 어여차!'라고 질러댔다. 노군들은 구령을 맞받아치며 양어깨가 부서지도록 노를 저었다. 열세 척의 병선은 순한 바람을 안은 듯이 줄지어 미끄럽게 나아갔다.

"가다가 가다가 드로라 에정지 가다가 드로라, 사수미 짒대예 올아셔 히금(奚琴)을 혀거를 드로라, 얄리얄리 얄라셩 얄라리 얄라…"

사람들은 눈물 젖은 얼굴로 계속 노래를 불렀고, 노랫소리는 넓은 바다 위를 안개처럼 번져 나갔다.

"당장 불화살을 쏘아라!"

나유는 바다 한가운데로 떠밀려가는 병선을 가리키며 소리쳤다. 궁수들이 우르르 벼랑 끝으로 몰려가 활시위에 불화살을 걸었다.

"멈추어라!"

말을 타고 다가온 김방경은 나유를 향해 궁수들을 물리라고 했다.

"상장군."

나유는 어리뜩한 표정으로 김방경을 올려다보며 눈을 뙤록거렸다.

"하늘과 짠물밖에 없는 망망대해가 아니더냐?"

김방경은 그냥 두어도 살아나기 어려울 것이니 온전하게 보내라고 했다. 그것만이 자신의 목숨을 구해주었던 이문경에게 은정을 베풀 수 있는 유일한 것이었다.

　포구에는 주인을 잃은 말 열여섯 필이 우두커니 서서 병선이 멀어지는 바다를 무심히 쳐다보고 있었다. 丁　戊

역도(逆徒)

초판 1쇄 인쇄 / 2022년 2월 1일
초판 1쇄 발행 / 2022년 2월 5일

지은이 / 최 순 조
발행인 / 김 영 만
주　간 / 이 현 실

발행처 / 지성의 샘
출판등록 / 제4-233호

서울시 중구 을지로14길 16-11(2층)
TEL : (편집) 02-2285-2734, 2285-0711
(FAX) 02-338-2722

ISBN 979-11-6391-041-1

*저자와의 상의하에 인지는 생략합니다.